새벽을 깨우다

클로에 윤 장편소설

새벽을 깨우다

한끼
Hän ki:

목차

시작의 끝, 끝의 시작

고등학교 졸업식은 교복을 입고 치르는 마지막 행사였다. 무미건조한 의례가 느릿하게 진행되었다. 여러 명의 선생이 번갈아 가며 단상에 올라 마이크를 잡았고, 여러 명의 학생이 뒤를 이어 오르락내리락했다. 교장 선생님(별명:두 시간. 두 시간이면 그의 머리카락 개수를 모두 셀 수 있다고 하여 얻음)이 하는 연설은 장중한 독백으로 누구도 그의 말을 듣고 있지 않았지만 그칠 줄 모르는 소나기처럼 지루하게 이어졌다.

새벽은 하품을 다섯 번 정도 했다. 지난밤, 짐을 정리하느라 잠을 제대로 못 잤다. 여기 있는 사람 중 누구도 그녀를 다시 만날 일은 없을 것이다. 그녀는 졸업과 동시에 생을 마감하기로 결심했다. 이 뜨뜻미지근한 졸업식을 마치고 나면 식당에서 돈가스를 주문할 때 맥주 한 잔을 곁들여 주문할 수 있고, 흡연 구역에서 당당하게 담배를 피울 수 있으며, 집이 아닌 다른 곳에서 잠을 자도 문제 될 게 없는 완벽한 자유가 주어진다는 걸 알지만 그녀는 지긋지긋한 인생에 마침표를 찍기로 했다.

해라 여고 학생들은 착실한 소녀들이었다. 시험 도중 답안지를 찢고 교실을 뛰쳐나간 학생은 한 명뿐이었고, 소각장에서 담배를 피우다 30년 된 교목을 불태운 학생도 한 명뿐이었다. 학교에 육아 휴학을 신청한 학생도 오직 한 명뿐. 훗날 누군가는 '졸업식 날 옥상에서 뛰어내린 학생은 놀랍게도 단 한 명뿐이었어.'라고 말할 것이다. 새벽은 그 '한 명'에 자신이 포함될 거라는 사실이 뿌듯했다.

웅장한 반주만 장송곡처럼 울려 퍼지는 교가 제창을 끝으로 강당에 모였던 사람들은 제각기 흩어졌다. 이제 막 성인이 된 어린 여자들은 저마다 꽃다발에 얼굴을 처박고 미소를 지었다. 그들에게는 껴안을 친구들이 있고, 쉴 새 없이 주고받을 이야깃거리가 있지만 새벽은 얄팍한 패딩 점퍼에 끼워 넣은 양팔만 가슴에 끌어안을 뿐이었다.

사람들이 웃고, 사진 찍고, 분주히 행사를 마무리하는 동안 새벽은 학교 옥상으로 향했다. 누군가는 몸에 있는 모든 용기를 죄다 끌어내서 죽을 결심을 하고 있을 때, 누군가는 웃으면서 점심 메뉴를 고를 수 있는 동떨어짐에 안심이 되었다. 나 하나쯤 없어도 세상이 매끄럽게 돌아가는 걸 보면 일상이라는 건 참 전문적인 것 같다는 생각을 했다. 프로페셔널한 우주의 운행이 마음에 들었다.

눈을 뜨지 못할 정도로 강한 햇볕이 내리쬐었지만, 불어 대는 찬 바람에 얼굴이 시렸다. 그때 솜처럼 포근해 보이는 눈송이가 어디선가 날아왔다. 손등에 떨어진 예쁜 눈송이는 금세 녹아 사라졌다. 새벽은 사라져 버린 눈송이가 왠지 자신과 닮은 것 같아 슬픈 웃음을 지었다.

추락 방지를 위해 옥상을 둘러싸고 있는 난간은 새벽의 허리 높이까지 왔다. 단숨에 올라서기에는 꽤 높아서, 바닥에 아무렇게나 나뒹굴고 있던 책상을 끌어다 난간 옆에 놓은 뒤 책상을 밟고 올라섰다. 바람이 거세게 불어서 머리카락이 마구 헝클어졌다. 새벽은 풍랑 이는 바다에 찢어진 돛 혹은 낡아 빠진 깃발이 된 기분이었다.

옥상에서 내려다보는 학교의 모습은 단정했다. 발아래 교정의 화단이 보였다. 졸업식을 맞아 새롭게 조경된 화단에는 방금 이발을 하고 나온 어린아이의 머리 같은 향나무와 소나무가 있었고, 잎이 없는 앙상한 나뭇가지들은 동굴 속 종유석처럼 무언가를 사정없이 찌를 기세로 하늘을 향해 솟구쳐 있었다. 학교 설립자의 경건한 동상은 비둘기들이 선회하며 남긴 흔적으로 정수리가 허옇게 변해 있었다.

난간 위에는 겨우내 얼었다가 녹은 살얼음이 얇게 깔려 있었다. 새벽은 가방과 패딩 점퍼를 벗고, 신고 있던 신발도 책상 위에 가지런히 벗어 두고, 살얼음이 깔린 난간 위로 발을 올렸다. 다리 사이로 서늘한 바람 한 줄기가 지나갔다. 무릎을 완전히 펴지는 못하고 구부린 채로 체중을 발뒤꿈치에 실었다. 그러고는 발바닥에 감각이 없어질 때까지 먼 하늘을 바라보았다. 하늘에 토끼 똥 모양의 구름이 떠가고 있었다.

그녀의 짧은 인생을 통틀어 받아들이기 힘든 충격적인 일과 구체적인 불행이 얼마나 많았는지는 시시콜콜 나열할 필요도 없다. 새벽의 아빠는 꾼 돈을 갚지 못해서 도망 다니는 일이 잦았고, 아빠의 조폭 친구들이 주기적으로 찾아와 살림을 박살 내는 통에 엄마는 결국 집을 나갔다. 새벽의 생일에 집이 무너진 건 그리 놀라운 일도 아니었다. 아빠는 이런저런 일로 감옥에 자주 들락거렸는데 그때마다 새벽은 아동 보호 시설을 전전해야 했다.

불행한 기억들이 끝없이 가지를 뻗어 나가면 과거는 미칠 듯이 암울해졌다. 닥쳐오는 무수한 감정을 해소하기도 전에 앞날은 징검다리처럼 툭툭 던져졌고, 시궁창에 빠지지 않으려고 안간힘을 써서 한 발짝씩 디뎌 보지만 딛는 족족 흔들리기 일쑤였다. 이토록 어처구니없는 삶은 무의미했다. 그녀가 옥상에 올라온 이유였다.

대부분의 사람들이 학교를 빠져나갔다. 새벽은 도심을 바라보며 깊은숨을 들이마셨다. 까마귀 두 마리가 울면서 머리 위를 날았다. 그게 어떤 신호라도 된 것처럼 바람이 가볍게 그녀의 몸을 밀었다. 한순간 균형이 깨어지면서 얇은 얼음에 미끄러진 왼발이 허공에 포물선을 그렸다. 그녀는 하늘을 향해 두 팔을 벌리고 대기를 끌어안았다. 눈을 꽉 감고 바람에 자신을 맡겼다.

추락은 생각보다 느리게 진행되었다. 공기가 가득 찬 풍선처럼 몸이 둥실 날아오르더니 몸 안에서 무언가가 후루룩 빠져나가는 듯한 느낌이 들었다. 묵직한 체중이 느껴지고, 이제 곧 바닥에 부딪힐 일만 남았다. 죽는 순간 파노라마처럼 스쳐 지나간다는 과거의 행복한 기억은 떠오르지 않고, 눈앞이 캄캄해졌다. 1초, 2초……. 그런데 뭔가 이상했다. 바닥에 닿을 시간이 지났는데 충돌이 느껴지지 않았다.

공포를 느낄 겨를도 없이 눈을 번쩍 떴다. 새벽은 난간에 두 발을 붙이고 멀쩡히 서 있는 자신을 발견했다. 발은 강력 접착제로 붙여 놓은 것처럼 꼼짝도 하지 않았다. 분명히 영혼은 하늘로 날아오르는 느낌을 받았는데 몸은 그 자리에 있다는 것이 믿기지 않았다. 교문으로는 사람들이 빠져나가고 있었고, 하늘의 구름은 토끼 똥 모양 그대로였고, 바뀐 거라고는 눈송이가 굵어진 것밖에 없었다.

어떻게 된 일인지 몰라 어리둥절하던 그때, 한 소년이 옥상 문을 활짝 열고 나타났다. 그는 아름다웠다. 입고 있는 금빛 실크 블라우스는 고급스러웠고, 두 눈은 별처럼 빛나고 있었다. 불쌍한 영혼을 건져 올리기 위해 하늘에서 내려온 천사인 건가? 아직 못 죽었는데, 뭐가 그리 급했는지 한겨울에 겉옷도 챙겨 입지 않은 그의 등 뒤로 후광이 비치는 듯했다.

새벽에게 가까이 다가온 그는 한 손으로 난간을 짚고 그 위로 가볍게 뛰어올랐다. 난간에 우뚝 선 채로 눈앞에 펼쳐진 풍경을 바라보는 그의 여유로운 미소와 뿌듯한 표정은 마치 높은 산 정상에서 자신의 왕국을 둘러보는 젊은 왕 같았다. 그는 새벽을 바라보지도 않았고, 그녀를 설득하거나 회유하려고 하지도 않았다. 난간 끝에 아슬아슬하게 서서 먼 곳을 바라볼 뿐이었다.

폭 10센티미터의 난간에 깔린 살얼음은 정말 미끄러웠다. 살얼음의 치명적인 위험을 직접 경험한 새벽은 그에게 내려가라고 소리치고 싶었지만 의지와 달리 목이 콱 막혀서 목소리가 나오지 않았다. 잠에서 깬 채로 가위에 눌린 사람처럼 손가락 하나 움직일 수가 없었다. 바람에 날아온 눈송이가 이번에는 그녀의 얼굴을 사납게 할퀴고 지나갔다.

그는 여전히 허공을 바라보면서 말했다.

"하나, 둘, 셋 하면 같이 뛰어내리자. 차원을 넘어 비상飛上한 조나단 리빙스턴처럼 큰 날개를 반으로 접어 짧은 날개를 펼치자. 그를 동경한 나의 어린 날들에게 눈물을 머금고 작별을 고하노라."

새벽은 긴장했다. 그의 독특한 말투나 오묘한 대사는 둘째 치고, 여기서 떨어지면 죽는다. 조나단 리빙스턴은 갈매기였고, 그는 인간이었다.

"하나."

그가 하나를 셌다. '위험해!'라고 외치는 목소리는 그녀의 목구멍 안에서 답답하게 맴돌았다. 그는 여기에서 뛰어내리면 안 된다. 젊고 아름다운 그의 몸이 바닥에 으깨지는 건 용납할 수 없었다. 그의 삶은 즐거워야 한다. 하루하루가 새로워야 하고 희망에 가득 차야 한다.

새벽은 자신을 제외한 누구도 생을 그만두기 위해 옥상에 올라와서는 안 된다고 생각했다. 비록 자신의 몸에 날개가 달려 있다고 착각하며 살아가는 사람이라고 해도, 삶을 포기하는 건 그녀 하나로 충분했다. 새벽의 걱정과 달리 그의 얼굴에는 담담한 빛이 어렸다.

"둘."
그가 둘을 셌다. 하늘과 바닥이 빙글빙글 돌기 시작했다. 눈앞의 소년 말고는 아무것도 보이지가 않았다. 그를 둘러싼 풍경이 휙휙 돌아가면서 모든 색깔이 뒤섞여 하얗고 푸른 공간이 되어 버렸다. 그럴수록 그의 존재는 더욱 선명해졌고, 그의 추락을 막아야 한다는 한 가지 생각으로 머리가 꽉 찼다.
그가 셋을 셌을 때, 새벽은 어디에서 생겨났는지 모를 힘으로 그의 허리를 꽉 끌어안고 옥상 쪽으로 몸을 날렸다. 초록색 방수 페인트가 군데군데 벗겨진 단단한 시멘트 바닥에 필사적으로 나뒹굴었다. 온몸이 박살 나는 듯한 충격이었으나 난간 반대쪽으로 떨어졌을 경우와 비교하면 아무것도 아니었다. 그들은 살아 있었다. 밖으로 튀어나올 것 같은 심장의 박동이 그것을 증명했다.
새벽은 가쁘게 헐떡이던 숨을 길게 내뱉었다. 그녀의 팔은 여전히 그의 허리를 끌어안은 상태였다. 그를 살리겠다는 절박한 마음이 진정될 때까지 그러고 있었다. 방금 있었던 일을 조금만 되짚어 보려고 해도 머리카락이 곤두서고 온몸이 떨렸다. 몸의 감각이 정상으로 회복되기를 기다렸다. 찬 바람이 이마에 흐른 땀을 식혀 주었다.

희뿌연 소용돌이가 서서히 걷히기 시작했다. 전원 코드를 뽑아낸 선풍기처럼, 정신없이 돌아가던 세상도 멈췄다. 잔잔한 공기가 주변을 감쌌다. 귓바퀴를 스치는 바람이 느껴졌고, 그다음에는 여기저기 욱신거리는 통증이 느껴졌다. 아침을 먹지 않아서 텅 비어 있는 위장은 요동을 쳤고, 뼈마디는 금방이라도 으스러질 듯이 쑤셔 댔다.

새벽은 기운이 쭉 빠져 그의 허리에 감겨 있던 팔을 풀었다. 몸은 젖은 빨래처럼 옥상 바닥에 널브러졌다. 그가 왜 그런 행동을 했는지, 자신이 왜 그런 행동을 했는지 어떤 것도 묻거나 대답하고 싶은 마음이 없었다. 지금은 그저 이렇게 누워서 살아 있다는 사실을 실감할 뿐이었다. 멀리서 들려오는 음악 소리, 도로의 차 소리, 살아 있는 인간의 기척이 반갑고도 짜증 났다.

'의지 부족인가? 하여간 나는 뭐 하나 제대로 해낸 적이 없어.'

새벽은 자신의 타고난 의지박약에 실망하여 옅은 한숨을 내쉬었다.

그때 차가운 바닥에 편안하게 누워서 하늘을 올려다보던 소년은 새벽의 머리에 손을 툭 얹었다. 그러고는 키우는 강아지에게 하듯 느긋하게 머리칼을 쓰다듬었다. 새벽은 그 자연스러운 동작을 피하거나 거부하지 않았다. 둘 다 제정신이 아닐 테니 정신이 돌아올 때까지 서로 무슨 짓을 하든 상관하지 말자고 생각하면서 그가 머리를 쓰다듬도록 내버려두었다.

그가 말했다.

"의지 부족이 아니라 의지 과다. 넌 해냈어, 아주 멋지게. 아, 리빙스턴 너는 보았느냐. 수면 위로 곤두박질치는 나의 위상을……."

'얘 지금 뭐라는 거야?'

새벽은 자신의 귀를 의심하면서 그를 쳐다보았다. 그가 내뱉은 말보다 새벽을 놀라게 한 것은 그의 독특한 목소리였다. 깊은 항아리에 대고 말하는 것처럼 고요한 울림이 있었다. 그녀의 귀 안에서, 정확하게 말하자면 몸 안에서 울리는 것 같기도 했다. 새벽은 가까운 거리에서 그를 바라보았다. 그는 아름답다는 말로 표현하기엔 부족할 만큼 신비로운 이목구비를 갖고 있었다.

"누구세요?"

새벽의 물음에 그는 노래하듯이 여유롭게 대답했다.

"나는 별이야. 너의 우주를 지키는 소행성. 네가 날 불렀지. 혼자라고 생각하는 널 위로해 주기 위해 3억 광년을 날아왔어. 그렇게 딱딱하게 존댓말 할 거 없어. '별아.' 하고 다정하게 부르면 돼."

아무튼 목소리의 높낮이가 희한했다. 웹툰 대사인지 애니메이션 주제곡 가사인지 모를 문장을 아무렇게나 뱉어 버리고, 어느 공원의 잔디밭에 누워 따사로운 햇살을 받고 있는 것처럼 느긋하게 누워 있는 그를 가만히 쳐다보았다. 정체불명의 인간을 어떻게 다뤄야 할지 모르니 적당히 비위를 맞춘 다음 각자 갈 길을 가야겠다 싶어서 새벽은 몸을 일으켰다.

"응, 그래. 별아, 난 널 부른 적이 없어. 이만 내려가야겠다."

그는 새벽의 반응에 아랑곳하지 않고 말했다.

"사람은 도움을 요청할 때 목소리로만 하지 않아. 온 마음으로 하지. 엄청난 진동을 느꼈어. 불가사의한 공감으로 인해 세계가 깨질 만큼 강한 진동."

"진동이라니. 네 휴대폰에 전화나 문자 온 거 아니야?"

건조한 그녀의 질문에 그는 단어를 정정했다.

"아, 그럼 진동이 아니라 파동이라고 하자. 어떤 물결. '팡!' 하는 충격에 의해서 튕겼다고나 할까?"

"어쨌든 무사해서 다행이다."

그와 대화를 이어 가는 건 별 소용이 없을 것이라 판단한 새벽은 상투적인 말로 대꾸하고는 자리에서 일어났다.

"그리고, 오늘 일은 없었던 일로 하는 게 서로 좋을 것 같아."

새벽은 일방적으로 합의를 보고 흙먼지가 묻은 치마와 재킷을 손으로 툭툭 털었다. 벗어 두었던 패딩을 주워서 껴입고, 신발에 발을 구겨 넣었다.

앞으로 살아갈 일이 막막한 그녀에게 살아 있다는 건 또 다른 절벽 앞에 서 있는 것과 같았다. 수중에 돈도 없고, 입던 옷은 의류수거함에 죄다 쑤셔 넣었다. 그나마 멀쩡한 물건들은 주변 사람들에게 나누어 주었고, 하다못해 다시는 사용할 일이 없을 거라고 생각한 치약, 칫솔마저 교실 쓰레기통에 버렸는데 일이 이렇게 되어 버려서 무척 난감한 상황이었다.

졸업한 주제에 내일도 교복을 입어야 하다니. 의류 수거함을 뒤져서 버린 옷들을 꺼내야 하나? 아니면 자신이 우주에서 왔다고 당당하게 떠벌리는 남자를 먼저 옥상 아래로 내려보낸 뒤에 하려고 했던 일을 다시 시도해 볼까? 그러기에 오늘의 기회는 이미 날아간 것 같았다.

낭패로 혼란스러워하는 새벽의 앞에 그가 다가왔다.

"어디로 가려는 거야?"

"알 거 없어."

"네가 불러서 왔으니까 네가 날 책임져야지."

새벽은 안타까운 표정을 지으며 그를 올려다보았다.

"설마 너도 모든 걸 끝낼 생각으로 신변을 말끔하게 정리한 거니?"

그의 사정까지는 생각하지 못하고 무작정 구해 냈으니 약간의 책임은 느꼈다.

"멋대로 구해 낸 건 미안한데, 책임은 각자 지는 걸로 하자. 만약 내가 너를 책임져야 한다면 다시 난간 위로 올라가게 하는 방법밖에는 없어. 난 지금 길 잃은 강아지 한 마리 거둘 처지도 못 되거든."

그는 새벽의 앞을 막아선 채 부드러운 목소리로 말했다.

"7일 동안 우리는 함께할 거야. 7일 안에 넌 나를 사랑해야 해."

'우리 사이에 통역이 필요한 건가? 설마, 일주일 안에 널 내 여자로 만들겠어, 뭐 그딴 엄청난 헛소리를 하려는 건 아니겠지?'

그의 말은 '사실은 내가 수학 천재인데 1 더하기 1은 3인 것이 확실해.'라고 말하는 것처럼 들렸다. 새벽은 머리로는 말도 안 되는 소리라고 부정하면서도 한편으로는 자신이 그에게 반할 가능성이 몇 퍼센트나 되는지 따져 보았다. 멀쩡하게 생긴 사람이 진지하게 헛소리를 하면 더 혼란스러운 법이다. 새벽은 슬금슬금 뒷걸음질 쳤다. 옥상 바닥에 던져 놓았던 가방끈을 잡아 쥐었다.

"너도 방금 내가 옥상에서 뛰어내리려다 실패한 걸 봐서 알겠지만, 난 가벼운 농담이나 주고받을 만큼 한가한 사람 아니니까 장난이라면 그만둬."

그는 물러서지 않고 한 걸음 더 다가섰다.

"내가 여기에 온 건 널 구하기 위해서야, 봄새벽."

그의 입에서 자신의 이름이 나오는 순간 새벽은 흠칫했다. 어딘가 알 수 없는 곳에 잃어버렸다가 오랜만에 되찾은 듯한, 그리움이 물씬 풍기는 이름이었다. 어떻게 이름을 알았느냐고 묻기도 전에 그는 자신의 주먹을 말아 쥐고 그녀의 머리 둘레를 따라 빙글빙글 돌렸다. 지구가 태양의 주위를 맴도는 것처럼, 그의 주먹이 새벽의 머리 주변을 돌면서 눈앞을 휙휙 지나갔다.

"지금 뭐 하는 거야?"

"너의 주위를 맴돌고 있어."

안 그래도 지쳐 있는 상태에서 멀미가 날 것 같았다.

"됐으니까, 좀 치워 줄래?"

새벽은 거슬리는 그의 주먹을 탁 쳐 냈다. 별은 그녀의 앞에 반듯하게 서서 자기소개를 하듯이 허공에 대고 그녀를 소개했다.

"이름, 봄새벽. 나이, 스무 살. 특징, 심신이 미약함. 단점, 방금 자아를 상실함.”

새벽은 자신의 왼쪽 가슴을 내려다보았다. 교복 재킷에 ‘봄새벽’이라는 이름이 노란 바탕에 검은색 실로 선명하게 수놓여 있었다. 이름과 나이 정도는 누구라도 짐작할 수 있을 것이다. 짧은 시간에 특징과 단점까지 파악해 낸 눈썰미는 칭찬할 만하다. 악의가 느껴지지 않는 그를 무턱대고 미친놈 취급하긴 좀 그렇지만 그가 자신을 놀리고 있다는 생각은 떨칠 수가 없었다.

새벽은 불쾌함과 불신이 뒤섞인 얼굴로 그를 노려보았다.

“비키지 않으면 경찰을 부를 거야.”

“그들은 불러도 오지 않아. 네 부름에 답을 할 수 있는 건 오직 나뿐이야. 아니, 하나 더 있기는 한데 우리 둘의 다정한 모습을 보면 질투할 게 분명해. 그 녀석은 질투의 화신이거든.”

“다정한 모습? 넌 지금 이 상황이 다정해 보이니?”

“우린 얼마든지 다정할 수 있어. 울고 싶으면 나한테 기대.”

“울기는 누가 운대?”

그는 어이없어하는 새벽의 어깨를 손으로 감쌌다. 갑작스러운 스킨십에 고슴도치의 가시처럼 날카롭게 돋아 있던 그녀의 예민한 신경이 움찔했다. 그의 손을 단박에 뿌리치지 못한 건, 그 손이 싸늘하게 얼어 있는 그녀의 몸을 녹일 수 있을 만큼 따뜻했기 때문이다. 순식간에 몸 전체로 온기가 퍼졌다. 울고 싶은 마음은 없었는데, 어쩐지 따스하고 애잔한 마음이 몽글몽글 피어났다. 바람에 흐트러진 머리카락 사이로 두 눈이 마주쳤다. 그는 무언가를 보여 주려는 듯이 그녀를 뚫어지게 응시했고, 새벽의 눈동자는 그에게 고정되었다.

검푸른 그의 눈은 수억 개의 별이 박힌 것처럼 반짝거리더니 서서히 움직이기 시작했다. 팽창하는 우주를 보는 것 같은 신비로운 장면이 눈동자 속에서 펼쳐졌다. 별의 탄생과 소멸 과정, 은하수를 지나 또 다른 은하수가 나타났고, 우주를 넘어 존재하는 또 다른 우주를 보았다. 과거와 현재, 미래를 넘나드는 시간의 변화가 찬란한 별의 움직임을 통해 드러났다. 공간이 비틀어지고 별들의 위치가 좌우로 반전되면서 하나의 우주에서 반대편에 똑같은 우주가 만들어졌다.

새벽은 자신이 무엇을 보고 있는지 잊어버렸다. 천체 망원경으로 관찰한 백만 광년 거리의 은하인지, 아니면 정교한 컴퓨터 그래픽으로 만들어 낸 우주의 역사인지 구별이 되지 않았다. 아니, 이 모든 것이 한 사람의 눈동자 안에서 펼쳐진 장면이라는 것을 믿을 수가 없었다. 촘촘히 빛나던 별빛은 곧 블랙홀을 만난 것처럼 검푸른 눈동자 속으로 모조리 빨려 들어갔다.

새벽을 바라보는 그의 눈은 등대가 탁 꺼진 바다의 잠잠한 어둠으로 바뀌었다. 그윽하고 신비로운 영혼을 지닌 한 남자의 모습이 새벽의 눈에 새겨졌다. 가슴이 세차게 두근거렸다. 그가 내뱉는 말의 무게가 조금 전과는 다르게 느껴졌다. 지금까지의 대화는 잘못 녹음된 데모 테이프였던 것처럼, 정상적인 말투와 나지막한 음성이 그녀의 마음을 부드럽게 달래 주었다.

"깨지 않는 꿈. 난 너의 깊은 우주에서 헤엄을 치던 별의 조각이고 너의 일부야. 네가 사라지면 나도 사라져. 해가 뜨면 어둠이 사라지고 아침이 오면 별이 사라지듯이."

심장이 강하게 뛰어서 새벽은 아무런 반응도 할 수가 없었다. 무언가에 홀린 것만 같았다. 황당하게도, *그*가 하는 말들이 진실인 것처럼 들렸다. 아름다운 목소리의 울림이 또 한 번 깊은 곳에서 메아리쳤다.

"지금 너에게는 예상할 수 없는 일이 일어났어. 사람들은 이걸 기적이라고 부르지만 당사자인 넌 이해조차 못 하고 있겠지. 나를, 자기 자신을 믿지 않으니까."

새벽은 정신을 차리려고 고개를 흔들면서 한 걸음 뒤로 물러났다. 그럴 필요가 전혀 없는 상황인데도 저절로 도전적인 표정이 지어졌다. 스스로를 방어하기 위한 나름의 전략이었다. '이건 꿈이야. 어서 깨어나.' 그녀가 몸부림치자 그의 손이 어깨에서 떨어져 나갔다. 새벽은 그 즉시 온기를 빼앗겼다. 따뜻하던 어깨는 찬 바람에 금세 식어 버렸다. 새벽의 목소리에는 불안감이 가득했다.

"나보고 네 말을 믿으라는 거야?"

그러면서도 새벽은 무언가 신기한 자기력에 의해 작동하는 미래형 예술 작품을 보듯 그의 얼굴을 들여다보았다. 과연 사람이 맞는 것인가? 아니면 정말로 외계인인가?

"믿기 어려우면 믿지 않아도 돼. 그 대신 약속 하나만 해."

그가 내민 새끼손가락으로 시선을 옮겼다. 그의 손가락을 잡는 순간 다른 어떤 세계로 끌려가 버릴 것만 같았다. 그곳은 지금껏 한 번도 가 보지 않은 미지의 세계일 수도 있고, 새벽에게 깊고 치명적인 상처를 입힐지도 모를 일이지만 그가 내민 손가락을 외면할 수 없었다.

"무슨…… 약속?"

그는 그녀의 새끼손가락에 자신의 손가락을 걸고 힘차게 외쳤다.

"비록 네 시작도 끝도 미약하였지만, 살 때도 죽을 때도 낭만적이어라! 이 맹세를 잊지 않기로…….."

신비로운 감동으로 가득 차오르던 새벽의 가슴에 찬물이 확 끼얹어졌다. 미지의 세계도 아니고 치명적인 상처도 아닌, 낭만을 운운하는 이상한 맹세에 새벽은 냉혹한 감탄사를 내뱉으며 잡고 있던 그의 손을 허공에 내동댕이쳤다. 약속이라고 해서 순간 긴장했는데, 역시나 헛소리였다. 인사도 필요 없었다.

얼른 그곳을 벗어나는 게 좋겠다고 생각한 그녀가 옥상 입구로 몸을 돌렸을 때 또 다른 소년이 불쑥 등장했다.

"별! 어차피 그 애는 네 말 믿지도 않을 거니까 헛소리라면 이제 그만해!"

붉은색 셔츠를 입은 그는 매우 신경질적으로 머리를 쓸어 넘기며 다가와 별을 짧게 응시한 뒤 새벽을 마주 보았다. 노골적으로 쏘아보는 그의 차가운 시선에 새벽은 당황했다. 방해받은 건 자신인데 갑자기 옥상에 나타나서 적대감을 드러내는 남자에게 어떻게 반응해야 할지 몰라서 멀뚱멀뚱 서 있었다.

그는 서슴없이 그녀의 눈앞에 얼굴을 들이밀고는 새벽의 눈동자가 거울이라도 되는 양 자신의 얼굴을 비추어 보더니 잔뜩 미간을 찌푸렸다. 그러고는 한숨과 동시에 혼잣말을 내뱉었다.

"하, 진짜 성의 없게 생겼다."

새벽이 빨개진 얼굴로 뭐라 쏘아붙일 태세를 갖추자, 그는 한 걸음 물러나서 손을 저었다.

"아니, 너 말고 나."

어쩐지 놀림을 받은 것 같은 기분이 들었지만 입을 다물었다. 그의 눈동자 속에 붉은 화염이 소용돌이치고 있었기 때문이다. 태양의 코로나처럼 둥근 고리 모양으로 이글이글 타오르는 불꽃이 동공을 따라 화르르 원을 그렸다. 주변은 온통 붉은 금빛으로 넘실거렸다.

새벽은 자신이 본 것을 믿을 수가 없어서 손등으로 눈을 비비고 다시 보았다. 그가 눈을 깜박이는 순간, 신기루 같은 화염은 잿더미 속에 새빨간 불티를 거두어들이고는 황홀한 잔상만 남긴 채 사라져 버렸다. 그는 자신을 '태양'이라고 소개했다.

그들은 얼핏 보면 이란성 쌍둥이 같았다. 겉모습은 확연히 달랐지만 신비롭고 오묘한 분위기가 매우 닮아 있었다. 별은 유려하고 섬세한 이목구비에 부드러운 갈색 머리카락을 갖고 있는 반면, 태양은 강인한 외모에 윤기가 흐르는 새까만 머리카락을 갖고 있었다. 별은 아름다웠고, 태양은 매혹적이었다.

새벽은 뭔가 문을 잘못 연 것 같은 기분이 들었다. 여자 화장실인 줄 알고 당당히 문을 열었는데 남자 화장실이었다거나, 문구점인 줄 알고 들어갔는데 성인 용품 판매점이었다거나, 분명히 해라여고 옥상이 맞는데 어딘지 모르는 곳에 와 있는 것 같은 기분. 당혹스러움에 살짝 얼이 빠졌다.

태양은 무슨 말을 하려다 말고 새벽의 넋 나간 표정을 살피더니 그만두었다. 이 상황을 그녀에게 논리적으로 설명한다는 것은 온전한 정신일 때도 매우 어려운 일이었다. 그는 그녀가 아직 '상황'을 받아들일 준비가 되지 않았다는 것을 알고 있었다. 특히 타인에 대한 경계심이 강한 그녀에게 '7일'에 관한 이야기를 해 봤자 믿지도 않을 것이다. 그럼에도 그녀 앞에 나타난 이상 그들은 그녀와 함께해야 했다. 그녀가 원하든 원하지 않든 한배를 탄 것이다.

태양이 말했다.

"어차피 알아듣지도 못할 거 떠들어 봐야 입만 아프지. 시간 없으니까 자세한 건 나중에 설명하는 걸로 하고, 일단 여기서 내려가자. 더럽게 춥다."

옥상을 빠져나가려는 태양의 팔을 별이 붙잡았다.

"혼란스러울 거야. 새벽이 이해할 수 있도록 충분히 설명하는 게먼저야. 우리의 말이 비록 그녀의 뉴런을 자극하지는 못해도 가슴에 스며들 수는 있어. '말'이라는 단어 뒤에 붙는 동사는 '하다, 듣다'가 아니라 '스미다, 스며들다'가 맞아. 난 그녀에게 들리기보다스며들기를 원해."

노래하는 듯한 별의 말이 끝나자마자 태양이 또렷하고 냉랭한 목소리로 말했다.

"스며들든 때려 박히든 중요한 건 여기에서 내려가야 한다는 거야. 이해라는 건 누가 옆에서 떠들어 댄다고 할 수 있는 게 아니잖아. 스스로 깨닫지 못하면 아무리 설명해도 헛수고야. 이해고 나발이고 현실적인 문제부터 하나씩 빠르게 해결해야 해. 그러지 않으면 우리가 여기에 온 것 자체가 헛수고가 되니까. 그리고 넌 될 수 있으면 아무 말도 하지 마. 네가 하는 말을 들으면 느끼해서 속이 울렁거려. 욕이 저절로 튀어나올 뻔했다고."

"이해가 연민을 낳고, 연민이 사랑이 되면 모든 건 해결될 수 있어."

별의 말에 태양이 반박했다.

"사랑 같은 소리 집어치우랬다. 먹고 자는 것부터가 난관인데 그딴 감상에 빠질 여유가 어디 있어? 정신 차리고 현실을 직시해. 돈부터 구할 거야. 돈이 생기면 살고자 하는 의욕도 생기기 마련이니까. 늦기 전에 얼른 가자."

"지금 그녀에게 필요한 건 사랑이야."

"처절한 감상 좀 그만 떨어! 사랑은 절대로 아니야! 중요한 건 돈이야!"

"사랑."

"돈!"

두 사람은 옥상 입구에 서서 한참이나 티격태격했다. 새벽은 그들의 말다툼을 멍하니 구경했다. 남자 둘이 돈이니 사랑이니 하는 말을 주고받는 광경은 그리 흔하게 볼 수 있는 것이 아니었다. 논쟁이 그들의 일상이기라도 한 것처럼 두 사람은 한 치의 양보도 없이 팽팽하게 맞섰다. 겉보기에 유순하고 여유로워 보이는 별의 고집도 만만치 않았고, 여차하면 때려눕힐 기세의 태양도 물러서지 않았다.

눈발은 굵어졌고, 바람은 세차 귀가 떨어져 나갈 것처럼 추웠다. 그들이 문 앞을 막고 서 있어서 새벽은 옥상을 벗어날 수가 없었다. 어떤 이유로 졸업식 날 남의 학교 옥상에 느닷없이 나타나서 결론 내기 힘든 모호한 주제를 놓고 토론을 벌이는지 모르겠지만 돈이든 사랑이든 두 사람이 알아서 해결할 일이었다. 새벽은 손을 번쩍 들고 대화에 끼어들었다.

"저기! 미안한데, 길 좀 비켜 줘. 나 먼저 내려갈게."

태양은 별에게 하던 말을 멈추고 새벽을 사납게 노려보았다. 말이 끊겨서 짜증이 난 기색이 역력했다.

"아직 우리 이야기 안 끝났어. 어떻게 해야 할지 결정한 다음에 행동해."

방금 태양이 한 말에 비하면 지금껏 별이 했던 말들(7일 안에 사랑을 해야 한다는 둥, 너의 우주를 헤엄치는 별이라는 둥 간지러운 헛소리들)은 감미로운 노래 가사에 불과했다. 새벽은 권위적인 그의 명령에 어이가 없었지만 따지고 드는 건 포기했다. 그냥 몹시 춥고 피곤했다. 미세하게 호흡이 가쁘고 심장이 얕게 두근거렸다. 그 원인이 두 사람에게 있는 것 같아 불편한 긴장감 속에서 한시라도 빨리 벗어나고 싶었다.

"의논할 거 있으면 너희들끼리 해. 나와는 상관없으니까."

태양은 지나쳐서 가려는 새벽의 걸음을 막아 세웠다. 차분하면서도 서늘한 목소리가 그녀에게 닿았다.

"내려가 봤자 해결되는 거 없어. 넌 항상 계획 없이 행동부터 하지. 생각보다 행동이 앞서는 게 현명할 때도 있지만 지금은 아니야. 아무것도 하지 말고 가만히 좀 있어. 내가 알아서 할 테니까 넌 내가 시키는 대로만 해."

따지는 걸 포기했다는 말은 취소다. 울컥 화가 난 새벽은 즉시 따져 물었다.

"네가 뭔데? 내 행동이 무슨 인류의 종말이라도 가져왔어? 지구의 파멸이라도 일으켰어? 내가 뭘 어쨌다고 내 일에 참견하는 거야?"

태양은 먼 하늘을 향해 고개를 돌렸다. 그는 본인이 정신을 바짝 차리지 않으면 혼란이 더 가중될 것이라는 걸 알고 있었다. 이 어리석은 여자는 그들이 무슨 이야기를 하는지 결코 이해하지 못할 것이다. 그녀는 생사가 걸린 중요한 일을 논하는 것보다 자신이 받아들일 수 있는 현실만을 원했다. 그리고 그녀가 원하는 걸 가져다주는 것이 태양의 역할이었다.

태양은 학교 뒤에 우뚝 솟아 있는 빌딩을 가리키며 말했다.

"저쪽 옆 건물 보이지?"

그가 가리킨 건물은 3개월 전에 새로 지어진 건물이었다. 건물을 지을 당시 소음이 심해서 학교 측과 건설사 사이에 크고 작은 마찰이 있었으나 건물이 완성된 뒤 학교의 반응은 오히려 긍정적이었다. 아름다운 디자인으로 설계된 세련된 건축물 1층에 들어선 서점과 북 카페는 여고의 이미지를 한층 도시적이고 교양 있게 바꾸어 주었으며, 현대적이고 품격 있는 건물 덕분에 변두리 취급을 받던 학교 앞 상권이 한층 번화하여 활기를 띠었기 때문이다.

무엇보다 건물 7층에는 분위기 좋은 고급 레스토랑이 있었는데 해라 여고 학생들은 그 곳에서 외식한 사진을 앞다투어 SNS에 올리며 방문을 인증했다. 어떤 메뉴가 가장 맛있었는지 침을 튀겨 가며 얘기하는 건 자습 시간의 일상이었으나 새벽에게 있어서 그 고상한 별세계에 가는 일은 달에 가는 것만큼이나 힘든 일이었다. 태양이 가리킨 곳은 정확히 그 레스토랑이었다.

"우리 저기에서 밥 먹고 있었거든? 네가 옥상에 올라와서 쓸데 없는 짓을 하는 바람에 별이 밥 먹다 말고 뛰쳐나온 거잖아. 밥값 어떡할 거야? 거기에 네 책임도 있어. 그러니까 어떻게 해야 할지 의논하는 동안 기다려 보라는데 그게 그렇게 어렵냐?"

그러니까, 옆 건물에서 밥을 먹던 별이 옥상 난간 위로 올라서는 새벽을 발견하고 뛰쳐나오는 바람에 먹던 음식도, 벗어서 의자에 걸쳐 놓았던 코트도 죄다 식당에 두고 나왔다는 말이다. 이 문제를 인류애로 해석하고 넘어가야 할지 아니면 밥값을 내놓으라고 해야 할지 고민 중이니까 잠시 기다려 보라는 것이 태양의 설명이었다.

꽤나 설득력 있는 그의 말에 새벽은 안도의 한숨을 내쉬었다. 진작 그렇게 말했더라면 이렇게 기묘한 긴장감에 휩싸여 뻣뻣한 상태로 있지 않았을 것이다. 그들의 논쟁이 끝나기를 기다린다 한들 새벽에게는 밥값을 물어 줘야 할 어떤 책임도 없지만 지극히 정상적인 현실로 돌아오고 나서야 긴장이 풀리고 이해라는 것이 적절하게 와닿았다.

별과 태양의 눈에서 본 찬란함은 옥상 바닥을 구른 충격으로 인한 환상이라든가 단순히 아침밥을 굶어서 나타난 현기증 정도로 생각했다. 그렇게 생각하는 것이 비현실 같은 지금의 상황에서 그녀가 받아들일 수 있는 한계였다.

"별이의 코트를 찾으러 가야 해. 너도 같이 가. 이렇게 된 거 같이 점심이나 먹자. 너에게 할 얘기가 있어."

담담한 태양의 제안에 새벽은 주춤했다. 그들이 옥상에 나타난 이유를 알게 되었다고 해서 점심을 같이 먹을 이유는 없었다. 상황을 이해하게 된 것과 그들을 따라가는 것은 별개였다. 자연스럽게 접근하는 두 남자의 호의가 되레 의심스러웠다. 그녀가 머뭇거리자 태양은 도저히 상대를 못 하겠다는 듯이 고개를 저었다. 그는 별에게 뒷일을 떠넘기고는 옥상 계단을 통해 사라졌다.

아직 뭐라 대답하지도 않았는데 횡하니 가 버리는 태양의 뒷모습을 보니, 설득하기 위해 남아 준 별이 고맙게 느껴졌다. 별은 장황한 말을 늘어놓는 대신 새벽에게 손을 내밀었다. 무척 아름답고 부드러워 보이는 손이었다. 그 손과 닿으면 어떻게 되는지 새벽은 알고 있었다. 양쪽 어깨를 잡았을 때 전해져 온 온기는 손이 떨어져 나가는 동시에 마음까지 시릴 만큼 포근하고 따뜻했다. 잡는 건 문제가 아닌데 놓았을 때 밀려들 한기와 허전함이 걱정이었다. 그래서 그가 내민 손을 잡지는 못하고 가만히 내려다보았다.

"태양이라는 애가 말한 할 얘기라는 게 뭐야? 나한테 무슨 할 얘기가 있다는 거야?"

불안해하는 그녀에게 별은 뭐라고 설명해야 할지 몰라서 "음." 하며 시간을 끌었다. 그러더니 다정한 목소리로 말했다.

"나는 설명을 잘 못하는 편이야. 하지만 이거 하나는 분명히 말할 수 있어. 네가 우리와 함께 가고 싶지 않다고 한다면 난 널 놓아줄 거야. 그렇게 되면 태양에게 또 한바탕 잔소리를 듣겠지만 그래도 어쩔 수 없어. 내가 할 수 있는 건 널 어딘가로 데려가기 위해 설득하는 게 아니라 네가 느끼는 감정, 슬픔, 외로움을 같이 느껴주는 것뿐이니까."

새벽은 그가 철저히 자기만의 세계에 갇힌 사람 같다고 생각했다. 돕고 싶어 하는 그의 진심이 느껴졌지만, 완벽하게 풀리지 않은 의문은 여전히 남아 있었다. '그는 왜 나를 돕고 싶어 하는가.' 그가 말해 주기 전까지 궁금증은 풀리지 않을 것 같았다.

"우리는 조금 전에 만났을 뿐이고, 넌 나에 대해 잘 알지도 못하잖아."

"나에 대해 알지 못하는 건 너야."

목소리에 깃들어 있는 다정함은 그녀를 안심시키기보다 오히려 두렵게 했다. 그녀를 향해 뻗어 있던 그의 손이 그녀의 손을 잡았다.

온기가 재빨리 전해졌다. 그 순간 묘한 감정이 차오르면서 자신도 모르게 울음이 북받쳤다. 잡힌 손을 뿌리치고 싶은 마음과 절대로 놓치고 싶지 않은 마음이 동시에 밀려왔다.

친절하게 다가오는 사람에게 기대고 싶었던 어린 시절이 있었다. 내미는 손을 거절하지 않고 잡을 때마다 더 이상 외롭지 않을 거라 믿었다. 하지만 잡았던 손은 가슴에 지울 수 없는 실망만을 안겨 주었다. 다시 누군가를 믿고 의지한다는 건 누구도 믿지 않겠다는 나름의 신념을 깨트리는 행위였다.

그녀의 생각을 읽기라도 한 듯 별이 말했다.

"너의 외로움이 느껴져. 양치식물처럼 말려 있는 너의 어깨와 굽은 등에서 비명이 들려. 슬픔에 빠져서 울부짖을 때 부여잡을 게 하나도 없으면 힘드니까 나를 잡아."

양치식물이라니. 누구에게도 들어 본 적 없는 황당한 위로의 말이 그녀의 가슴 한가운데를 비집고 들어와 작은 구멍을 뚫었다. 그를 마주 보는 동안 뚫린 구멍에서 무언가 따뜻한 것이 스멀스멀 새어 나와 몸 전체를 적셨다. 가슴이 일렁였지만 무슨 말을 해야 할지 몰랐다. 그녀의 눈에 눈물이 차올랐다. 단순한 현기증이 아니었다. 그의 눈동자 속 수억 개의 별빛이 그녀를 향해 빛을 쏟아 냈다. 그 빛이 눈물에 어려 더욱 찬란히 반짝거렸다.

"인생이 초라하고 비참하지. 왜 나에게는 이런 끔찍한 일들만 생기는 건지 세상이 원망스럽지. 내면은 텅 빈 창고같이 어둡고, 겉모습은 신경 쓰는 것조차 사치스럽지. 그 텅 빈 창고 같은 어두운 네 안에 내가 있어. 무기력하게 앉아서 뚝뚝 떨어지는 네 눈물에 난 축축하게 젖어 버려. 마를 날도 없이 춥고 암담해. 그래서 내가 왔어. 그만 좀 그치라고."

눈물이 뺨을 따라 주르륵 흘러내렸다. 손을 잡힌 채라서 닦지 못한 눈물은 빗방울처럼 바닥으로 툭 떨어졌다. 그는 더 이상 방황하지 말라고 속삭였다. 함께 있어 주겠다고 했다. 그의 솔직한 위로가 흘러넘쳐서 새벽의 마음속 벽이 허물어져 내렸다.

그가 하는 말을 정확하게 알아듣지는 못했다. 그러나 환하게 빛나는 두 눈은 그녀에게 모든 것을 설명하고 있었다. 수많은 날을 울었지만 그녀가 울 때 누군가가 옆에 있어 준 건 처음이었다. 그래서 더 큰 소리로 엉엉 울었다. 들썩이는 그녀의 어깨를 별이 따뜻하게 안아 주었다. 마음은 절망적이고 아픈데, 한편으로는 묘하게 밀려오는 달콤한 감상에 설레었다.

별은 그녀의 머리에 살며시 손을 얹었다. 늘 불안하고 외로웠던 그녀를 쓰다듬었다. 그녀의 이해력은 고장 나고, 그 대신 직감을 통한 신비로운 믿음이 작동하기 시작했다. 납득할 만한 아무런 설명이 없었지만 그와 더 많은 이야기를 나누고 싶었다. 한참을 울고 난 새벽은 따스하고 아름다운 그의 손을 맞잡았다. 같이 가자는 말을 하지는 않았다. 그러나 그를 따라가기로 마음먹었다.

D-7

태양과 별

그녀가 신축 건물 7층에 도착했을 땐 어느새 서쪽으로 기운 해가 하늘을 그러데이션으로 물들이고 있었다. 구겨진 교복 차림에, 울어서 얼굴은 엉망이 되었지만 새벽의 마음은 한결 편안했다. 할말이 무엇인지 들어 보기 위해 여기까지 왔다. 책가방을 꽉 붙잡고 심호흡을 한 뒤 레스토랑 안으로 들어갔다. 문 앞까지 같이 온 별은 문이 열리는 순간 어디론가 가 버렸다.

'설마 나를 태양에게 떠넘긴 건가? 철저한 역할 분담이군.'

새벽은 속으로 생각하면서 태양에게 다가갔다. 그는 창가 자리에 홀로 앉아 있었다. 그의 외모는 고급 레스토랑과 완벽한 조화를 이루었다. 차가운 인상이지만 지적이고 세련된 분위기를 갖고 있었다. 가진 게 아무것도 없는 여자에게 사기를 칠 만큼 할 일 없는 사람은 아닌 것 같다는 생각을 한 것도 잠시, 그의 시선을 따라 창밖을 내다보니 실제로 그가 앉은 자리에서 학교 옥상이 훤히 내려다보였다.

새벽은 별의 허리를 안고 옥상 바닥을 나뒹굴던 자신의 모습을 건물에 있던 다른 사람들도 보았을 거라고 생각하니 조금은 부끄러웠다. 아마도 태양은 이곳에 앉아 조금 전 별에게 안겨서 펑펑 우는 새벽을 바라보았을 것이다. 그 장면을 보면서 태양이 무슨 생각을 했을지 새벽은 짐작조차 할 수 없었다.

새벽은 그의 맞은편에 앉았다. 옆에 있는 빈 의자 등받이에 밝은 갈색 코트가 걸려 있는 걸 보니 아마도 별이 앉아 있던 자리인 것 같았다. 밖은 추웠다. 코트라도 가져갔으면 좋았을 걸 어째서 인사도 안 하고 간 걸까? 생각하고 있을 때, 태양은 창밖으로부터 눈길을 거두고 그녀를 보았다.

그는 그녀가 아직 자신들이 누구인지 인지할 능력을 갖추지 못했다고 판단했다. 그렇다고 해도 태양은 그녀를 이끌어야 했다. 그가 부여받은 임무는 '삶의 의지를 깨우는 것'이었다. 그녀에게 죽음이 다가오고 있었다. 그녀를 깨우지 못하면 '모든 것'은 사라지고 만다. 가끔은 육체가 정신을 깨울 때도 있고, 정신이 육체를 깨울 때도 있다. 그것을 일깨워 주는 것이 태양과 별의 역할이었다.

태양은 레스토랑 직원에게 주문한 음식을 가져다 달라고 말했다. 잠시 후, 그녀 앞에 잘 익은 스테이크 한 접시가 놓였다. 그는 새벽에게 음식을 권했다.

"먹어 봐. 맛이 느껴지면 다행인 거고, 안 느껴진다면 끝장인 거고."

새벽은 그를 유심히 바라보았다. 왠지 낯이 익었다. 어디에서 보았는지 기억이 나지는 않지만 친근한 얼굴이었다. 그녀가 잘 알지 못하는 엄마나 아빠 쪽의 먼 친척 혹은 사촌이 아닐까 하는 생각이 들었다. 오늘 처음 만난 남자인데 어째서 오래전부터 알고 있었다는 느낌이 드는 건지 그녀도 알 수 없었다. 이렇게 눈에 띄는 외모를 가진 남자라면 기억하지 못할 리가 없을 텐데…….

새벽은 앞에 놓인 스테이크를 보며 사실대로 말했다.

"나 돈 없어."

그는 새벽을 쳐다보지도 않고 대답했다.

"알아."

"그럼 이 스테이크는 네가 사는 거야?"

"설마 돈 없는 너보고 사라고 하겠냐?"

돈 없는 사람한테 돈 없다는 소리를 하는 건 엄청난 실례였으나 그는 대놓고 뻔뻔스러워서 오히려 있는 그대로의 사실을 명확하게 말하는 것처럼 들렸다. 아침, 점심을 굶었더니 배가 몹시 고파서 그의 말에 대꾸할 힘도 없었다. 옥상에 또 한 번 올라가더라도 에너지를 비축해 두어야겠다는 생각에 스테이크를 썰어서 입에 넣었다.

그녀가 먹는 모습을 바라보던 태양이 물었다.

"맛이 느껴져?"

옥상에 올라가서 그 난리를 친 주제에 밥이 넘어가느냐는 식으로 들려서 새벽은 힘차게 고개를 끄덕였다.

"응, 공짜라서 그런지 더 맛있어."

"다행이네."

그의 표정은 상형 문자 같았다. 단순하고 적나라했지만 해석이 쉽지는 않았다.

태양은 열심히 먹는 그녀를 관찰했다. 그녀는 그가 생각했던 것보다 더 몸집이 작고, 보잘것없고, 무방비한 인간이었다. 그렇지만 얼굴이 '망한' 정도는 아니었다. 울 때나 웃을 때나 가볍게 말려 올라가 있는 입꼬리라든지, 쓸데없이 도전적인 까만 눈동자라든지, 우울하다 싶으면 곧장 아래로 처지는 눈썹은 꽤 예뻤고, 하얀 이마, 매끈하면서 둥근 코끝, 약간 비틀어진 앞니도 나름대로 봐 줄 만했다. 비록 그녀가 자신의 아름다움을 알지 못한다고 해도, 그것을 깨닫기까지 시간이 걸린다고 해도, 지니고 있는 특유의 매력은 사라지지 않을 것이다. 자기 자신을 바라보는 시선이 바뀔 기다릴 뿐.

새벽은 접시에 얼굴을 박은 채 말했다.

"네가 사겠다고 해서 먹기는 하겠지만 구경은 참아 줘. 난 남이 쳐다보면 밥 못 먹어."

태양은 슬쩍 웃으면서 몸을 뒤로 젖혔다.

"처음 봐. 이렇게 생겼구나 싶어서. 실제로 보니까 신기하긴 하네."

느긋한 소리에 새벽이 불쾌한 티를 감추지 않고 물었다.

"그게 무슨 소리야? 나를 본 적이 있어?"

"넌 날 모르겠지만, 난 너를 알아."

그 말을 듣자 체한 것처럼 속이 울렁거렸다. 포크를 내려놓은 새벽은 가능한 한 긴장을 풀어 보려 애쓰며 말했다.

"어디 소속이야? 시청? 구청? 아니면 보건소? 설마 청소년 자살 방지 대책 위원회 같은 곳에서 나왔다면 아시다시피 나는 스무 살 성인이라 해당 사항 없고, 도움도 필요 없어. 내가 뭘 하든 자유라고."

그녀의 입에서 나온 '자유'라는 단어에 태양의 얼굴은 단숨에 구겨졌다. 그는 팔짱을 풀고 팔꿈치로 테이블을 짚었다.

"자유? 하, 거참 대단한 자유 부인 나셨네. 두 번만 자유로웠다가는 몸에 날개라도 달린 줄 알겠어. 뼈도 못 추리고 싶어서 환장했냐? 맨땅인지 허공인지 구별도 못 하고 발을 내딛는 게 네가 생각하는 자유라면 좀 확실하게 누리지 그랬냐. 어정쩡하게 사람을 불러 놓고 도움이 필요 없다느니 하는 얘기를 하면 상당히 곤란해. 안타깝지만 네가 선택할 수 있는 자유는 옥상에서 이미 끝났어."

새벽은 말문이 턱 막혔다. 분명히 듣기 거북한 말인데도 남이 하는 말처럼 들리지 않았다. 자신의 경솔함, 잘못을 인정하는 숙연함, 기대를 저버린 것에 대한 미안함이 어째서 태양에게 고스란히 느껴지는 건지 그녀도 알 수가 없었다. 그렇지만 그가 무슨 말을 하든 두 사람은 철저히 남이었다. 접근 의도가 불분명한 타인. 적어도 새벽은 그렇게 느꼈다.

그가 하려는 말이 무엇인지 들어 보고 얼른 자리를 떠야겠다는 생각이 들었다.

"그래서, 할 얘기라는 게 뭐야?"

태양은 냉정을 되찾았는지 테이블에 가까이 가져갔던 상체를 떼고 말했다.

"내일 저녁에 시詩 강연이 있는데 거기에 네가 꼭 참석했으면 좋겠어."

새벽은 꽤 놀랐다. 그의 입에서 시에 관한 이야기가 나올 거라고는 예상하지 못했다. 시는 그녀의 가장 오래된 관심사였고, 시인이 되는 것은 남몰래 꾸어 온 꿈이었다. 그러나 누구에게도 시인이 되고 싶다는 말을 한 적이 없었다.

그녀는 늘 도서관 자료실 구석에 앉아 도서관이 문을 닫을 때까지 혼자 책장을 넘겼다. 소설이든 수필이든 그녀가 있는 곳으로부터 작가가 펼쳐 주는 세상으로 끌고 가 줄 수 있는 책이라면 무엇이든 손에 들고 읽었다.

그녀가 시를 쓰기 시작한 건, 전하고 싶은 말이 마음속에 가득히 쌓여 비워 내지 않고는 도저히 견딜 수 없는 지경에 이르렀을 때였다. 어린아이가 세상에 태어나 처음 언어를 배울 때와 같았다. 듣기에 대한 임계점이 오면 말문이 트이듯이 새벽은 어느 겨울밤 연필 끝으로 서러운 문장을 토해 냈다. 그럴 때마다 그녀는 혼자였다. 그녀가 책을 좋아한다는 사실도, 시를 쓴다는 사실도 그녀 외에는 아무도 모른다.

"시 강연이라니 갑자기 무슨 소리야?"

"네 삶에 무언가 강력한 변화가 필요해."

새벽은 냅킨으로 입을 닦은 뒤, 물을 한 모금 마셨다. 소개팅도 데이트도 아닌 자리에서 처음 만난 남자와 밥을 먹다 말고 다투고 싶지는 않았다. 벌써 몇 번의 고비가 찾아오긴 했지만 우아하게 대화를 끝내고 싶었다.

"물론 사람은 누구나 삶에 변화가 필요하지. 그렇지만 그건 자기 자신한테만 할 수 있는 얘기야. 잘 알지도 못하는 남에게 함부로 해도 되는 말이 아니라고."

그녀가 어떤 식으로 반박을 하든 모든 대답이 준비되어 있는 사람처럼 태양은 여유로웠다.

"때가 되면 알게 되겠지만 지금은 내 말을 따르는 게 가장 도움이 된다는 것만 알아 둬."

"아까부터 같은 말만 반복해서 미안한데, 난 네가 누구인지도 모르고 어쩌다 너랑 밥을 먹게 된 건지도 몰라. 하지만 한 가지는 분명히 알겠어. 네가 나한테 첫눈에 반해서 작업을 걸 만큼 할 일 없고 시시한 녀석은 아니라는 거. 그럼 난 실컷 얻어먹었으니 이만 조용히 사라질게."

태양은 얕게 한숨을 쉬었다. 그의 얼굴에는 이제 막 1부터 10까지 세기 시작한 어린아이를 앞혀 놓고 미적분을 설명해야만 하는 수학자의 고뇌 같은 것이 담겨 있었다. 생각 같아서는 그녀에게 모든 걸 털어놓은 뒤, 이런 말다툼은 필요하지 않다고 말해 주고 싶기도

했다. 혼돈 한가운데 있는 그녀를 지켜 주고 싶었다. 그의 행동에 바탕이 되는 건 역시나 그녀에 대한 사랑이었다. 그러나 굳이 그걸 밝히고 싶지 않았다. 어차피 믿지도 않을 테니까.

그가 무슨 말부터 해야 할지 몰라서 뜸을 들이는 동안 새벽은 옆에 놓아둔 가방을 챙겨 들었다. 태양은 몸을 일으켜 가방 손잡이를 쥔 그녀의 손등에 자신의 손을 겹쳤다.

"너에게 설명해야 할 게 많지만 들을 준비가 되면 할 거야. 넌 지금 이 순간부터 무언가를 해야만 해. 삶의 의지를 깨울 수 있는 일. 사람이 살아가려면 필사적으로 매달릴 무언가가 필요하니까. 그게 돈이든 꿈이든 사랑이든 가장 가능성이 높은 것부터 시도해 보자."

새벽은 무슨 말인지 이해하기도 전에 그의 손을 뿌리쳤다.

"밥 한 끼 얻어먹었다고 해서 아무 말이나 들어야 할 의무는 없다고 봐."

"시 강연에 참석해 달라는 말이 그렇게 어려운 부탁은 아니잖아!"

다급함에 태양의 목소리가 높아졌다. 그러나 새벽은 완고했다.

"속 보이는 동정으로 날 설득할 수 있을 것 같아? 언젠가 시 강연에 참석을 하더라도 그건 내 선택에 의해서지 너의 강요에 의해서는 아니야. 난 오늘 고등학교를 졸업했지만 대학에는 진학하지 못했고, 옥상에서 삶을 마감하려 했던 시도도 네 친구 때문에 실패하는 바람에 내일부터는 먹고살기 바쁠 예정이라서 시 강연에 참석하는 건 나에게는 시간 낭비야. 의미도 없고."

꿈은 꿈일 뿐, 터무니없는 낭만을 좇을 여유가 없었다. 의류 수거함에 버린 옷들을 오늘 밤 다시 꺼내야 할 걸 생각하면 벌써부터 걱정이 앞섰다. 집게로 꺼내는 것이 나을지 아니면 의류 수거함을 열 수 있는 문이 앞이나 뒤에 달려 있는지 그걸 알아내는 게 새벽에게 닥친 가장 큰 문제였다.

새벽이 자리에서 일어나자 태양도 따라 일어섰다.

"이건 강요나 부탁이 아니라 너의 의무야!"

그의 강압적인 태도에 새벽도 지지 않고 대꾸했다.

"지금 나에게는 나를 책임지는 것 외에 다른 의무는 없어!"

"너 그게 가장 큰 의무인 걸 알면서 상황을 이렇게까지 만든 거야?"

"무슨 상황을 말하는 건지 모르겠어. 난 타인에게 어떤 피해도 입히지 않았어. 옥상 난간을 밟았을 뿐이고, 네가 사 주겠다는 밥을 얻어먹었을 뿐인데 나에 대해 전부 아는 척 나서는 거 불쾌해."

그녀의 인생에 두서없이 끼어들려는 사람들이 종종 있었다. 힘들다는 말은 하지도 않는데 미리 동정하는 사람, 갈 곳 없는 그녀의 숙식을 해결해 주겠다는 사람, 도움이니 구호니 하는 말로 돈이나 물건을 주려는 사람도 있었고, 계도 차원이라며 불시에 가정 방문을 하려는 사람도 있었다. 그리고 그 이면에는 추악한 대가를 요구하는 속내가 감춰져 있었다. 누군가의 동정과 관심이라는 건 정말 역겨운 일이었다. 이쯤 되니 온 우주가 앞길을 방해하는 것 같아서 넌더리가 났다.

태양이 조금은 누그러진 목소리로 그녀에게 말했다.

"넌 가끔 우주가 널 어떻게 하려고 한다고 착각하지만 너 하나 때문에 온 우주가 움직일 일은 절대로 없어. 널 움직이는 건 너야."

새벽은 가방을 멨다. 사실은 아무 맛도 느낄 수가 없었다. 스테이크가 아니라 질긴 종이 상자를 씹어 먹는 것 같았다.

"덕분에 잘 먹었어. 내일부터 난 만두를 빚어야 해서, 이만 가볼게."

아빠가 짐짝처럼 남겨 놓은 만둣가게는 새벽이 유일하게 몸을 눕힐 수 있는 공간이었다. 6개월 전, 아빠가 몰던 소형 트럭이 무단 횡단을 하던 한 할머니를 쳤다. 아빠는 그날 필요한 밀가루를 사기 위해 밀가루 공장에 다녀오는 길이었다. 아빠의 투박한 손으로 빚은 만두는 예쁘지는 않아도 맛이 좋아서 단골손님이 꽤 있었다. 사고 이후 아빠는 합의금 중 780만 원이 모자라서 교도소에 갔다. 금방 다녀오겠다는 말을 하고는 수염이 덥수룩한 얼굴로 웃으면서 들어갔다. 그곳이 천국이라도 되는 듯이.

그날의 일이 있기 전까지 만둣가게는 그녀의 희망이기도 했다. 갑작스럽게 처한 불행한 상황에서도 새벽은 의연하게 굴었다. 그러나 세상의 시선은 달랐다. 한 짝만 남은 신발처럼, 멀쩡한데도 쓸모없는 취급을 받아야 했다. 그녀 혼자서도 얼마든지 살아남을 자신이 있었지만 아무런 상관도 없는 어른들은 혼자 남겨진 그녀를 보호한답시고 위탁 가정이나 국가 보육 시설로 보낼 계획을 세웠다.

새벽은 '도움의 손길'을 피해 악착같이 도망쳤다. 어른이 되면 무언가가 달라질 거라는 희망을 품었다. 조금만 버티면 자신이 원하는 대로 삶을 개척해 나갈 수 있을 거라 믿었다. 해가 바뀌고 성인이 되었지만 그녀에게는 충격적일 정도로 아무 일도 일어나지 않았다. 그녀 앞에 놓여 있는 건 첩첩이 쌓인 밀가루 포대와 커다란 찜솥이었다.

만두를 빚는 일은 고난도의 미味적 활동으로 숙련도와 기술 어느 하나라도 부족하면 망치기 십상이었다. 아빠에게 배운 대로 열심히 해 보려고 마음을 다잡아 봤지만, 아빠 없이 만둣가게를 이어가는 건 사실상 불가능한 일이었다.

텅 비어 버린 듯한 그녀의 얼굴을 보면서 태양이 소리쳤다.

"밤새 울고 원망해도 세상은 바뀌지 않아. 네 삶에서 네 힘으로 바꿀 수 있는 건 너 자신밖에 없어. 기회를 주겠다고 하잖아!"

새벽은 문득 주위를 둘러보았다. 두 사람 외에는 손님이 없었다. 그러고 보니 식사하는 내내 레스토랑은 비어 있었다. 아무도 없는 식당의 분위기가 기괴하게 느껴졌다.

"네가 뭔데 나한테 기회를 주겠다는 거야? 신이야? 아니면 가진 건 돈밖에 없는 재벌 3세? 가난한 이웃을 상대로 봉사 활동이니 구호 활동이니 그런 걸 펼쳐서 스펙을 쌓거나 논문 따위를 쓰려는 거면 다른 데 가서 알아봐."

씩씩거리며 문을 향해 걸어가는 그녀의 앞을 태양이 막아섰다.

그녀가 레스토랑을 나가도록 내버려둘 수도 있었겠지만 태양은 그렇게 하지 않았다. 구체적인 목적을 갖고 이곳에 왔기 때문에 그녀를 포기할 수 없었다. 그녀 없이는 그도 존재할 수 없다. 그녀는 태양의 '모든 것'이었다.

"그런 게 아니라 널 도우려는 거야."

그를 바라보는 새벽의 눈에 의심이 가득했다.

"나를 돕겠다고? 그럼 난 너한테 뭘 해 줘야 하는 건데? 보다시피 가진 건 몸밖에 없어."

"아무것도 바라지 않아."

"거짓말하지 마."

"너 좋을 대로 생각하는 것도 괜씸해. 그러니까 의심은 그만두고 한 번만 나를 믿어."

새벽은 옥상에서 별의 눈을 통해 한 차례 기이한 경험을 한 터였다. 그래서 믿음이 어떻게 생겨나는지 알고 있었다. 설명할 수 없더라도, 의심하던 것을 믿는 순간 그녀가 보고 듣는 모든 것은 진실이 된다. 그리고 진실은 그녀의 앞길을 밝히는 유일한 빛이 되었다.

새벽이 그에게 쉽게 마음을 열지 않는 건 자존심이 상해서가 아니라 두려웠기 때문이다. 단 하나의 빛을 잃으면 또다시 헤맬지도 모른다는 걱정이 그녀를 더욱 불안하게 했다. 손을 내밀고 다가오는 그를 간절히 믿고 싶어서, 처절하게 본능과 마지막 전투를 벌였던 셈이다.

새벽은 날카로웠던 경계심을 조금 누그러트렸다. 어째서 그가 보잘것없는 자신에게 이렇게까지 감정을 소모해 가며 시간과 돈을 쓰려는 건지 궁금했다. '인류애'만으로는 설명이 되지 않았다.

"아빠가 돌아오시기 전까지 내가 맡아서 월세를 내야 해. 내일 끼니도 때워야 하고, 만두를 빚으려면 오늘 밤부터 준비해도 모자라. 밀가루 반죽은 생각처럼 쉽지 않거든."

"안 그래도 그 얘기를 하려고 했어. 만둣가게를 처분해."

태양의 말에는 망설임이 없었다. 시 강연에 참석하라는 말을 꺼냈을 때보다 더 격렬한 반응이 예상되었지만, 새벽은 아무런 말도 하지 않았다.

그녀는 아까부터 몸 상태가 썩 좋지 않았다. 만둣가게 구석에 있는 작은 마루로 돌아가고 싶은 마음뿐이었다. 어깨를 덮으면 발이 나오고, 발을 덮으면 어깨가 나오는 담요 안에 몸을 웅크려 눕고 싶었다. 새벽은 확실하게 의사를 전달했다.

"만둣가게를 처분하더라도 너한테는 양도 안 해."

천장에 불빛이 깜박일 때마다 웅성거리는 사람들의 목소리가 들리는 것 같다가 조용해졌고, 식당 안을 꽉 채운 사람들의 인기척이 느껴지는 것 같다가도 고요해졌다. 한 공간에 두 개의 차원이 존재하는 것 같다는 말도 안 되는 생각이 들자, 새벽은 피로한 탓이라 여기며 고개를 흔들었다.

태양은 빠르게 말을 이었다.

"네가 만약 삶을 끝내고 싶다면 만둣가게를 처분한 다음에 끝내도 좋고, 시 강연에 참석한 후에 끝내도 좋아. 그때는 나도 널 막지 않을 테니까.”

그는 좋은 말로 구슬리는 타입은 아니었다. 표정은 무서울 만큼 냉정했고, 말투는 얼음처럼 차가웠다. 그녀를 설득하는 일에 신물이 난 것 같으면서도 물러서지 않았다.

“결정은 네가 하는 거야. 지금까지도 그랬으니까. 그 결과가 어떻든 네 인생이 그것밖에 되지 않는다면 그것도 어쩔 수 없어. 그런데, 단 한 번이라도 목소리를 들어. 이 정도로 구석에 몰려 있다면 변화가 필요하다는 생각을 하란 말이야. 닫힌 문 앞에서 주저앉지 말고 가끔은 네 안에 목소리가 어딘가로 가자고 하면 잔말 말고 따라가.”

“네가 뭔데? 넌 나한테 그런 말 할 자격 없어!”

“말을 무슨 자격증 갖고 해? 입이 뚫렸으니까 하는 거지!”

두 사람은 또 한 번 격렬하게 충돌했다. 그리고 이건 시작에 불과했다. 태양의 입에서 거친 말들이 총탄처럼 쏟아졌다.

“이왕 뚫린 김에 말 좀 해 보자. 넌 만두 빚는 게 재미있어? 네가 빚은 만두 안에서 사랑이 보이고 미래가 보이고, 만두 빚는 행위에 보람을 느껴? 솔직히 네가 빚은 만두 엉망진창이야. 모양도 맛도 최악이지. 한숨으로 빚은 만두는 부정적인 기운이 가득 차 있어. 그건 먹는 사람에게도 독이야. 만두가 아니라 폭탄이라고!”

내가 만든 만두 먹어 봤어? 폭탄까지는 아니지 않아? 새벽은 그를 있는 힘껏 노려보면서도 그의 말을 한 단어도 빠트리지 않고 새겨들었다. 태양은 눈 하나 깜짝하지 않고 그녀를 꾸짖었다.

"만둣가게에 미련을 갖는 것에 아빠 핑계는 대지 마. 네 아빠는 네가 그 가게를 이어 가길 바라지 않아. 오히려 가게 권리금을 빼서 널 대학에 보내고 싶어 하셨어. 대학을 포기한 것도, 만두를 빚겠다고 고집부린 것도 너야. 남 탓 그만하고 인생 똑바로 살자. 타고난 운명에 의해 완전히 결정되는 건 아무것도 없어."

그를 바라보는 새벽의 눈빛은 사나웠지만 반박할 말을 찾지 못했다. 그의 말 한 마디, 한 마디가 가시처럼 귀를 뚫고 들어와서 뼈대만 남은 초라한 자존심을 무너트렸다. 그녀의 입에서 패배를 선언하는 마지막 항변이 새어 나왔다.

"만두를 팔아서 돈을 벌어야 해! 그러면 엄마가 돌아올지도 모르니까!"

태양은 답답함을 이기지 못하고 옆에 있는 벽에 자신의 이마를 쿵 박았다. 그가 버틸 수 있는 한계였다. 만약 그녀가 고집을 부린다면 더는 꺾지 못할 것 같았다. 모순적이게도, 새벽은 그런 그의 모습을 보고 웃어 버렸다.

'나를 위해, 나보다 더 필사적일 수 있는 건가?'

어떤 대단한 사명을 지녔기에 최선을 다해 상대방이 원치 않는 충고를 할 수 있는 건지 놀라웠다.

전혀 웃기지 않은 상황에서 웃고 있는 그녀를 보니 태양은 의욕이 싹 사라졌다. 태양이 허탈하게 말했다.

"네가 계속 만두를 빚겠다면 나도, 별도 네 옆에서 최선을 다해 만두를 빚겠지만 그건 낭비야. 우리를 그렇게밖에 사용 못 하겠다면 다시 옥상으로 올라가. 아프지 않게 밀어 줄 테니까."

한 사람의 생각을 변화시키는 일은 산 하나를 옮기는 것과 같았다. 새벽은 태양의 산이었다. 태양은 옮기려는 시도가 무색할 만큼 꿈쩍도 하지 않는 그녀를 어딘가로 데려가려 하고, 변화시키려 애쓰고 있었다.

새벽은 자신도 모르는 사이 강한 흐름에 이끌려 버렸다. 한번 휩쓸려 버린 변화의 물결에서 발을 빼는 것은 쉽지 않았다. 심지어 발을 빼는 것이 맞는 것인지, 그것마저 헷갈렸다. 더는 버틸 명분이 남아 있지 않았다. 그녀는 반 이상 넘어간 것 같은 표정으로 새침하게 물었다.

"장사도 잘 안 되는 만둣가게를 어떻게 처분하라는 건데? 네가 인수할 거야? 만두에 관심 있니? 아니면, 그 자리에서 다른 사업을 할 생각인 거야?"

"만두나 사업 따위 관심 없어. 내 관심은 오직 너야. 넌 지금 미로 속에 있고, 난 단지 너에게 빠른 길을 알려 주려는 것뿐이야."

정말이지 저돌적인 말투에 적응이 안 된다. 그에게서 적의나 악의는 느껴지지 않았다. 느껴지는 건 100퍼센트 호의. 과연 그 느낌이 맞는 것인지 자기 자신의 직감이 의심스러울 정도였다.

새벽은 그를 만나고부터 벌써 여러 차례 했던 질문을 떠올렸다. 그는 누구인지, 왜 하필 내 앞에 나타난 건지, 무슨 이유로 나를 변화시키려고 애쓰는 건지. 새벽에게는 매우 중요한 질문이었지만 태양에게는 그런 것들이 전혀 중요하지 않은 것처럼 보였다. 그는 그녀가 궁금해하는 것들에 대한 대답을 결코 내어놓지 않을 것이다. 그를 믿어야 한다는 것, 그것만이 그녀가 알 수 있는 유일한 정보였다.

"하나만 솔직하게 대답해 줘. 왜 나에게 빠른 길을 알려 주려는 거야?"

"네 운명이 계획해 놓은 삶보다 '우리'가 너를 위해 계획해 놓은 삶이 더 훌륭하다는 걸 보여 주고 싶어."

단호하게 말을 뱉은 태양은 활활 타오르는 눈으로 새벽을 응시했다. 그의 얼굴에는 조롱이나 비난, 그녀를 동정하는 기색이 없었다. 굳건한 의지만이 담겨 있었다. 반드시 올바른 방향으로 이끌어 가겠다는 의지. 그의 절박함은 신비한 경로로 그녀에게 전해졌다.

"좋아, 그럼 증명해 봐. 내가 널 믿을 수 있게."

☾　☾　○

태양은 레스토랑을 나오면서부터 새벽의 인생에 적극적으로 개입하기 시작했다. 그가 누구인지 머리로는 이해하지 못했지만 그녀의 본능은 그의 존재를 받아들였다. 그때부터 두 사람은 쉴 새 없이 다투었다. 그가 하는 말이 틀려서가 아니라 새벽이 느끼기에 그가 지나치게 사적인 부분까지 관여한다는 생각이 들었기 때문이다.

새벽은 누군가와 가까워지기 위해서는 일정한 시간, 적응 기간이 필요했다. 그러나 태양은 그럴 틈을 주지 않았다. 낡은 가방을 버리라는 것부터 시작해서 그녀의 휴대폰 속 애플리케이션과 연락처까지 삭제해라 마라 참견했다. 타인에게 늘 방어적인 자세를 취하고 있던 새벽에게 그는 감당하기 어려운 존재였다.

"죽을 결심까지 했다면 네가 가진 것들은 이미 의미를 잃어버린 것들이야. 있어도 없는 거나 마찬가지지. 그런 의미로 다 떨어진 그 싸구려 가방부터 버려."

"굳이 들춰내지 않아도 가진 게 없어서 막막하니까 사람을 너무 비참한 상태로 몰아가지는 말아 주라. 내 가방은 내가 알아서 할게."

"아무것도 소유하지 않은 상태로 돌아가서 정신을 먼저 돌봐야 해."

"내 정신도 내가 알아서 돌볼 테니까 넌 네 정신이나 어떻게 해 볼래?"

"내가 왜?"

태양은 한심할 정도로 솔직한 얼굴로 새벽을 보면서 물었다. 뭐가 문제인지 정말 모르겠다는 표정이었다.

"넌 원래 오지랖이 넓은 성격이야?"

"그렇게 보여?"

의외라는 듯 묻는 그에게 새벽이 친절하게 고개를 저어 주었다.

"아니, 남 일에 하나도 관심 없어 보여. 솔직히 말하자면 겉모습만 봤을 때 다른 사람 일에 티끌만큼도 신경 안 쓰고 누가 뭐라고 하든지 자기 갈 길이나 갈 것 같아. 그래서 신기해. 나한테도 관심이랄 건 없어 보이는데, 아까부터 제멋대로 떠들고 있단 말이지."

태양은 정말로 별 관심 없다는 투로 대꾸했다.

"난 현실을 직시하는 것 외에 다른 건 흥미 없어."

그는 스스로 매력적이라는 걸 알고 있는 사람처럼 여유롭게 미소 지었다. 새벽은 괜한 소리를 한 것 같아 한숨을 푹 내쉬었다.

"매너도 없고."

"매너가 없는 게 아니라 너한테 일일이 양해를 구하기엔 시간상 비효율적이라서 과정을 건너뛰는 거야. 넌 좋게 말하는 것보다 되는대로 밀어붙여야 알아듣는 타입이라고."

"좋게 말해도 잘 알아들어."

"좋아, 그럼 네 구린 본성은 옥상에서 떨어져 죽었다고 생각하고 다시 태어나 보자. 완전히 다른 사람처럼 머리 모양도 바꾸고, 걸음걸이나 말투, 눈빛까지 바꿔 보는 거야."

"본성이 구려서 미안한데, 내 걸음걸이랑 말투는 나쁘지 않다고 보거든?"

"내 말의 핵심은 인격적인 변화야. 인격이라는 건 기본적으로 이성과 감성, 어느 쪽으로 더 치우쳤느냐에 따라 미묘한 차이로 결정되는 거지. 감성적인 사람보다 이성적인 사람이 인격적으로 훌륭하다는 평가를 받는다는 통계가 있어. 그러니까 내 말을 잘 들으면 자다가도 떡이 나온다는 거야."

"네가 뭔데?"

태양이 걸음을 멈추고 자신보다 한 뼘은 작은 그녀를 빤히 내려다보면서 말했다.

"지금부터 '네가 뭔데?'라는 말은 금지. 한 번만 더 그 말을 하면 내가 뭔지 진심으로 불어 버릴 테니까 조심해."

새벽은 그가 정신 건강 클리닉에 고용된 아르바이트생일지도 모른다고 생각했다. 자살을 시도한 사람을 쫓아다니면서 다시는 그런 생각을 하지 못하도록 잔소리하고 회개시키는 일이 그가 맡은 역할이라면 그는 제대로 해내고 있었다. 혹시 클리닉으로 끌고 갈까 봐 정신 차린 척하느라 실제로 정신이 번쩍 들었다. 새벽은 말대꾸하거나 따져 묻지 않고 얌전히 그가 하는 말을 들어 주었다.

"카를 구스타프 융의 심리학에 대해 읽은 적 있지? 인생의 정점에서 하나는 둘이 되고 셋도 넷도 될 수가 있다는 거. 우리 내부에 존재하지만 알지 못했던 자아가 위대한 각성을 통해 정면으로 맞서 일어나게 되는 현상 말이야. 그런 일이 드물게 발생하는 것은 자신이 원해서일 수도 있고, 그 반대일 수도 있다고……."

"잠깐! 무슨 말인지 전혀 모르겠어. 읽은 것 같긴 한데 너무 어려워서 기억 안 나."

신나서 떠들어 대던 태양은 기억 안 난다는 새벽의 말에 입을 벌린 채 말을 멈췄다. 그러더니 맥 빠진 목소리로 말했다.

"그럴 거면 책은 뭣 하러 읽냐? 시간 때울 거면 그냥 낮잠이나 자지."

"가끔은 낮잠을 자기 위해 책을 읽을 때도 있어. 책 읽으면 잠이 더 잘 오거든."

새벽은 화제를 바꾸기 위해 주변을 두리번거렸다.

"그런데, 별은 집에 간 거야? 다시 안 와?"

"걔는 야행성이라 주로 밤에 등장하는 습성이 있어."

"야행성이라면 박쥐나 부엉이 같은 거?"

"아니, 멜라토닌 분비량의 증가나 망할 새벽 감성 같은 걸 말하는 거야. 비타민 D를 섭취하고 낮에 운동을 해. 그럼 밤에 잡생각 없이 푹 잘 수 있어."

태양과의 대화에 지쳐 갈 때쯤 다행히 새벽의 눈에 의류 수거함이 들어왔다. 새벽은 후다닥 그쪽으로 달려갔다. 지난밤 몇 벌 남지 않은 옷을 거기에 쑤셔 넣었는데, 오늘 밤에는 다시 꺼내야 한다. 의류 수거함에 있는 옷을 꺼내는 것도 절도라는 걸 알고 있지만 살기 위해서는 어쩔 수 없었다. 되도록 사람이 다니지 않는 깊은 밤에 오는 게 좋을 것 같다고 생각하면서 의류 수거함의 구조를 살펴보았다.

아래쪽에 열 수 있는 문이 있었지만 자물쇠로 굳게 잠겨 있었다. 까치발을 들어 구멍에 손을 넣어 보아도 겨드랑이에서 걸렸다. 짙은 초록색 고무 상자 속 어디쯤에 그녀의 옷이 있는지 알 수가 없었다. 아무래도 옷을 꺼내는 건 불가능할 것 같다는 생각에 이르자 몸에 기운이 쭉 빠졌다.

"교복을 입고 있으면 정체성을 빼앗기는 기분이야. 졸업식이 끝난 지 여섯 시간이나 지났는데 아직도 교복을 입고 있는 사람은 나밖에 없을걸."

투덜거리는 그녀의 등 뒤에서 아무런 소리도 들리지 않았다. 새벽은 주위를 둘러보았다. 옆에 있어야 할 태양이 사라지고 없었다. 묘한 허전함을 느꼈다. 오늘 아침까지 철저히 혼자였는데, 지금은 혼자라는 것이 낯설었다. 혹시나 다시 오려나 그 자리에 서서 한참을 기다려 보았지만 날이 완전히 어두워지도록 그는 오지 않았다.

새벽은 불 꺼진 만둣가게로 돌아왔다. 썰렁한 실내에 발을 들여놓자마자 외로워졌다. 전기장판 전원을 켜고 울적하기 그지없는 작은 마루에 몸을 웅크리고 누웠다. 갑자기 사라져 버린 태양과 별을 생각했다. 가라고 할 땐 꿈쩍도 하지 않더니 그야말로 연기처럼 사라졌다. 낯선 사람이 자신의 인생에 끼어드는 건 끔찍하게도 싫었다. 그렇지만 새벽은 인정하지 않을 수 없었다. 그들과의 만남이 설렜다는 것을…….

'의류 수거함 주변을 두리번거리는 여자에게서 오만 정이 다 떨어진 건가…….'

어찌 돼도 상관은 없다고 생각하면서 속으로는 역시 믿는 게 아니었다고, 기대지 않기를 잘했다고 자신을 위로했다. 옥상 바닥에 부딪힌 어깨는 멀쩡한데 오른쪽 등과 옆구리에 서늘한 감각이 느껴졌다. 옷을 들춰 보아도 몸에 별다른 부상은 없었다. 감각이 어디에서 오는 건지 느껴 보려 해도 정확한 부위를 짚을 수가 없었다. 온몸이 으슬으슬 떨렸다.

아직 문을 닫지 않은 가게들도 있어서 문밖은 밝고 어수선했다. 새벽은 "태우시오"라고 쓰여 있는 상자에서 일기장을 꺼냈다. 하마터면 불태워질 뻔한 그녀의 일기장과 감격스럽게 재회했다. 새벽은 평소 일기장에 하루 동안 일어난 일들을 자세히 적어 두기보다는 미묘한 느낌을 더 많이 적었다.

예를 들면, "달걀프라이를 먹으려고 해도 반드시 시간이 필요한 법이다. 달걀이 기름에 튀겨지고, 색깔이 변하는 최소한의 시간을 기다려야 한다. 그렇지 않으면 날달걀을 먹는 수밖에 없다. 미래는 오고 있다. 기억해. 이미 오고 있다."라고 적힌 10월 31일의 일기를 보면 그날 어떤 일이 일어났는지는 알기 어렵다. 그 당시 기분이 그랬다는 것만 알 수 있다.

그녀가 쓴 일기의 또 다른 특징은 어떻게 살았는가에 대한 명백한 흔적을 남기지 않는다는 것이다. 그 이유는, 일기장이 인생 최대의 약점이 되는 걸 막기 위해서였다. 기억에 남는 것은 남기고 그렇지 않은 것은 이 세상 어디에도 존재하지 않도록, 누가 볼까 두려운 내용은 쓰지 않기로 다짐했다. 자신에 관한 이야기는 아무것도 적혀 있지 않지만 그래도 봄새벽이라는 인간이 오늘도 살아 있다는 것을 증명하는 것은 오직 일기장뿐이었다.

새벽은 오늘의 일기를 썼다.

호빵맨은 얼굴이 젖으면 새로운 얼굴로 바꾸어 낀다. 길을 걷다가 배고픈 캐릭터를 만나면 옆통수를 한 주먹 떼어서 먹으라고 나누어 준다. 떨어져 나간 옆통수는 시커먼 팥을 드러낸다. 남을 도우면 신체 일부가 떨어져 나가 내면이 들여다보이는 것이다. 떨어져 나간 머리통은 바꿔

달면 된다. 무한 리필이 되는 머리통.

　새벽 네 시에 일어날 수 있도록 알람을 맞춰 두었다. 그 시간에 일어나는 건 3년 전에 얻은 습관이었다. 아빠와 함께 살 때 어디선가 수탉 한 마리가 집 마당으로 날아왔는데, 그 수탉은 날마다 새벽 네 시에 정확히 울었다. 네 시는 새벽이 태어난 시간이었다. 수탉은 아빠의 우악스러운 손길에 의해 처참히 목이 비틀어지는 날까지 그 시간에 우는 걸 멈추지 않았다. 새벽은 그 후로 자신이 태어난 시간에 잠에서 깨는 걸 좋아했다. 새까만 창밖이 푸르게 밝아 오면 출발선에 1등으로 선 것 같은 기분이 들었다.

　새벽은 내일에 대한 막연한 기대를 품은 채 눈을 감았다. 그리고 자연스럽게 태양과 별을 떠올렸다. 단순히 위로를 받고 싶은 건지 아니면 사랑을 하고 싶은 건지 그녀도 알 수 없었다. 그들과 함께 있기를 원했다. 죽는 데 실패했어도 크게 절망스럽지 않았던 이유는 그들이 옆에 있었기 때문이다.

　도움받는 것에 익숙하진 않지만 태양과 별에게는 도움받고 싶었다. 새벽은 그들이 필요했다. 방식이야 어찌 됐든 두 사람과 함께 있으면 철저히 혼자라는 생각을 떨칠 수가 있었다. 성격도 외모도 전혀 다른 두 사람의 말과 행동에서 묘한 기시감을 느꼈다. 만난 적은 없지만 오래전부터 알고 있는 것 같은 익숙함. 착각이라기엔 너무나 분명했다.

　'다시 만나지 못하는 건 아닐까?'

불현듯 엄습해 오는 추위와 불안을 떨치려 담요를 뒤집어썼다. 잠을 자는 게 좋을 것 같았다. 자고 일어나면 또 다른 하루가 시작될 테니 아무 생각 없이 잠들어 버리자. 잘 살아 내든 못 살아 내든 공평하게 주어지는 내일이 처음으로 기다려졌다. 아침이 밝으면 그들을 다시 만날 수 있을 거라는 생각에, 내일은 알람이 없어도 일어날 수 있을 것만 같았다.

새벽은 곧 잠이 들었다. 겨우 30분 정도 눈을 붙인 줄 알았는데 알람이 울렸다. 휴대폰으로 손을 뻗어 알람을 끄는 순간, 그녀가 누워 있는 작은 마루 끝에 인기척이 느껴졌다. 그렇게 많이 놀라지는 않았다. 별이 와 있다는 걸 직감으로 알 수 있었다. 그의 목소리가 아름다운 음악처럼 잔잔하게 들려왔다.

"깨어나지 말고 반쯤 잠이 든 상태를 유지해. 현실과 꿈의 중간에 놓여 있을 때 무언가를 상상하기 가장 좋아."

별의 말은 언제나 알쏭달쏭했다. 정신 차리고 듣지 않으면 무슨 말을 하는 건지 알아들을 수가 없었다. 새벽은 여전히 잠을 자는 것처럼 꿈쩍도 하지 않고 누워서 그가 하는 말에 귀를 기울였다.

"자, 이제 상상해 봐, 네가 되고 싶은 누군가를. 이름을 짓고, 나이와 성격을 설정하고, 가치관을 만들어. 제2의 너에게 다른 사상을 부여하는 거야. 좋아하는 음식, 음악, 취미, 패션, 모든 걸 새롭게 창조해. 너는 창조주가 되는 거고, 그렇게 네 손으로 탄생시킨 너의 페르소나는 하나의 예술이 되는 거지."

새벽은 그의 말을 들으며 꿈인지 현실인지 모를 몽롱한 상태에서 상상에 빠졌다. 머릿속에 벌거벗은 자신을 떠올렸다. 그러나 그녀는 봄새벽이 아니었다. 아무것도 설정되지 않은 태초의 인간이었다.

　'내가 만약 한 인간을 창조한다면 이름은 무한대라고 지을 거야. 그녀는 입술에 언제나 새빨간 립스틱을 발라. 어깨까지 내려오는 머리가 바람에 아무렇게나 흩날리게 내버려둔 채 공원을 한가롭게 산책하지. 절대로 빠르게 걷지 않아. 최대한 나른하게 걸음을 옮겨. 즐겨 입는 옷은 언제든지 벗기 쉬운 옷. 몸을 구속하거나 옭아매지 않고 자유롭게 해방시켜. 그녀는 머물렀던 자리에 흔적을 남기지 않아. 소유한 물건은 가방 하나에도 충분히 담겨서 지구에 삶을 살러 온 게 아니라 잠시 여행을 온 것처럼 보이기도 해. 엿을 좋아해서 산책하는 동안 입천장에 엿을 붙여. 그 엿이 녹을 때까지 침묵해. 말을 할 때도 말을 하지 않을 때도 환상에 젖어 있으니까. 그녀의 손에는 시집이나 가벼운 소설책이 한 권 들려 있어. 책 사이에는 연필이 끼워져 있어서 언제든지 떠오르는 문장을 끼적일 수 있어. 맞아, 그녀는 시인이야. 그녀가 쓴 시는 감동으로 빛이 나. 굴러가는 낙엽 하나로도 멋진 시를 써 낼 수 있을 만큼 천재적인 재능을 지녔지. 신이 내린 재능이란 바로 그런 거야. 아무 단어나 이어 붙이면 시가 되는 것. 뒤로 써도 시가 되고 거꾸로 써도 시가 되는……. 그녀의 목표는 자신이 죽은 뒤, 세상 사람들의 마음에 남을 단 한 편의 시를 남기는 거야. 그래서 목표를 이루려면 첫째, 시를 써야 하고 둘째, 반드시 죽어야 하지. 그녀의 시가 사람들에게 인정받지 못하는 건 그녀가 아직 살아 있기 때문이야. 모든 건 때가 되면 이루어지는 거니까. 아직 때가 오지 않았을 뿐이고.'

그녀의 상상은 거기에서 멈췄다. 별이 물었다.

"무한대와 너 사이에 넘어서지 못할 불가능한 벽이라도 있어?"

새벽은 잠이 덜 깬 목소리로 대답했다.

"응, 나에게는 천재적인 재능이 없어."

"그건 누가 판단해?"

"글쎄, 독자들이 판단하는 거 아닐까."

"너의 시를 읽은 독자가 한 명이라도 있어?"

"아직은 없어."

그가 웃었다. 그녀 역시 자신의 말이 앞뒤가 맞지 않는다는 걸 알고 웃었다. 천재적인 시인이 되려면 시를 써야 하고 죽어야 하는데 새벽은 아직 아무것도 해낸 것이 없으므로 천재적인 시인이 아닐 수밖에 없었다. 사실 천재적인 시인이 되는 건 생각보다 어려운 일이 아니었다. 시를 쓰기만 하면, 죽기만 한다면 언젠가는 될 수 있다. 물론 죽은 다음의 일이니 천재적인 시인이 되지 않아도 상관은 없다.

후후후, 혼자 웃다가 잠에서 깬 새벽은 눈을 비비고 몸을 일으켰다. 마루 끝에 앉아 있다고 생각했던 별이 보이지 않았다. 잠결에 꿈을 꾼 건가? 그가 만둣가게 안에 들어와 있다고 생각한 것부터 착각이었나? 만둣가게의 문은 굳게 닫혀 있었다. 자기 전에 그를 생각하다가 잠이 드는 바람에 얕은 수면 상태에서 꿈을 꾼 것일 수도 있다. 기이한 경험이었다.

새벽은 노란 전구의 불빛 아래 일기장을 펼쳤다. 마법사나 요정 할머니가 등장하는 동화책 내용을 진실이라고 믿고 꿈꾸던 어린 시절로 돌아간 것처럼, 처음으로 자신이 겪은 실제 이야기를 일기장에 써 내려갔다. 태양과 별을 만난 이야기는 누구에게도 들려주지 못할 만큼 비현실적이었으므로 누군가 우연히 읽는다고 해도 약점이 될 건 없었다. 그녀에게는 지극히 현실인 비밀스럽고 환상적인 이야기가 그녀의 노트 안에서 조심스럽게 펼쳐졌다.

D-6

돈, 꿈, 사랑

태양, 별과의 첫 만남에 관한 기록을 마무리 지을 때쯤, 컴컴하던 시장에 불빛이 하나둘씩 켜지고 사람들의 온기가 들어찼다. 새벽은 자리에서 일어나 밤새 덮고 잔 담요를 갰다. 시장 안에 있는 공용 화장실로 가서 일회용 칫솔로 이를 닦고 세수를 했다. 교복은 하나밖에 없는 옷이라서 벗어 던질 수도 없었다. 구겨진 치마에 물을 묻혀서 툭툭 털었다.

새벽은 자신의 명찰을 보았다. '봄새벽'. 작명소에 갈 돈도 없고, 한자로 이름을 지을 만큼 박식하지도 않은 아빠 덕분에 얻게 된 단순한 이름이었다. 동생들이 태어났더라면 여름밤, 겨울 아침 등의 서정적인 이름을 얻었을 테지만 엄마가 집을 나가는 바람에 안타깝게도 여름밤과 겨울 아침은 태어나지 못했다. 새벽은 손가락으로 가볍게 머리를 빗은 뒤 거울 속 자신을 무표정하게 노려보고는 만둣가게로 돌아왔다.

만둣가게 안에는 태양이 와 있었다. 새벽은 그를 보자마자 스스로도 설명이 안 될 만큼 깊은 안도감을 느꼈다. 자연스러운 동작으로 비어 있는 선반을 뒤져서 커피 믹스 하나를 찾아낸 그는 제집인 양 냄비에 물을 끓여 커피 한 잔을 탔다. 물을 많이 넣으면 싱겁지만 새벽은 늘 그렇게 마셨다. 커피 믹스 하나로 최대한 많은 양의 커피를 마시려면 조금은 싱겁게 마시는 수밖에 없었다. 태양은 본인이 직접 탄 커피를 한 모금 맛보더니 그녀에게 건넸다.

"뜨겁고 맛대가리 없는 커피는 오늘로 끝이야."

새벽은 그가 건넨 커피를 받아 들었다. 종이컵에 코를 들이대고는 달콤한 냄새를 맡았다. 그녀가 마시던 커피와 똑같았다. 그가 타준 커피라서 그런지 평소보다 커피 향이 더욱 부드럽게 느껴졌다.

그녀는 만둣가게가 제법 한적해진 느낌을 받았다. 구석에 가득 쌓여 있던 짐이 치워진 느낌, 눅눅하고 불결하던 가게 안이 밝고 보송보송해진 느낌. 무겁고 우중충하던 안개가 걷히고 투명한 빛이 내려앉은 것처럼 주변이 단정해 보였다. 불가사의한 심리적 상태는 그녀가 늘 보던 공간에 대한 느낌까지 바꾸어 놓았다.

태양은 만둣가게를 내놓아야 하는 이유에 대해 자세히 설명했다. 새벽은 '네가 뭔데?'라는 말을 잊어버린 사람처럼 순순히 고개를 끄덕이면서 커피만 홀짝거렸다. 사실 그는 친구도 아니고, 애인도 아니고, 그렇다고 먼 친척도 아니고, 어쩌면 인간도 아니었으나

(별이 외계인이라고 밝혔으니 ─ 그 말을 믿는 건 아니지만 ─ 어쨌든 태양도 외계인일 가능성이 없지 않다.) 뭐가 됐든 지금으로서는 그의 말을 따를 수밖에 없었다.

그의 말을 따른다기보다 겸허히 변화를 받아들이는 중이었다. 몇 시간 전 그녀가 상상했던 '무한대'의 이미지에 스스로를 겹쳤다. 멋진 사람이 되고 싶다는 생각이 불끈 솟아났다. 새벽은 이 세상에서 자신이 맡은 역할이 무엇인지 깨닫고 싶은 충동에 가슴이 두근거렸다. 그러기 위해서 어제까지 하지 않은 일을 오늘은 해야만 한다는 생각이 들었다.

'아마 무한대라면 이른 아침 시장에 있는 만둣가게에서 싱거운 커피를 마시지는 않을 거야. 분위기 좋은 카페나 공원에서 향이 진한 커피를 마시겠지. 나도 그렇게 되고 싶어.'

새벽을 변화시킨 건 커피 한 잔을 멋지게 마시고 싶다는 단순한 생각 하나였지만, 그것은 변화의 전부이기도 했다.

☾　☾　○

해가 완전히 떴을 때, 새벽과 태양은 비교적 저렴한 식당을 골라 아침 식사를 했다. 돈이 없는 그녀는 비싼 걸 얻어먹는 것보다 덜 부담스럽다는 이유로 가장 싼 음식을 주문했는데, 그것 때문에 또 한바탕 가벼운 실랑이가 있었다.

"먹고 싶은 걸 사 주겠다는데 겨우 잔치국수를 고른다고? 오늘이 뭔 잔칫날이야? 얼굴은 죽을상을 하고서는……."

아침 메뉴 선택에 불만이 가득한 태양의 투덜거림에 새벽이 대답했다.

"돈은 없지만 염치는 있어. 그리고 난 그냥 따끈한 소면이 먹고 싶었을 뿐이야."

"네가 먹는 음식이 너의 취향이 되고, 취향이 쌓여서 삶이 되는 거야. 세상에 맛있고 비싼 음식이 얼마나 많은데."

"비싸다고 다 맛있는 건 아니거든? 이왕이면 싸고 맛있는 게 최고지."

"메뉴가 사람을 만든다는 말 몰라?"

"메뉴가 아니라 매너겠지."

"그래! 음식이 문제가 아니라 너의 태도가 문제라고 본다. 돈은 내가 내겠다는데 왜 다른 선택지를 떠올리지 못하는 거야? 아무튼 난 그게 싫어. 몸에 배어 있는 빈곤함. 그걸 벗어나려고 애쓰지 않는 무감각함. 무신경, 무예민, 무민감."

모든 단어 앞에 무無만 갖다 붙이면 말이 되는 줄 아는지, 한껏 가시 돋친 그의 비아냥에도 그녀가 태평할 수 있는 건 악의 없는 그의 눈빛 때문이었다. 그는 진심으로 그녀를 걱정하고 있었다.

"그게 나쁜 거니?"

"나쁘다기보다 속이 뒤집힐 것 같아."

"돈 없는 건 난데, 왜 네 속이 뒤집혀?"

"돈 없다고 옥상에 기어올라 가는 네 꼬락서니를 평생 봐야 한다는 게 화딱지가 나."

"평생?"

"적어도 일주일."

테이블 위에 젓가락을 가지런히 놓은 새벽은 어제보다는 다정한 눈빛으로 그를 바라보았다. 그와 다투는 것에 익숙해져 가는 것도 좋았다. 그가 무슨 말을 하려는 건지 알아들을 수 있다는 것도 놀라운 변화였다.

"이제 안 그런다니까. 그리고 이 시간에 문을 연 식당이 있는 것만으로도 고맙게 생각해야 해. 비싼 음식점은 아침 여덟 시에 장사 안 해."

"부지런한 브런치 카페는 여덟 시부터 영업하거든요? 크랜베리 콕콕 박힌 치아바타에 신선한 아보카도랑 토마토, 프로마쥬 블랑 듬뿍 얹은 샌드위치 먹고 싶다고."

"아빠가 좋아하던 해장국집에 갈 걸 그랬나? 거긴 24시 영업인데. 아빠는 해장국 먹을 때 항상 소주를 한 병 시켜서 같이 먹었거든. 나도 성인이 되면 그걸 제일 먼저 해 보고 싶었어. 모닝 소주."

"하, 별이 들으면 좋아서 환장할 소리 한다."

"별도 모닝 소주 좋아해?"

"걔는 정신 줄 놓는 걸 좋아해."

주문한 국수가 나왔다. 새벽은 젓가락으로 고명을 뒤적이며 태양을 바라보았다. 뚫어져라 보는 그녀의 시선을 느낀 태양이 국수를 건져 올리다 말고 퉁명스럽게 물었다.

"왜? 뭘 봐?"

"별이랑 넌 2인 1조 교대 근무야?"

"뭐, 그런 셈이지."

"별은 여자 친구 있어?"

"황당한 질문이네."

입에 들어간 국수는 몇 번 씹지도 않았는데 스르르 녹아 사라졌다. 싼 음식 먹는다고 투덜댈 땐 언제고 맛있게 먹는 태양을 보니 웃음이 나왔다. 새벽은 다시 한번 물었다.

"넌? 여자 친구 있니?"

대답은 없고 후루룩 소리만 크게 들려왔다.

"하긴, 애인이 있었다면 이른 아침부터 나 같은 애랑 국수를 먹을 일도 없겠지."

"안 먹을 거면 내가 먹어?"

불쑥 뻗은 태양의 손이 새벽의 그릇에 닿았다. 새벽은 얼른 국수 그릇을 당겨왔다.

"넌 나에 대해 다 아는데, 난 너에 대해 아무것도 모르잖아. 이거 좀 불공평한 거 아니야?"

태양이 젓가락을 놓고 진지하게 물었다.

"이성이 위대하다고 생각해, 아니면 감성이 위대하다고 생각해?"

새벽은 젓가락으로 들어 올린 국수를 후후 불면서 고민하지 않고 대답했다.

"뭐, 성격 테스트 같은 거야? 당연히 감성이지."

"그럼 입 다물고 먹기나 해."

☾　☾　○

태양은 국수를 먹으러 가기 전에 이미 가게를 내놓았다. 가게를 내놓는 일은 비교적 간단했다. 가게 문 앞에 "인수하실 분 구합니다!" 하고 메모와 연락처를 써 붙여 놓으면 그만이었다. 그다음 할 일은 없었다. 누군가에게 연락이 올 것을 기다리면서 시간을 보내는 것이 오전 일과였다. 어쨌거나 일을 벌였으니 새로운 길이 열릴 것이고, 어떤 식으로든 변화는 이루어질 것이다.

아침 식사를 마친 그들은 만둣가게로 돌아와서 남아 있는 몇 가지 물건들을 정리했다. 새벽은 어젯밤에 베고 잔 빨간색 하트 모양 쿠션을 끌어안았다. 아빠가 열다섯 살 생일 선물로 사 준 쿠션이었다. 정말 내 멋대로 가게를 처분해도 되는 건가? 아빠와 상의도 없이? 마음이 또다시 심란해졌다.

'만둣가게는 더 이상 내 것이 아니야. 내가 가진 모든 건 어제 나와 헤어졌어.'

그녀의 앞을 가로막는 건 아무것도 없었다. 원한다면 아르바이트를 구할 수도 있고, 공부를 할 수도 있다. 지구 반대편에서 새 삶을 시작할 수도 있고, 맨발로 걸어서 세계 일주를 할 수도 있다. 아빠도 그걸 원했기 때문에 교도소에 가기 전 만둣가게를 그녀 앞으로 넘겨준 것이다. 그래도 쓸쓸한 기분을 떨칠 수가 없었다.

"난 아직도 가게를 정리하는 게 맞는 건지 모르겠어."

새벽이 말했다. 그녀에게서 저항적인 태도는 찾아볼 수 없었다. 태양에 대한 신뢰가 있었고, 새롭게 다가올 미래에 대한 기대도 컸다. 다만 혼란스러울 따름이었다.

태양이 그녀를 안심시켰다.

"넌 아직 오래 살지 않아서 잘 모르겠지만 살다 보면 '마법의 순간'이라는 게 있어. 무언가를 하려고 마음먹었을 때 순풍이 돛을 미는 것처럼 가만히 있어도 저절로 끌려가게 되는 순간. 결과를 예측할 수 없기에 불안한 마음이 드는 건 당연하겠지. 하지만 먼 훗날에 알게 될 거야. 살아오면서 나빴던 순간은 한순간도 없었다는 걸. 그러니까 우울한 표정은 집어치우고 바닥이나 쓸어."

"너도 오래 살지는 않은 것 같은데 어떻게 그렇게 잘 알아?"

"이성적 판단에 의해서."

"나를 돕는 것도 이성적 판단에 의해서야?"

"아니, 이건 본능에 의해서야. 너를 포기하는 건 나 자신을 포기하는 거나 마찬가지니까."

빗자루를 들고 있는 새벽의 눈이 새침하게 가늘어졌다.

"방금 그거, 사랑 고백이니?"

태양은 대답 대신 혀를 쯧쯧 찼다.

"너, 게슈탈트 붕괴 현상이라고 알아?"

그러더니 일장 연설을 늘어놓았다. 태양은 이 세상에 단 하나의 비극이 있다면 그건 인간이 만든 사전에 '사랑'이라는 단어가 있는 것이라고 했다. '사랑'은 의학 사전에만 명시되어 있어야 하는 일종의 비정상적인 호르몬 증상으로, 그것에 빠진 사람들은 반드시 적절한 약물 치료라든가 충격 요법의 치료를 받아야 한다고. 그래야 남녀가 만나서 진지하게 미래에 대한 이야기를 할 때 '방금 그거 사랑 고백이니' 따위의 터무니없는 말을 내뱉지 않을 수 있다고 냉정하게 떠벌렸다.

"사랑이라는 단어를 반복해서 말하다 보면 그 말이 지겨워져서 공중에 해체되고 무엇을 뜻하는지 알 수 없게 돼. 그게 바로 게슈탈트 붕괴 현상이야."

때마침 시장 골목 어딘가에서 음악 소리가 크게 들려왔다. 그 소리 때문에 만둣가게를 운영하고 싶다는 중년 부부가 가게 문을 두드렸을 때 새벽은 바로 알아차리지 못했다. 중년 부부는 만면에 웃음을 띤 채 가게 안으로 들어왔다. 너무 빨리 진행되고 있다는 자각을 할 겨를도 없었다.

평생을 점포 없이 좌판에서 만두를 빚어 왔다는 아주머니는 작은 가게를 갖는 것이 꿈이라고 했다. 희망에 부푼 표정으로 가게 안을 차분하게 둘러보고는 남편을 향해 웃으며 고개를 끄덕였다.

"시장에 다닐 때마다 이 가게를 보면서 생각했어요. 나도 저런 가게 하나쯤 있었으면 좋겠다. 날마다 그렇게 바랐더니 이렇게 이루어지네요. 오늘은 우연히 지나가는 길이었는데, 시장에 나와 보기를 잘했죠. 정말 행운이에요."

행운이라는 아주머니의 말에 새벽은 어떤 표정을 지어야 할지 몰랐다. 그녀 앞을 떡하니 가로막고 있던 골칫덩어리가 행운일 수 있다니. 짐짝처럼 생각됐던 시장 한구석의 작은 공간이 누군가에게는 꿈의 공간이 될 수 있다는 것을 처음으로 알았다.

기대로 벅찬 아주머니의 눈동자가 반짝였다. '이건 이렇게 바꾸고 저건 저렇게 바꾸어야지.' 하며 당장이라도 소매를 걷어붙이려는 그녀의 열정과 에너지가 새벽을 밖으로 내몰았다. 주춤주춤 물러서던 새벽은 결국 가게 밖으로 밀려났다. 가게 안에 그녀가 서 있을 곳은 없었다. 한 걸음 떨어져서 만둣가게를 바라보자, 지난밤 그 안에서 잠을 잤다고는 믿어지지 않을 만큼 그 공간이 낯설게 느껴졌다.

문턱 하나를 넘어선 순간 가게 안에 온유한 빛이 들어찼다. 새벽은 자신이 있을 때보다 아주머니와 아저씨가 있을 때 가게가 더 밝다고 느꼈다. 가게도 주인을 찾았구나 싶은 생각이 들자 지금까지 해 왔던 모든 걱정이 말끔하게 사라졌다. 가게를 내놓은 것은 자신을 위해서가 아니라 어쩌면 그들을 위해서일지도 모른다는 생각이 들었다.

'그들의 간절한 바람이 마법처럼 나에게 전해져서 이곳을 내주게 된 것일지도 몰라.'

그날 오후 새벽의 통장에는 천만 원이 입금되었다. 그녀는 공원 벤치에 담요를 덮고 앉아 통장을 들여다보았다. 바로 어제, 학교 옥상에 올라갈 때만 해도 생각하지 못했던 일이었다. 십만 원 단위를 넘은 적이 없던 그녀의 통장에 찍혀 있는 일곱 개의 동그라미는 그녀의 감정과 기분, 세상을 보는 관점과 돈에 대한 개념, 미래의 계획과 삶을 대하는 태도까지 모조리 바꾸어 놓았다. 돈이 있다는 사실은 태어나서 처음으로 그녀가 살아 있다는 걸 느끼게 했다.

맛있는 점심을 사 먹을까? 아니면 예쁜 옷부터 사 입을까? 아니면 서점? 어디를 먼저 가야 할지 고민하느라 심장이 두근두근 뛰었다. 돈은 아직 쓰지도 않았는데, 돈을 쓸 생각만으로도 가슴이 설레고 얼굴에 웃음이 떠나지 않았다. 할 일이 너무 많아서 오늘 하루가 모자랄 것만 같았다.

지난 화요일 아침에 찾아갔다가 정기 휴일이라는 팻말을 보고 돌아왔던 목욕탕에 다시 가서 개운하게 몸을 씻을 예정이다. 미용실에 가서 머리도 자르고 카페에서 커피를 한 잔 마실 것이다. 아니, 그 전에 이 지긋지긋한 교복부터 벗어 던져야 한다. 새벽의 계산으로는 그 모든 걸 다 해 봤자 십만 원이면 충분했다. 새벽은 하늘을 향해 힘껏 외쳤다.

"통장에는 여전히 999만 원이 남아 있어!"

옆에 앉아 있던 태양이 싱긋 웃으며 물었다.

"그것 봐, 돈이지? 어때, 이제 살아갈 의지가 좀 생겼어?"

확실히 살아갈 의지가 생겼다. 겉돌기만 했던 그녀의 인생에서 드디어 사람들 틈에 섞일 수 있는 기회가 생긴 것이다. 태양은 그녀의 어깨를 툭툭 두드렸다.

"자, 이제 깨어나자."

"뭘 어떻게 깨어나? 나 지금 깨어 있어."

한껏 기대하는 표정으로 그녀를 꼼꼼히 살펴보던 그가 물었다.

"뭔가 '파바박!' 하는 느낌 없어? '빠지직!' 한다거나?"

새벽은 태양의 유아적인 표현력에 고개를 저었다.

"그런 느낌 전혀 없어."

한숨 쉬는 태양의 입에서 "돈은 아닌 건가?" 하는 중얼거림이 새어 나왔다.

그때 옆에서 또 다른 목소리가 들렸다.

"나는 사랑일 거라고 확신해."

통장을 들여다보던 새벽이 고개를 들었다. 별이 옆 벤치에 앉아 구불구불한 머리카락을 흩날리고 있었다. 반가운 티를 내지 않으려 했지만 반가운 마음은 감출 수가 없었다.

새벽은 그를 향해 활짝 웃었다. 와락 목을 껴안고 싶은 충동이 들었지만 꾹 참았다. 벤치에서 일어선 그녀는 보란 듯이 통장을 펼쳐서 하늘 높이 들어 올리고는 춤을 추듯 빙글빙글 몇 바퀴를 돌았다. 반갑고 설레고 흥분되고 희망찬 목소리로 그에게 있는 힘껏 돈 자랑을 했다.

"돈이야, 돈! 자그마치 천만 원! 나에게 돈이 있어!"

태양이 얼른 그녀의 손을 잡아 내렸다.

"소매치기든 강도든 다 덤벼 보라고 아주 광고를 해라."

별이 옆에 있다는 걸 알게 된 순간 새벽의 기쁨은 주체할 수 없을 만큼 커져서 온갖 지나간 일들의 기억이 홍수처럼 밀려들었다. 이 돈만 있었으면 엄마가 집을 나가는 일도, 아빠가 감옥에 가는 일도 없었을 텐데……. 가늠할 수 없는 과거의 괴로운 기억들이 거대한 기쁨과 뒤섞였다. 휘몰아치는 감정을 제어하지 못하고 코끝이 찡해졌다. 입은 활짝 웃고 있는데 눈에서 눈물이 줄줄 흘러내렸다.

별은 그녀의 기쁨과 슬픔을 기꺼이 함께 나눴다. 같이 덩실덩실 춤을 추고, 생일 축하곡에 가사만 바꿔서 축하 노래를 부르고, 그녀의 눈물을 닦아 주었다.

"네 모습은 마치 꽃 구덩이에 빠져서 허우적거리는 황소 같아."

별의 독특한 표현에, 새벽은 울다 말고 큰 소리로 웃어 버렸다.

두 사람이 우는 것과 웃는 것을 동시에 해내는 동안 태양의 표정은 점점 심각해졌다. 세상을 다 가진 것처럼 환희에 찬 그녀였지만 '상황'은 조금도 변하지 않았다. 마냥 기뻐하고 있을 때가 아니었다. 그녀가 깨어나지 못했다면 서둘러 다음 단계로 넘어가야 한다. 한껏 들뜬 새벽에게 태양이 물었다.

"오늘 시 강연회에 참석하는 거 잊지 않았지?"

새벽은 그를 돌아보고는 여유로운 표정으로 고개를 끄덕였다. 계획에 포함되어 있던 일은 아니지만 시 강연을 듣는 것만큼 이 순간을 만끽하는 일도 없을 거라고 생각했다. 운명이 시를 쓰도록 자신을 이끄는 것이라면 마다할 이유가 없었다. 이번 기회에 본격적으로 시를 배울 수 있는 동호회나 아카데미에 등록하는 것도 나쁘지 않을 것 같았다.

어쨌거나 강연에 참석하려면 그 전에 목욕을 해야 하고, 옷을 사입어야 하고, 미용실에 가서 머리를 손질해야 하므로 시간이 없었다. 담요를 챙겨서 가방에 넣는 새벽의 뒤통수에 태양의 목소리가 날아들었다.

"강연회에 참석하려면 참가비 내야 해. 천만 원."

태양을 돌아보는 새벽의 표정이 미묘하게 찡그려졌다. 참가 비용이 있다는 것은 이해할 수 있지만 참가비가 천만 원이라는 말은 납득할 수 없었다.

"농담하는 거지?"

"농담 아니야. 참가비를 내야 강연회에 참석할 수 있어."

새벽은 태양의 정체에 대한 의구심이 또 한 번 머리를 내밀었다. 어제 레스토랑에서 만둣가게를 처분하라는 말을 폭탄처럼 투척했을 땐 어설픈 부동산 업자처럼 보였고, 자아가 어쩌구 변화가 어쩌구 하며 떠들어 댈 땐 사설 정신과 클리닉에서 나온 상담 직원처럼 보였다. 그리고 강연비로 천만 원을 내라는 그는 완벽한 사기꾼으로 보였다.

"이 돈은 내 몸과 영혼을 다 판다고 해도 벌 수 없는 큰돈이야. 아무리 훌륭한 강연이라고 해도 천만 원을 강연회 비용으로 날려 버릴 생각은 없어. 난 살기 위해서 이 돈이 필요해."

"돈이 널 깨울 수 없다는 걸 알아. 지금 너에게 필요한 건 돈이 아니야. 다른 무언가를 위해 네 손에 돈이 들어온 것일지도 몰라. 꿈이라든가 인생에 또 다른 목표라든가 더 절실한 걸 찾아가야 해."

"아니, 난 이걸로 충분해. 내 돈은 내가 알아서 할 거야."

새벽은 가방 깊숙이 통장을 쑤셔 넣고 도망치듯 태양에게서 벗어났다. 후줄근한 가방 안에 돈이 있을 거라고는 누구도 생각하지 못할 것이다. 그래서 아무렇게나 가방을 둘러메고 걸음을 옮겼다. 태양은 다급히 그녀의 뒤를 쫓아갔다.

"그 돈이 없어도 넌 살 수 있어!"

"돈이 없는 건 삶이 없는 것과 마찬가지야. 더 이상 가난에 허덕이고 싶지 않아! 나한테는 이 돈이 목숨보다 소중해! 이걸 잃어버린다면 난 또다시 삶을 포기하고 말 거야!"

새벽은 그와 다투는 동안 기쁨이 싹 가셨다는 사실에 화가 났다. 주위를 둘러보았지만 별은 보이지 않았다. 사사건건 태양과 말다툼하는 것도 지쳤다. 이쯤 되면 각자 갈 길을 가는 게 맞다.

새벽이 목청에 힘을 잔뜩 주는 순간, 태양이 차분한 어투로 물었다.

"돈이 목숨보다 소중하다는 그 말, 진심이야?"

"그래, 진심이야."

그가 묻는 말에 착실하게 대답하고 싶은 기분은 아니었지만 그렇다고 대답한 건, 거짓말을 못하는 그녀의 단순한 성격 탓이었다.

간사하게도 돈 천만 원에 잃었던 꿈을 다시 꾸게 되었고, 꿀 수 있는 꿈의 영역이 확실히 넓어졌다. 이 행운을 놓치고 싶지 않았다. 그녀에게 필요한 건 강연이 아니었다. 글을 쓸 수 있는 보통의 일상이었다. 내일의 식사와 잠자리를 걱정하지 않아도 되는 평범한 일상. 그러기 위해서는 돈이 필요했다. 더 바랄 것도 없이 천만 원이면 충분했다.

태양은 만족스러운 웃음을 지으며 박수를 쳤다.

"돈을 소중히 여기는 태도 매우 훌륭해. 역시 삶의 의지를 일깨우는 데 돈만 한 건 없다니까. 네가 돈에 진심인지 확인하기 위해 일부러 떠봤어. 사실 강연 참가비는 무료야."

떠봤다는 그의 말에 약이 올랐다. 그에게 놀림당했다는 생각이 들자 화가 난 새벽은 웃고 있는 그의 정강이를 발로 힘껏 걷어찬 뒤 바람 소리가 나도록 돌아서 목욕탕이 있는 곳을 향해 빠르게 걸었다.

☾ ☾ ○

새벽은 온천 목욕탕에서 두 시간 넘게 몸을 씻고, 미용실에서 단정하게 머리를 잘랐다. 찰랑이는 단발머리가 한결 산뜻했다. 따뜻한 크림색 코르덴 바지에 연보라색 두툼한 스웨터를 사서 입었다. 그 위에 금장 단추로 장식된 모직 코트를 걸쳤더니 귀하게 자란 아가씨 같았다. 신나게 쓴 돈은 예상했던 십만 원을 훌쩍 넘었지만 이왕 쓰는 김에 낡은 책가방 대신 책 두세 권쯤은 거뜬히 들어갈 갈색 토트백도 샀다. 토트백 안주머니에 통장과 신분증을 잘 챙겨 넣고 땅에 묻듯이 손으로 지퍼 위를 다독였다.

서점에 들러서 책을 사고, 카페에 앉아 책을 읽었다. 좋아하는 시인의 수필을 읽고, 커피를 마시면서 사람들의 이야기에 귀를 기울였다. 온갖 잡다한 것에 대해 수다를 떨고, 늙어 가는 몸을 걱정하고, 저녁 메뉴를 고민하면서 주말에 어디로 놀러 갈지 여행 계획을 세우는 사람들 사이에 섞여서 어제까지가 꿈이고 오늘에서야 드디어 현실로 돌아온 듯한 기분이 들었다.

새벽은 카페 안에서 만나고 헤어지는 사람들의 얼굴을 관찰했다. 모두의 얼굴에 잔잔한 행복과 설렘 같은 것들이 배어 있었다. 특별할 것 없는 사람들의 평범한 대화가 새벽의 긴장을 풀어 주었다. 이번에야말로 남들과 목적지가 같은 기차에 올바르게 몸을 실은 것만 같은 안정감이 느껴졌다.

같이 뛰던 친구와 동시에 넘어져도 하필이면 돌이 가장 많은 곳에 넘어지던 그녀의 인생에서 최고로 완벽한 오후였다. 남은 날들이 오늘만 같다면 몇 개 되지 않는 소유물을 작은 상자에 주워 담은 뒤 "태우시오"라고 써 두고 옥상으로 올라가는 일은 없을 거라고 생각하면서 읽고 있던 책장의 한구석에 이렇게 써넣었다.

파도는 아름답기 위해 매 순간 부서지지 않으면 안 되는 운명이지만, 나는 파도가 아니고 아름답기를 원하지 않는다는 점에서 더는 부서질 이유가 없다.

약속이라도 한 것처럼 태양이 그녀의 옆에 와서 앉았다. 새벽은 그가 어떻게 자신이 있는 곳을 알고 찾아왔는지 궁금했지만, 알아듣지 못할 말로 적당히 얼버무릴 게 분명하므로 묻지 않았다. 아침에 비해 그의 얼굴이나 옷차림은 한층 성숙해 보였다. 깔끔한 슈트 안에 터틀넥 니트를 입은 그는 새까맣게 윤기 나는 앞머리로 이마를 덮었다. 입만 다물고 있으면 완벽한 이상형의 외모였다.

"여긴 왜 왔어?"

오늘 아침 그에게 속았던 탓에 기분이 아직 풀리지 않은 새벽의 목소리는 쌀쌀맞았다. 그러거나 말거나 태양은 덤덤하게 대답했다.

"커피 마시러."

새벽은 "카페가 여기밖에 없나." 하고 혼잣말을 하고는 은근슬쩍 물어보았다.

"나 어떻게 알아봤어?"

"어떻게 알아보긴, 딱 봐도 넌데 못 알아볼 리가 없잖아."

"뭐 달라진 거 없어?"

"머리, 옷, 가방. 다 바뀌었네."

태양은 틀린 그림 찾기 하듯이 무표정한 얼굴로 바뀐 부분을 지적했다.

"확 바뀌어서 못 알아볼 뻔했지? 어때, 잘 어울려?"

"머리 모양은 얼굴형이랑 잘 어울리고, 옷차림은 계절이랑 잘 어울리는데, 처한 상황을 봤을 때 여유 부리는 행동은 안 어울려."

하여간 무뚝뚝한 남자라니까.

"이 상황에서 이 정도 여유는 괜찮잖아? 겨우 커피 한 잔이야."

"커피 한 잔, 그거 다 마신 다음에도 그런 말이 나올 수 있을지 모르겠다."

"왜? 이걸 다 마시면 어떻게 되는 건데?"

"그걸 마시는 만큼의 시간을 낭비하게 되는 거지."

새벽은 상관없다는 듯 느긋하게 커피를 마셨다.

"오늘은 나에게 최고로 여유로운 날이야. 조금은 즐기게 내버려 둬."

태양도 이 시간만큼은 그녀가 원하는 대로 하게 내버려둘 생각인지, 카운터로 가서 자신 몫의 커피를 가져왔다. 그녀와 마주 앉은 그는 진지한 목소리로 말했다.

"너한테 한 가지 해 주고 싶은 말이 있어."

"하고 싶은 말이 겨우 한 가지라니, 다행이다."

농담처럼 말했지만 새벽은 그가 하는 말에 귀를 기울였다. 태양은 조심스럽게 입을 열었다.

"이성은 감성을 이기지 못해. 감성은 본능을 이기지 못하고 본능은 이성을 이기지 못하도록 훈련되지. 셋이 싸우는 건 가위바위보를 하는 것과 마찬가지야. 승패는 정해져 있고, 적절한 때에 적절한 패를 내는 것이 너에게 훨씬 유리하게 진행돼."

노골적으로 못 알아들었다는 표정을 짓는 그녀를 보며 태양이 웃었다.

"무슨 뜻인지 이해 못 하겠으면 그냥 나한테 기대라는 말이야."

새벽은 커피를 한 모금 마시고 물었다.

"기대라는 말은, 정확히 뭘 어떻게 하라는 뜻이야?"

"여러 가지 의미를 지닐 수 있지. 나를 믿어 달라는 뜻이기도 하고, 네 인생에 어떤 문제가 생겼을 때 별의 말보다 내 말에 더 귀기울여 달라는 뜻이기도 하고……."

"설마 내가 별이랑 썸이라도 탈까 봐 어장 관리하는 거야?"

태양은 기가 막힌다는 표정을 지었다.

"넌 머릿속에 뭐가 있냐? 여기서 썸이 왜 나와?"

"네가 말을 애매하게 하니까 그렇지. 기대라는 둥 믿으라는 둥, 남친도 아니면서."

커피 잔을 입술에 대고 웅얼거리는 새벽에게 태양이 단호하게 말했다.

"남자가 그런 말을 하면 절대로 믿지 마. 알았어?"

"넌 남자 아니니?"

"……."

말문이 막힌 태양은 아무 대답도 하지 못했다.

그의 몸 어느 한 곳으로 새벽의 눈동자가 내려갔다. 테이블에 가려져 보이지 않는 그곳에 의심 가득한 시선이 닿았다. '남자가 아니었어?'라고 묻는 그녀의 커다란 눈망울을 보며 태양이 눈썹을 구겼다.

"말도 안 되는 시선 좀 옆으로 치워 줄래? 성별로 따지자면 이 몸은 남자가 맞긴 맞는데, 네가 생각하는 그런 수컷은 아니니까 대화 중에 엉뚱한 길로 빠지지 말자. 지금 굉장히 중요한 얘기를 하고 있다고."

새벽은 고개를 끄덕였다.

"그래, 네가 남자든 아니든 상관없어. 나도 모르는 사이에 널 믿기 시작했고, 어쩌다 네 말대로 만둣가게도 다른 사람한테 넘겨 버렸잖아. 사귀자고 고백할 것도 아니라면 이제 나에게 볼일은 끝난 거 아니야?"

그녀를 똑바로 쳐다보는 태양의 검은 눈동자 사이로 붉은빛이 내비쳤다.

"지금부터가 시작이야. 그러니까 눈앞에 어떤 일이 벌어져도 너무 놀라지는 마."

태양을 보는 새벽의 눈빛은 당돌했지만, 목소리는 미세하게 떨렸다.

"무슨…… 시작?"

"널 깨우기 위한 과정의 시작."

태양의 말이 끝나자마자, 카페 안에 있는 사람들이 하나둘 사라졌다. 십 초도 지나지 않아, 레스토랑에서와 마찬가지로 두 사람을 제외하고 아무도 없이 카페가 텅 비어 버렸다. 방금 전까지 왁자지껄한 사람들 틈에 섞여 안심하고 있던 새벽은 갑자기 마주한 기묘한 상황에 표정이 굳었다. 들려오던 음악 소리는 주파수를 찾지 못한 라디오처럼 끊어지고 이어지기를 반복했다. 사람들의 목소리도 희미한 웅성거림만 간헐적으로 들려왔다. 하얗고 광활한 공간에 새벽과 태양만 남았다. 당황한 그녀는 눈을 꽉 감았다가 떴다.

소음과 사람들, 다행히 모두 제자리에 있었다. 피곤해서 환영을 본 게 아니라면 오후의 나른함에 취해 깜박 졸았던 걸 수도 있다. 찰나의 시간에 꿈을 꾼 것이다. 이런 일은 누구에게나 일어날 수 있는 흔한 일이라고 생각하면서도 새벽은 태양의 팔꿈치를 움켜잡았다. 혼자 남겨지는 게 무서웠다.

새벽은 천천히 주위를 둘러보았다. 카페 안에 있는 테이블, 도로 위를 달리는 자동차, 빽빽한 고층 건물이 살아 움직이는 것처럼 보였다. 평온하게만 보이던 것들이 언제라도 자신을 공격할 것만 같았다. 그때부터였다, 실제로 존재한다고 믿었던 것들 그리고 눈앞에 보이는 모든 것이 의심스러워진 것은.

태양은 두려움에 떠는 그녀의 손을 감쌌다.

"안심해, 여긴 진짜가 아니야. 진짜 두려운 건 눈에 보이지 않는 곳에 있어."

☾　　☾　　○

강연장에 도착한 건 노을이 질 무렵이었다. 강연장 입구에서 누군가가 새벽에게 인사를 건넸다.

"안녕? 봄새벽."

그녀가 반갑게 인사를 하기에 새벽은 아는 사이인가 생각해 보았지만, 모르는 여자애였다. 봉긋하면서도 산뜻한 느낌을 주는 갈색 단발머리가 탐스러운 버섯을 연상케 했다. 그녀는 새벽과 또래인 듯했다. 얼굴은 달처럼 하얗고, 흑진주처럼 검은 눈동자를 가지고 있었다. 태어날 때도 웃으면서 태어났을 것 같은 밝은 표정의 그녀는 명랑한 목소리로 자신을 소개했다.

"난 루나라고 해. 달의 요정이라고 불러도 좋고 달의 여신이라고 불러도 좋아. 널 깨우기 위해 흩어진 영혼의 조각들을 모으는 중이야. 만나서 반가워. 실제로 보니까 너 정말 예쁘게 생겼다!"

그녀는 자신이 만화 속 주인공이라도 되는 것처럼 달의 요정이니 달의 여신이니 하는 소리를 눈 하나 깜짝 안 하고 떠들어 댄 뒤 해맑게 웃었다. 새벽은 그녀를 물끄러미 쳐다보았다. 어째서 어제부터 이상한 종류의 인간들만 눈앞에 나타나는 것인지 생각할수록 황당했다. 생글생글 웃는 그녀의 첫인상이 나쁘지 않았으나 뭐라고 대꾸를 하자니 할 말이 없고, 대꾸를 안 하자니 그냥 지나치도록 내버려둘 것 같지 않아서 고개만 살짝 끄덕였다.

"아, 그렇구나. 반갑다. 그럼 이만."

루나는 스쳐 지나가려는 새벽의 팔을 잡았다. 학교 쉬는 시간, 매점에 가는 단짝 친구라도 되는 것처럼 팔짱을 끼고 대리석 바닥 위를 또각또각 걸으며 수다를 늘어놓았다.

"삶의 의지를 깨우기 위한 수단이라면 누가 뭐래도 꿈이 최고지. 그러니까 넌 반드시 시를 써야 해. 네가 가진 전 재산을 다 바치더라도 꿈을 포기하지 말아야 한다는 것이 나의 생각이야. 그래야 이 혼돈의 상황에서 벗어날 수 있어."

새벽은 낯선 사람이 친근하게 다가오면 당황하는 성격이었지만, 그녀의 팔을 뿌리치지 못했다.

'어쩐지 오늘 오후가 유난히 평화롭더라니.'

어릴 때부터 쌓아 온 경험에 의하면 비극적인 운명이 닥쳤을 때 맨정신으로 이해하기 어려운 일들이 발생하곤 했다. 엄마가 집을 나갔을 때는 일 년이 넘도록 그 사실을 받아들이지 못했다. 가끔은 부엌에 엄마가 서 있는 걸 보기도 하고, 잠잘 때 엄마의 온기를 느끼기도 했다. 불가능한 일이었지만 새벽은 분명히 보고 느꼈다. 그런 일은 절대로 일어날 수 없다고 누군가가 과학적으로 증명해 보이더라도 새벽의 기억에서만큼은 그러한 일들이 한 부분을 차지하고 있었다.

태양과 별, 루나를 만난 건 그런 맥락이었다. 옥상 바닥을 뒹군 충격에서 헤어나지 못해 비과학적인 확률의 만남이 이루어진 것. 과학을 맹신하는 사람은 증명되지 않은 현실을 환상이나 오컬트 분야로 넘겨 버리겠지만 새벽은 적어도 자신이 실제로 보고 들은 것만큼은 믿는 주의였기 때문에 이상한 애들을 만났다는 현실을 저항 없이 받아들이는 중이었다.

새벽의 기준으로 세상 사람들을 구분하자면 두 부류로 나눌 수 있다. 남 일에 무관심한 사람과 남 일에 참견하고 싶어서 입이 근질거리는 사람. 어제와 오늘, 이틀 동안 마주친 사람들로 통계를 냈을 때, 남 일에 철저하게 무관심한 사람이 대략 2천 명(학교 친구들 포함)정도라면, 지극히 참견하고 싶어 하는 사람은 겨우 세 명이었다. 따지고 보면 세 명은 그리 많은 것도 아니었다. 루나와 같은 사람이 몇 명 더 나타난다고 해도 놀라울 건 없었다.

새벽의 의식이 다른 곳에 가 있거나 말거나 루나는 쉬지 않고 종알거리며 팔짱을 낀 채 나아갔다.

"사실 여기에 널 데리고 와 달라고 부탁한 건 나야. 여기로 말할 것 같으면 잠재의식의 가장 깊은 곳이라고 할 수 있지. 영감을 불러일으키기 딱 좋은 장소야."

새벽은 반쯤 포기한 말투로 피곤하다는 듯 대꾸했다.

"난 그냥 시 강연을 들으러 왔을 뿐이야."

"네가 꿈 대신 돈을 선택하는 바람에 태양과의 내기에서 보기 좋게 물을 먹었지만 어쨌든 이곳에 와 준 것만으로도 기뻐. 너에게 놀라운 걸 보여 줄게. 살고자 하는 욕구가 파바박 솟아날걸?"

태양과의 내기라는 말에 새벽은 걸음을 멈추었다. 돈을 택할 것인지 시 강연회를 택할 것인지 두 사람이 자신을 두고 내기를 했다는 사실도 마음에 걸렸지만 태양과 그녀가 아는 사이라는 것이 기분이 나빴다. 더군다나 '파바박'이라니. 태양의 유아적인 표현을 그녀가 똑같이 사용하는 것도 불쾌했다. 불쾌한 기분을 정확하게 표현하자면 질투였다.

"넌 태양이랑 어떻게 아는 사이야?"

새벽의 물음에 루나가 발랄하게 대답했다.

"우린 태어날 때부터 함께였어."

"쌍둥이 남매인 거니?"

"엄밀히 따지자면 남매는 아니고, 운명 공동체랄까?"

친구면 친구지, 운명 공동체는 또 뭐야?

"그럼, 별도 알아?"

"당연하지. 별과 나는 한 몸이나 다름없는걸."

한 몸이나 다름없다는 표현은 어떤 사이에 쓸 수 있는 말인지. 해사하게 웃는 루나의 얼굴을 보니 대화할 마음이 싹 가셨다. 셋이 친구 사이든 삼각관계든 새벽과는 아무런 관련도 없는 일이었지만 기분이 나쁜 건 어쩔 수 없었다.

새벽은 입을 꾹 다문 채 강연장 안으로 들어갔다. 시 강연장이라고 하기에는 지나치게 깊고 넓고 어둡고 고요했다. 붉은색 의자가 푹신하게 몸을 감쌌다. 그들 외에 다른 사람들도 많이 와 있는 것 같았지만 어두운 밤 담벼락에 비친 나무 그림자처럼 명확한 형태는 보이지 않고 '누군가 있다'는 느낌만 받을 뿐이었다.

루나는 가방에서 작은 수첩과 볼펜을 꺼내 새벽에게 건넸다.

"자, 지금부터 신성한 예감에 따라 펜을 움직여 봐. 번개가 꽂히듯이 뇌리에 심상이 떠오르면 즉흥적으로 써 내려가는 거야. 일시적인 감각으로 획득한 이미지는 휘발성이 매우 강하니까 날아가기 전에 최대한 집중해야 해."

새벽은 그녀가 건네는 것들을 받아 들었지만 어떻게 해야 할지 몰랐다. 신내림을 받으라는 건가? 아니면 뭔가 사이비 종교에서나 할 법한 엉터리 주술을 하라는 건가?

"미리 말해 두는 건데, 난 종교를 믿지 않아."

새벽의 말에 루나는 큰 목소리로 웃었다. 귀여운 외모와 다르게 웃음소리는 호탕했다.

"후후, 맞아. '우리'는 종교를 믿지 않아. 삶이 요구하는 건 위대한 인물에 대한 믿음을 좇는 게 아니라 자기 자신에 대한 믿음을 완성해 가는 거니까. 어쨌든 오늘 이 강연을 통해 알 수 있을 거야. 과연 시인이 되는 것이 너의 심장을 뛰게 하는지 아닌지."

"지금 나를 시험하는 거야?"

"시험이 아니라 도전이야. 시를 쓰고 꿈을 이루는 것이 너를 깨울 수 있는 의지가 될 수 있다면, 넌 이 세상에 길이 남을 훌륭한 예술가 중 한 사람이 되는 거고. 뭐, 그게 아니어도 크게 문제 될 건 없어. 삶의 의지를 깨우는 건 꿈이 아니라 다른 어떤 것이라는 게 더욱 명확해지기 때문이지."

"다른 어떤 것이라니?"

"돈을 제외하고 남은 하나를 말하는 거야. 돈이 생겼는데도 깨어나지 못하고 꿈에 가까이 다가가게 되었는데도 깨어나지 못한다면 남은 건 하나밖에 없으니까. 우리는 아닌 것들을 완벽하게 제거하면서 분명한 것 하나를 남길 수 있어."

루나는 결정적인 단서를 찾아낸 탐정처럼 의미심장한 웃음을 지었다.

"남은 하나라는 건……."

"사랑. 당연히 사랑이지."

새벽은 루나와 정면으로 눈이 마주쳤다. 루나의 눈동자에 초승달 모양의 하얀 반점이 서서히 차오르더니 보름달로 변했다. 달에서 광채가 쏟아져 나와 어두운 강연장을 대낮같이 밝혀 주었다. 오묘하고 신비로운 눈동자는 눈을 뗄 수 없을 만큼 아름다웠다.

새벽은 놀라기보다 마음이 진정되었다. 그리고 알았다. 태양과 별, 루나가 자신의 눈을 통해 각자 가지고 있는 아름다움을 보여 주는 이유는 새벽의 믿음을 이끌어 내기 위해서라는 것을. 자신이 왜 이곳에 있어야 하는지 모르지만 도망쳐서는 안 된다는 생각이 들었다.

그때, 불 켜진 무대 위로 누군가가 등장했다. 얼굴은 보이지 않았다. 2층 가운데 좌석에 앉아 있는데도 아득히 멀게만 느껴졌다. 곧 스피커를 통해 목소리가 흘러나왔다. 꽃이 만발한 정원에 부는 미풍 같은 목소리로 시인은 자신을 소개했다. 그리고 노래하듯이 강연을 시작했는데, 새벽은 시인의 이름 외에 한 마디도 알아들을 수가 없었다. 왜냐하면 그녀가 자신의 모국어인 영어로 강연을 했기 때문이다.

강연 내용을 이해해 보려 애썼다. 그러나 시인의 언어는 이해를 요구하지 않았다. 목소리는 오직 감각을 자극했다. 환상적인 장면들이 영화를 보듯 새벽의 눈앞에 펼쳐졌다. 무지갯빛 얼음으로 뒤덮인 끝이 없는 동굴도 보았고, 그 안으로 걸어 들어가는 자기 자신도 보았다. 어두운 지하로 내려가는 나선형 계단, 세 개의 달이 떠 있는 밤하늘, 광활한 바다를 홀로 헤엄치는 고래도 보았다.

새벽은 시인의 목소리로 인해 무아지경에 들어가는 걸 느꼈다. 외부와 완전히 단절된 철저한 고독 속에 시인의 언어와 자기 자신만 남았다. 수많은 이미지가 하나로 겹쳐서 나타났다가 순식간에 사라졌다. 정신을 차리고 떠오르는 단어를 노트에 적어 보려 했지만 하나에 집중하면 그 하나는 사라졌다. 영감이라는 것이 한 번에 하나씩 번뜩이는 것이 아니라 홍수처럼 밀려들 수도 있다는 것을 처음 알았다.

시인의 강연은 절정으로 치달았다. 새벽은 무수하게 지나가는 물고기 떼를 바라보면서 자연의 경이로움에 감탄할 뿐, 물고기를 한 마리도 잡지 못한 어부처럼 망연자실했다. 아름답지만 왠지 모르게 쓸쓸한 장면들이 펼쳐지는 동안 무언가를 쓰려는 시도조차 할 수 없었다. 결국 펜을 내려놓았다. 그녀를 지켜보던 루나가 빙긋 웃었다.

"후후후, 역시 사랑인가?"

무의식에 고대 주문처럼 들려오던 시 강연이 뚝 끊겼다. 저항 없이 떠내려가던 새벽의 의식이 또렷하게 제자리를 찾았다. 새벽은 심호흡하고 무대를 바라보았다. 강연을 하던 시인의 모습은 사라지고 없었다. 그도 그럴 것이, 죽은 지 백 년이 넘은 시인인 에밀리 디킨슨이 강연을 한다는 것 자체가 말이 되지 않았다.

주위를 둘러보았지만 처음부터 아무것도 존재하지 않았던 것처럼 강연장 안은 텅 비어 있었다. 태양과 함께 있을 때 이미 경험했던 환영이었다. 이 상황 자체가 일종의 트릭 같기도 하고 어처구니없는 연극 같기도 했다. 그러고 보니 태양도 별도, 만둣가게의 노부부도 하나같이 부자연스러웠다. 그제야 등장도 퇴장도 엉성한 연극에 바보같이 속고 있는 게 아닐까 하는 생각이 들었다.

"이건 무슨 장난이야?"

새벽의 물음에 루나가 말했다.

"너에겐 사랑이 필요해, 시를 쓰기 위해서라도."

"시를 쓰든 사랑을 하든 그건 내가 알아서 할 일이야."

괜한 시간 낭비였다. 시 강연회를 한다고 해서 무작정 찾아온 것부터 잘못이었다. 새벽이 강연장을 나가려고 하자 루나가 물었다.

"뭔가 이상하다는 생각이 들지 않아?"

"그래, 확실히 이상해. 나 하나를 속이기 위해 이렇게 많은 인물이 연기를 펼치고, 엄청난 특수 장치가 사용되었다는 것 자체가 말도 안 되게 웃겨. 나를 속이는 건 어떤 재미도 유익함도 없을 텐데 말이야."

"너를 속이고 있는 건 너야."

웃음기가 사라진 루나의 얼굴은 왠지 무척 슬퍼 보였다. 갑자기 머리가 어지러웠다. 새벽은 옥상에서 넘어졌을 때 자신이 머리를 다친 것은 아닐까 생각했다.

"미안, 나 먼저 갈게. 지금은 좀 쉬고 싶어."

"넌 아직 알지 못해. 네 안에 존재하는 수많은 '새벽들', 과감하고 용기 있고 매력적인 너의 자아들을. 너 자신을 믿어야만 해. 그래야만 죽어 가는 너를 살릴 수 있어."

살릴 수 있어. 살릴 수 있어. 그녀의 목소리가 메아리쳤다.

새벽은 루나를 남겨 둔 채 서둘러 강연장을 빠져나왔다. 비현실 같은 현실에서 도망치고 싶었다. 오늘 밤에 잠을 잘 수 있는 가까운 모텔을 알아보는 것, 구인 구직 애플리케이션을 다운로드하는 것, 카페에서 읽던 책의 나머지 부분을 읽는 것, 최대한 빨리 익숙하고 평범한 세상으로 돌아가는 것. 그것들 외에 새벽이 해야 할 일은 없었다. 나머지는 전부 가짜였다.

강연장 밖에는 빗방울이 떨어지고 있었다. 우산을 하나 사야겠다 싶어서 근처 편의점이 있을 만한 곳을 두리번거렸다. 길가에 50미터마다 즐비하던 편의점이 오늘따라 한 군데도 보이질 않았다. 떨어지는 빗방울을 손바닥으로 막으면서 편의점을 찾아 빗속을 걸었다. 손으로 아무리 막아 보아도 어깨 위에 빗방울이 툭툭 떨어져 코트에 젖은 무늬를 만들었다. 새로 사 입은 옷이, 미용실에 가서 예쁘게 자른 머리가, 새로 산 가방이 모두 비에 젖었다.

새벽은 울고 싶어졌다. 비가 오는 날을 좋아했었다. 비가 올 때면 빗소리를 듣지 않아도 냄새로 알 수 있었다. 젖은 땅 냄새, 풀 냄새, 대기의 냄새. 그러나 숨을 크게 들이마셔 보아도 냄새를 맡을 수가 없었다. 아무런 냄새도 나지 않았다. 그녀는 아스팔트 한가운데 홀로 서 있었다.

　날이 저물었다. 태양은 자신의 빨간색 컨버터블에 새벽을 태웠다. 새벽은 조수석에 앉아 눈썹을 치켜올리고 초점 없는 눈으로 앞만 응시했다. 추위 때문인지 아니면 다른 이유에서인지 새벽의 어깨와 손이 떨렸다. 하지만 그녀는 울지 않았다. 자기 자신을 잃지도 않았다.

　태양의 한숨이 짙게 번졌다. 상태를 보아하니 루나도 그녀를 깨우는 것에 실패한 것 같았다. 실패한 정도가 아니라 오히려 그녀를 엄청난 혼란에 빠트리고 말았다. 태양은 잘된 일인지도 모른다고 생각했다. 반드시 겪어야 할 몇 차례의 혼란은 새벽을 깨우는 데 도움이 될 수도 있다. 또한, 한 가지는 거의 확실해졌다. 새벽은 현재 시를 쓸 수 있는 상태가 아니라는 것. 그렇다면 남은 건 하나밖에 없다.

　새벽이 물었다.

　"내가 여기에 있는 거, 어떻게 알았어?"

　태양이 그녀를 발견한 곳은 강연장에서 서너 정거장 떨어진 복잡한 번화가였다. 그녀는 모텔이 즐비한 골목 끝에 서서 비를 피하고 있었다. 새벽은 지금까지 간과했던 의문들을 차근차근 짚어 보았다. 태양은 그녀가 언제 어디에 있든 약속한 것처럼 자연스럽게 나타났다. 처음에는 놀라웠고, 그 후에는 두려웠다. 피하고만 싶었던 질문을 이제는 해야 한다. '왜' 나타났는지가 아니라 '어떻게' 그럴 수 있었던 건지.

첩보 영화에서처럼 그녀 몰래 휴대폰 속에 위치 추적 장치를 달아 놨다고 한다면 한결 마음이 놓일 것 같았다. 우연이라든가 운명이라든가 하는 두루뭉술한 말은 듣고 싶지 않았다. 새벽의 양손은 여전히 떨리고 있었지만 정신은 어느 때보다 맑았다. 태양은 대답을 하는 대신 떨떠름한 표정으로 그녀에게 물었다.

"너, 나를 사랑할 수 있어?"

그의 표정과 대사가 몰고 온 엄청난 괴리감에 새벽은 잠시 침묵했다. 이번에도 '그거 사랑 고백이니?' 하고 묻고 싶었지만 그랬다가 사랑은 정신병이니 어쩌니 하는 잔소리를 들을 것 같아서 입을 다물었다. 태양은 다시 한번 물었다.

"나랑 한번 해 볼래, 사랑?"

그의 말투는 마치, 문화 상품권을 받아 내기 위해 교내 장기 자랑에서 듀엣곡을 해 보자고 제안하는 남학생 같았다. 실력에 대한 의심을 떨치지도 않고 한껏 기대치를 낮춘 맹목적인 제안. '싫으면 말고.'라는 표정을 숨길 생각도 없이, 상대방의 기분도 전혀 고려하지 않은 최악의 고백. 그가 만약 연애를 한다면 3일 안에 여자한테 차일 게 분명하다. 어쩌면 3초.

"너랑 사랑 따위 할 생각 없으니까 장난하지 말고 묻는 말에 대답해. 내가 여기에 있는 거 어떻게 알았어?"

태양은 방금 차인 주제에 아무렇지 않게 말했다.

"난 네가 어디에 있는지 다 알아."

"그러니까 어떻게 알았냐고."

"모를 수가 없으니까."

"그게 무슨 뜻이야?"

"네 머리가 나쁘다는 뜻이야. 오늘 밤은 우리 집으로 가."

역시 그럴 줄 알았다. 한 마디도 시원하게 대답하지 않는 그의 일방적인 화법에 질리기도 했지만 한편으로는 그가 사실대로 말해 주지 않아서 안심했다. 새벽은 그런 자기 자신의 이중성에 경악했다. 그에 대해서는 어떤 것도 믿을 수 없으면서도 마음속으로는 그가 자신을 끝없이 설득해 주기를 바랐다.

모순에 익숙해지는 것도 문제였다. 그러나 그것보다 더 중대한 문제는 태양이 지적한 것처럼 오늘 밤 잘 곳이 없다는 것이었다. 하룻밤쯤은 모텔에서 보낼 예정이었으나 혼자 들어갈 용기가 나질 않았다. 모텔이 모여 있는 골목을 쭈뼛거리다가 자신은 그런 곳과 무관한 사람인 것처럼 거리를 지나치고 말았다. 그렇다고 해도 태양의 집으로 갈 수는 없었다.

"오늘은 내가 알아서 잘 곳을 찾아볼 거야. 가까운 곳에 내려 줘."

"네가 내리면 나도 내려야 돼. 서로 귀찮게 하지 말고 편하게 가자."

"괜찮아, 혼자 갈 수 있어."

"혼자 못 가. 무슨 말인지 못 알아들어? 네 발걸음을 내가 막을 수는 없어. 그렇지만 최대한 합리적인 판단을 내릴 수 있도록 조언을 하잖아. 말 좀 들어."

"내가 왜 네 말을 들어야 해? 네가 뭔데?"

돌림 노래 같은 다툼이 시작되었다. "네가 뭔데?"라는 단어는 너무 많이 사용해서 닳아 없어진 줄 알았는데 또다시 튀어나왔다.

그가 시간당 얼마를 받고 허접한 트루먼 쇼에 서는 배우든(그나마 현실적으로 타협할 수 있는 범위), 종교인이든 사기꾼이든 단순히 여자를 유혹하는 바람둥이든(가장 가능성이 높다) 뭐든 간에 새벽은 그와 어울릴 수 없다고 생각했다. 그러나 그는 그녀의 기분을 세심하게 파악하고 적당한 위로의 말을 건넬 성격이 아니었다. 특유의 냉소 섞인 목소리가 낮게 깔렸다.

"누군가 호의를 건넸을 때 진심과 다르게 거절하고 보는 습관은 별로 좋지 않아. 무턱대고 승낙하라는 뜻은 아니지만 세상에 대한 지나친 불신은 너를 외롭게 할 뿐이야. 알잖아, 인간관계는 핑과 퐁의 연속이라는 거. 핑, 퐁."

"아무리 그렇다고 해도 남의 집에 가서 잘 만큼 자존심이 없진 않아. 특히 잘 모르는 남자 집이라면."

태양은 목소리 톤과 크기를 바꾸지 않고 말했다.

"네가 내리겠다고 결정하면 난 널 내려 줄 수밖에 없어. 결정과 행동은 전적으로 너의 몫이니까. 하지만 이건 알아 둬. 모텔이든 호텔이든 네가 가면 나도 같이 가야 한다는 거."

"너랑 같이 갈 수 없어! 우리는 친구도 아니고 연인도 아니잖아!"

이건 명백한 짜증이었다. 새벽은 아무렇지 않게 말하려고 애썼다. 그가 루나와 어떤 사이든 신경 쓰지 않으려 했다. 원인 모를 질투를 이런 식으로 표현하는 것부터 잘못이었지만 감정은 쉽게 가라앉지 않았다. 새벽은 절대로 그와 함께 모텔을 가는 일은 없을 거라 생각하면서도, 불우 이웃 취급에서는 벗어나고 싶었다. 솔직한 마음까지는 아니어도, 그의 입에서 관계를 정의하는 한 마디 말이라도 나오기를 바랐다.

편의점과 모텔을 찾기 위해 비를 맞으며 정처 없이 거리를 헤매는 동안 절망감이 물밀듯이 몰려왔다. '내가 지금 여기서 뭘 하는 거야? 나는 어디로 가야 하는 거지?' 무언가 중요한 것을 잃어버린 기분이었다. 그러는 동안에도 새벽은 태양이 자신을 발견하고 어디로든 데려가 주기를 바랐다. 그러자 정말로 그가 왔다.

이 세계에서 가장 의심스러운 사람이 가장 의지가 된다는 역설을 어떻게 받아들여야 할지 혼란스러웠다. 그가 먼저 아주 작은 표현이라도 해 주길 바랐지만 그는 무엇을 어떻게 해야 한다는 말만 할 뿐, 어떤 마음으로 다가오는 건지는 조금도 보여 주지 않았다. 모든 게 엉망진창이었다. 언제부터였을까, 현실감이 사라진 게.

격한 감정을 어쩌지 못하고 있는 그녀에게 태양이 말했다.

"난 가끔 너에게 환멸을 느껴. 그렇다고 해서 증오하지는 않아. 그저 '나 자신이다' 그렇게 생각해. 네가 어떤 상황에 있든 한쪽 눈에 눈물이 고여도 다른 한쪽 눈으로는 앞을 똑바로 봐야 하니까. 그게 내 역할이라면 믿을래?"

"알 수 없는 소리 좀 그만해!"

"봐! 어차피 사실을 말해도 믿지 않을 거잖아!"

새벽은 무언가 알겠다는 표정으로 웃었다.

"혹시 처음부터 설계한 거야? 내 통장에 있는 돈, 그걸 노렸어? 부모도 없는 여자애가 덩그러니 맡고 있는 만둣가게가 탐났니? 하, 다른 사람에게 가게를 넘기게 하고 그 돈을 빼앗으려는 너의 계획에 바보같이 내가 낚인 거구나. 내가 너무 멍청하고 속이기 쉬운 애라서 일부러 접근한 거였어. 깊은 산속에 나를 묻으러 가려는 거면 이거 줄 테니까, 차 세워!"

그렇게 소리치고는 가방에서 통장을 꺼내 태양에게 던졌다. 한순간 차가 가드레일에 부딪힐 것처럼 심하게 휘청거렸다. 새벽은 눈을 질끈 감고 안전벨트를 손으로 꽉 잡았다. 차는 날카로운 마찰음을 내며 도로 위에서 한 바퀴 돌고 다시 앞으로 나아갔다.

"네가 무슨 도토리도 아니고, 너 따위를 묻겠다고 오밤중에 추워 죽겠는데 삽질을 하겠냐? 말이 되는 소리를 좀 해!"

화가 난 태양의 얼굴이 새벽을 향했다. 돈이 생겼는데도 그녀가 깨어나지 못한 이유를 확실히 알았다. 돈이 목숨보다 소중하다는 그녀의 말은 거짓말이었다. 차를 세우라면서 통장을 던진 것이 그 증거였다.

새벽은 내리겠다며 문손잡이를 잡아당겼다. 극단으로 치닫는 그녀의 행동에, 억압되어 있던 이성이 마침내 폭발했다. 태양은 호흡을 크게 들이마신 뒤 한 박자도 쉬지 않고 쏟아부었다.

"네가 왜 이렇게 됐는지 말해 볼까? 난 네가 잠들어 있는 동안 우주와 만나 세상에 있는 엄청난 지식과 정보를 이용해서 빅데이터를 만들고 그 객관적인 데이터를 바탕으로 네 인생의 청사진을 그려. 아주 솜씨 좋게 설계해 놓은 뒤 너에게 가장 유리하면서도 빠른 길을 제시하는데, 넌 한낱 감성에 휘말려서 정반대로 행동하고 나한테 엿을 먹이지. 내 모든 노력을 헛수고로 만들어 버리는 주특기에 진절머리가 나."

그는 거칠게 숨을 몰아쉬고 말을 이었다.

"지금도 마찬가지야. 만둣가게를 정리한 건 네 인생을 처음부터 다시 시작할 수 있게 기반을 다져 놓은 거고, 갈 곳 없는 너를 위해서 네가 마땅히 있어야 할 최고의 장소로 널 데려가려 하는데, 넌 또 길바닥에 내려 달라고 하지. 그것도 한낱 자존심 때문에. 조잡하고 구질구질한 걸 선호하는 네 취향, 이젠 정말 꼴사나워. 내리고 싶으면 내려!"

태양은 브레이크를 꽉 밟아서 차를 세웠다. 차는 길 한가운데 섰고, 주변은 온통 어둠뿐이었다. 막상 차가 서자 새벽은 잡고 있던 문손잡이를 놓았다. 밖에는 여전히 비가 오고 있었고, 우산도 없었다. 도로에 지나다니는 차는 한 대도 없고, 어느 방향으로 얼마나 걸어야 하는지 모른다. 그에게 버림받으면 갈 곳도 없다는 걸 알아차린 그녀는 얌전해졌다.

차는 다시 출발했다. 그들은 어둠 속을 달렸다. 달리는 것 외에는 할 게 없는 사람들처럼 계속 앞으로 나아갔다. 더는 주고받을 말이 남아 있지 않은 차 안에는 침묵이 흘렀다. 나보다 나를 더 잘 아는 사람과 함께 있을 땐 불편한 패배를 감수해야만 한다. 새벽은 그의 말을 따르는 것 외에 할 수 있는 게 없는 자신의 처지를 수긍했다.

평소대로 냉정을 되찾은 태양이 침묵을 깼다.

"우리 집은 네가 상상하는 그대로일 거야. 겁먹지 말고 네 집처럼 행동해."

"강연장에서 루나라는 여자애를 만났어. 너희와 한패야?"

체념한 듯한 그녀의 질문이 끝나자마자 아무도 없는 줄 알았던 뒷좌석에서 웃음소리가 들렸다. 새벽은 너무 놀라서 뒤를 돌아보았다. 언제부터 있었는지 모를 별이 손으로 얼굴을 가린 채 웃고 있었다.

그를 보자마자 새벽의 마음에 형언할 수 없는 평온함이 찾아왔다. 태양과 다툰 일이라든가 잘 곳이 없다는 사실쯤은 그녀의 머릿속에서 눈 녹듯이 사라졌다. 차갑게 식어 있던 공기가 따뜻한 물이 부어진 것처럼 순식간에 훈훈해졌다. 빗속을 달리고 있는 빨간 자동차가 세상에서 가장 아늑한 공간처럼 느껴졌다.

그는 한참 웃더니 사과를 했다.

"미안, '한패'라는 말이 웃겨서. 그러고 보니 우리 모두 한패인 건가? 소속감이 있어서 듣기 좋다."

"넌 언제부터 거기 있었어?"

"처음부터, 네가 태어날 때부터. 아니 그 전에 아주 작은 세포였을 때부터 난 늘 네 옆에 있었어. 난 너와 한패야."

그의 목소리는 엉망으로 망가져 버린 그녀의 기분을 부드럽게 어루만져 주었다. 이상한 말을 태연스럽게 내뱉지만, 그와 함께 있으면 정서적으로 안정되었다. 두 사람 사이에 흐르는 유대감은 말로 설명할 수 없을 만큼 강하게 서로를 끌어당겼다. 엄마 뱃속에 웅크리고 있던 반쪽을 찾은 기분, 혹은 전생에 뜨겁게 사랑했던 연인과 손을 잡고 나란히 걸어가는 듯한 기분이었다.

내내 굳어 있던 새벽의 얼굴에 온화한 웃음이 번졌다. 태양은 그런 새벽을 보면서 헛웃음을 흘렸다. 별의 나사 빠진 한마디에 무장 해제가 되는 그녀의 단순함에 어이가 없었다. 어쨌거나 별과 함께 간다는 것을 알게 된 이후 새벽은 차를 세우라며 발악하지도 않았고, 통장을 집어 던지지도 않았다. 그렇게 그들은 빗속에서 낭만적인 드라이브를 이어 갔다.

"나 뭐 달라진 거 없어?"라는 새벽의 질문에 별은 "네 눈빛"이라고 대답하고는 '뷰티풀 걸 어쩌구' 하는 노래를 불렀다. 운전에 방해되니까 닥쳐 달라는 태양의 정중한 요청에도 아랑곳하지 않고 손을 앞으로 쭉 뻗어 자동차 뚜껑을 활짝 열었다.

"이대로 지구 끝까지 달려가고 싶어! 내가 살던 곳으로 돌아갈래!"

별이 외치자 태양은 코웃음을 쳤다.

"지구는 둥글어서 끝이 없거든? 비 다 들어오잖아! 문 닫아, 이 신비로운 새끼야!"

새벽은 차오르는 숨을 허공에 내뱉으면서 침착하게 물었다.

"태양아, 너는 감정이라는 게 없니?"

"산길을 오르는데 그딴 게 있어야 되냐?"

태양은 본인 집에 가는 길인데도 불만 가득 섞인 목소리로 집이 하필 산속에 있는 거냐며 투덜거렸다. 길인지 늪인지 바닥은 컴컴한 어둠이고 주변의 모든 것이 흐릿했다. 고도로 따지자면 그리 높이 올라온 것도 아닌데 호흡이 가빠지고 머리가 핑 돌았다. 이제 와서 다시 내려갈 수도 없었다. 뒤는 낭떠러지처럼 아득하기만 했다. 새벽의 의식 속 두려움은 바이러스처럼 점점 퍼져 나갔다. 공포의 물결이 출렁이며 차올랐다. 발이 붙어 버린 새벽은 더 이상 못 가겠다며 바닥에 털썩 주저앉았다.

"못 가겠어. 땅에 묻을 거라면 이쯤에서 묻어도 충분할 것 같아."

뒤따라오던 별이 그녀 옆에 쪼그리고 앉아 어깨를 감쌌다.

"네가 땅속에 묻힌다면 분명히 아름다운 꽃으로 피어날 수 있을 거야. 내가 흙이 될게, 널 피울 수 있게."

그러더니 태양을 향해 말했다.

"태양아, 구덩이를 팔 거라면 2인용으로 부탁해. 아늑한 사이즈로."

새벽도 고개를 끄덕이며 중얼거렸다.

"2인용으로. 아늑하게."

태양은 어디를 둘러봐도 산밖에 안 보이는 먼 곳을 가리켰다.

"봄새벽, 정신을 집중하고 저쪽에 불빛이 있다고 생각해 봐."

새벽은 고개를 들어 태양의 손끝이 가리키는 곳을 보았다.

"빛이야!"

"저건 개똥벌레고."

"개똥을 구슬처럼 굴리면서 다니는 벌레?"

별이 묻자 태양이 고개를 저었다.

"아니, 반딧불이. 한겨울에는 볼 수 없어. 정신 차리고 다시 한번 집중하자. 불빛이 있다고 생각하면서 먼 곳을 응시해 봐."

반딧불이 덕분에 두려움을 조금 떨쳐 낸 새벽이 마음을 집중하고 먼 곳을 바라보자, 아무것도 보이지 않는 칠흑 같은 산속 한가운데 기적처럼 불빛이 나타났다. 태양은 처음으로 새벽에게 칭찬을 건넸다.

"잘했어. 지금부터 의심하지 말고 곧장 그 빛을 따라가. 금방 도착할 거라는 믿음을 가지면 그렇게 될 거야. 모든 건 네가 생각하는 데 달려 있어."

새벽은 힘을 내서 걷기 시작했다. 불빛을 따라가자 어둠이 걷히고 순식간에 시야가 환해졌다. 그리고 단숨에 태양의 집 앞에 도착했다. 수천 개의 작은 전구에 둘러싸인 그곳은 별천지였다. 웅장한 한옥의 기와가 구름처럼 끝도 없이 뒤덮여 있었고, 푸른 소나무가 그림처럼 펼쳐졌다. 장엄한 산자락 깊은 곳에 자리한 고택은 한 폭의 진경산수화 같았다.

묵직한 나무 대문을 열고 들어가자, 안마당에 줄지이 서 있던 옅은 하늘색 생활한복을 입은 사람들이 공손히 허리를 숙였다. 예상치 못한 환대와 부유함에 놀란 새벽은 어리둥절한 얼굴로 태양을 바라보았다. 그는 어깨를 으쓱하고는 저벅저벅 마당 안으로 걸음을 옮겼다.

"배고프다. 밥부터 먹자."

☾　☾　○

바닥의 온돌이 뜨거워서 방석을 깔고 앉지 않으면 엉덩이를 델 것만 같았다. 태양과 새벽은 호화롭게 단장된 고풍스러운 공간에서 으리으리한 밥상을 받았다. 별이 없어서인지 아니면 큼직한 창과 널찍한 간격 덕분인지 서로가 더욱 멀게 느껴졌다. 별을 찾는 새벽의 질문에 태양은 "걔는 있어 봤자 방해만 될 뿐이야."라고 대답했다.

궁중 요리가 서른 가지 이상 차려져 있는 밥상을 앞에 두고 새벽은 머뭇거렸다. 태양은 그녀가 무슨 생각을 하는지 다 안다는 투로 말했다.

"정성스럽게 차린 밥상을 앞에 두고도 의심부터 하는 건 예의가 아니라고 본다. 밥에 독을 넣었거나 약을 탔을 수도 있다는 생각이 든다면 쫄쫄 굶어도 좋아. 굶는다고 해서 죽을 일은 없을 테니까."

그가 똑바로 바라보면 속마음을 숨길 수 없다는 걸 알면서도 새벽은 아닌 척 시치미를 뗐다.

"누가 뭐래? 이런 음식 처음이라서 구경 좀 했어."

"보다시피 우리 집 규모가 어마어마해. 네 통장에 있는 코 묻은 돈 따위 넘볼 만큼 궁핍한 사정도 아니고, 아까 네가 말했듯이 가진 거라고는 개뿔도 없다는 걸 이쪽도 아니까 마음 놓으라는 뜻이야."

새벽은 진수성찬을 둘러보았다. 음식 앞에서 공손해지기는 처음이었다. 태양의 정체가 궁금해졌다. 차마 숟가락을 들지 못하는 새벽에게 태양이 말했다.

"넌 별이 아무렇게나 떠들어 대는 말처럼 내가 어느 별에서 왔다거나 괴상한 생명체라도 되는 것처럼 생각하겠지만 그럴 일은 없어. 널 도우려는 의도는 파악하기 힘들겠지. 지금까지 순수한 호의로만 돕겠다고 다가온 사람도 없었을 거고, 있었다고 해도 널 외롭고 구차하게 만들었을 테니까. 그래서 이해해, 나를 경계하는 네 모든 행위를. 하지만 내 말을 잘 새겨들어. 우리의 만남은 동정도 인류애도 자선사업도 아니야. '생존' 그 자체야."

새벽이 되물었다.

"생존?"

태양은 고개를 끄덕였다.

"고유의 유전자를 안전하게 보관하고 다음 세대에 물려주는 일. 쉽게 말하자면 살아남는 일을 말하는 거야. 그러니까 먹어."

새벽은 국을 떠먹었다. 맛이 나지 않아서 몇 번이나 다시 떠먹었다. 따뜻한 국의 온도는 느낄 수 있었지만 맛을 느낄 수는 없었다. 다른 반찬도 몇 가지 먹어 보았다. 아삭아삭하고 부드러운 식감은 미각을 자극하기에 충분했지만 입안에서 금세 사라진 뒤에는 아무 맛도 남지 않았다. 훌륭한 음식을 먹으면서도 새벽의 표정은 흙덩이를 씹는 것처럼 굳어 있었다.

태양은 그런 그녀의 행동과 표정을 묵묵히 바라보았다. 그리고 어떻게 하면 그녀가 혼란스러워하지 않고 자신이 처한 상황을 받아들여 올바른 결정을 내릴 수 있을지 고민했다. 그녀는 남들이 볼 때 야무지고 이성적인 사람처럼 보이지만 사실은 감정에 치우쳐 이성을 팽개칠 때가 더 많았다. 올곧은 길보다 헤매는 것을 좋아하고, 누군가 답을 던져 주는 것보다 직접 부딪치면서 온갖 감정을 소모하는 일에 뿌듯함을 느끼는 피곤한 종류의 인간인 것이다.

새벽은 맛을 느끼기를 포기했는지 젓가락을 내려놓고 태양에게 물었다.

"네 말대로 만둣가게를 정리했고, 시 강연에도 참석했어. 그럼 이제 뭘 하면 되는 건데?"

"루나가 별말 안 해?"

태양의 입에서 '루나'라는 이름이 나오자마자 새벽의 가슴이 두근거렸다. 꿈속에서 만난 것처럼 흐릿하게 지워져 가던 그녀와의 모든 기억이 생생하게 되살아났다. 알아듣지 못한 강연, 한 단어도 쓰지 못한 수첩, 텅 빈 강연장, 루나를 향한 질투와 열등감. 그건 끔찍한 악몽이었다. 그렇지만 아무렇지 않은 척 고개를 끄덕였다.

"엄청나게 많은 말을 하긴 했지. 근데 다 잊어버렸어, 한 가지만 빼고. 너희 둘이 나를 두고 내기를 했다는 거."

"루나 그 녀석, 대체 무슨 말을 한 거야?"

루나 얘기를 할 때 피식 웃는 태양의 입술과 눈매가 너무도 부드럽고 관대해서 쌀쌀맞고 냉정하기 짝이 없는 남자가 이런 면도 있나 싶었다. 새벽은 더욱 날카롭게 대꾸했다.

"상당히 불쾌했어. 돈을 택하든 시를 택하든 내 마음이야. 뭘 걸고 내기를 했는지 모르겠지만 둘 다 아니니까 우쭐하지 마."

"알아, 어쨌든 목적지 변경이 불가피해졌어."

'목적지'라는 말에 새벽이 웃었다.

"나는 불운의 아이콘이라서 이제 웬만한 일은 눈 하나 깜짝 안 할 자신 있어. 어제와 오늘, 이상한 일을 너무 많이 겪으면서 깨달았어. 목적지를 정해 놓고 노를 젓는다는 건 무의미한 일이라는 거. 내가 탄 배와 내가 젓는 노는 너무 작고 보잘것없어서 내 힘으로 어쩔 수 없는 큰 파도 한 방이면 전혀 다른 곳에 가 있게 되어 버린다는 것도."

삶에 목적 같은 건 없다. 무엇을 하면서 주어진 하루를 흘려보내고, 그 하루를 연결해서 인생이라고 부르는 장대한 서사를 완성해야 하는지 모른다. 태양의 말처럼 '목적'이라는 말을 계속 반복하다 보면 무슨 뜻인지 잊어버리게 된다. 극도로 몰입하다가 뭘 하는 중이었는지 잊어버리는 게 목적인 것처럼.

"그런 걸 뜻하는 게 아니야. 너도 알 거야. 남은 하나가 무엇인지."

루나 얘기를 꺼내는 바람에 다소 불쾌했던 새벽의 기분은 미묘하게 바뀌었다. 차 안에서 태양이 했던 말이 떠올랐다. 치열한 말다툼에 묻히긴 했지만 분명히 사랑을 해 보자는 둥 애매한 소리를 하기는 했다. 진심이 아닐 거라 생각했고, 그 생각에는 변함이 없었다.

"그 얘기라면 별로 하고 싶지 않아."

"돈으로 의지를 깨우는 건 실패했어."

"그렇지만 난 돈이 좋아."

"그냥 좋아하는 정도로는 안 돼."

"난 돈을 사랑해! 나에게 돈이 제일 소중하다고!"

돈을 향한 새벽의 절절한 고백에 태양은 어이없는 표정을 지었다.

"그러면서 통장을 냅다 집어 던져?"

"그건 네가 나를 묻으러 가는 줄 알고……."

태양이 한심하다는 눈으로 본다고 해도 새벽에게 돈은 소중했다. 빌린 돈 십만 원을 갚지 못해 야반도주를 일삼던 아빠는 어린 딸과 길바닥으로 쫓겨나야 했다. 가난한 어린 시절을 겪은 새벽에게 천만 원은 천금과도 같은 돈이었다. 돈으로 의지를 깨우는 데 실패했다는 태양의 말이 이해가 되지 않았다. 돈이 있다는 걸 깨달은 순간 살아야겠다는 의지가 확실히 생겼다.

"난 죽지 않아. 그리고 옥상에 올라갈 일도 없어. 이제 정말 열심히 살 거야."

판결을 앞둔 피고가 판사에게 최후의 변론을 하듯 새벽은 최대한 가련하고도 성실한 표정을 지어 보였다. 그러나 태양은 단호했다.

"의지는 선언으로 발현되는 게 아니야. 루나 말대로라면 시를 쓰는 것도 불가능하겠지만 그래도 혹시 모르니까 며칠 동안 여기에 머무르면서 무엇이든 열심히 써 보자. 시가 너의 생명이고 너의 구원이라 생각하고 미친 듯이 매달리다 보면 문이 열릴 수도 있어."

새벽은 자신이 없었다. 시를 쓸 만한 상태에 놓아두기에는 스스로가 불안정했다. 떠오르는 심상을 마주하기 위해서 완벽한 몰입의 상태에 들어가야 하는데, 지금은 가 본 적도 없는 동남아 야시장 한가운데에서 길을 잃어버린 것 같은 기분이었다. 즐겨야 하는 건지 벗어나야 하는 건지 갈피를 잡지 못했다. 그래서 솔직하게 대답했다.

"지금은 어떤 것도 쓸 수가 없어."

태양은 한숨을 푹 내쉬었다.

"마지막 남은 너의 구원이 사랑이라면, 해낼 자신 있어?"

바다를 건너다 말고 배의 선장이 '배가 침몰하기 시작했으니 바다에 뛰어들어야 해. 헤엄칠 자신 있어?'라고 묻는다면 이런 기분일까? 바다의 깊이도 모르고 헤엄치는 방법도 모른다. 사랑도 마찬가지였다. 위험을 감수하기에는 사랑에 대해 아는 게 너무 없었다.

"누구를 얼마나 어떻게 사랑해야 하는데? 누군가가 내 사랑이라는 걸 어떻게 알아봐? 사람을 잘못 고르게 되면?"

새벽의 질문에 태양은 거의 좌절한 표정으로 말을 내뱉었다.

"마트에서 저녁 반찬으로 쓰일 고등어를 고르라는 게 아니야."

"고등어는 고를 줄 알아. 눈이 맑고 투명해야 하고, 등에 무늬가 선명해야 한다는 거. 그런데 사랑할 사람은 어떤 기준으로 골라야 하는지 모른다고. 내가 그 사람을 사랑하는지, 그 사람이 나를 진심으로 대하는지 어떻게 알아?"

태양은 아빠와 바다에 갔던 때를 떠올렸다. 그때 바다를 보면서 아빠에게 물었다. "아빠, 바다에는 물이 왜 이렇게 많아?" 아빠는 한참 동안이나 말이 없었다. "바다니까 많지." 단순하면서도 별거 아닌 대답에 태양은 "에이, 아빠도 모르는구나." 하고 놀렸지만, 이제는 안다. 명백한 사실을 논리적으로 설명해야 할 때는 누구나 말문이 막히는 법이다.

"그건…… 그냥 저절로 아는 거야."

밥상이 물러나고 조그만 팔각 찻상이 방 안으로 들어왔다. 새벽은 찻잔을 들어 올려 차를 한 모금 마셨다. 향긋한 차는 미지근한 맹물처럼 맛도 향기도 남기지 않고 목구멍으로 넘어갔다. 분위기는 조용히 가라앉았다.

태양이 어떤 주장을 펼칠 때 근거와 정보가 부족한 경우는 없었다. 상황을 분명하게 이해하고 무엇이 결정적인 요소인지 알게 되는 순간 그것은 의견이 아니라 사실이 된다. 그래서 그가 하는 말에는 확신이 있었다.

그런 그가 입을 다물고 있다는 것은 무엇이 새벽에게 합당한 길인지 적절한 판단을 내리지 못했다는 뜻이다. 그녀에게는 재능이 있었고 언젠가는 훌륭한 작품을 쓸 수 있겠지만 그녀가 말한 것처럼 '지금은' 글을 쓸 준비가 되어 있지 않았다.

그렇다고 해서 그녀에게 사랑을 강요할 수는 없었다. 그녀의 사랑은 태양의 사랑이기도 했다. 태양의 기준에서 누군가를 사랑하는 일은 가장 비이성적인 행위였으므로 남은 시간을 사랑에 맡겨 버리는 건 확률이 적은 쪽에 너무 많은 것을 배팅하는 것과 마찬가지였다.

애써 찾아 놓은 길이 전부 다 막힌 길이라는 걸 알게 된 태양은 어느 때보다 천천히 차를 마셨다. 목적지를 다시 설정하기 위해 시간이 필요했다. 침묵을 깬 것은 새벽이었다.

"사랑을 해낼 자신은 없어. 내가 누군가를 사랑한다고 해서 상대가 나를 봐 줄 거라는 보장도 없고, 나처럼 보잘것없는 애를 사랑할 사람은 세상에 없을 테니까. 그렇지만 노력은 해 볼게."

그가 이래라저래라 할 때마다 새벽은 '네가 뭔데?'라며 반사적으로 그를 부정했지만 여기까지 오게 된 건 따지고 보면 그의 말을 착실히 따른 결과였다. 자신의 삶에 일어나는 변화가 절망을 향한 것이 아니라 희망을 향한 것이라는 걸 새벽은 느낄 수 있었다. 그에게 맡겨 놓은 내일이 궁금하기도 했다.

노력해 보겠다는 그녀의 말에 태양은 하하하 웃었다. 웃었다기보다 비웃었다는 표현이 맞다.

"네 머릿속에 채워 놓은 생각이라는 것들이 그렇게 한심하기 짝이 없으니까 나도 뭐라 할 말이 없다. 사랑이 있다고 믿는 사람들은 뭔가 단단히 착각하고 있는 게 분명해. 감정을 쏟아부을 대상을 연인이라 부르고, 욕구를 해소하기 위해 만나는 시답잖은 역할극을 연애라 부르고, 욕ㅏ를 충족한 뒤 원래 상태로 돌아가는 걸 이 별이라 부르지. 그래 놓고 사랑을 했다 어쨌다 노래를 부르고 난리를 치니까 너도나도 애매한 모든 감정과 행위에 사랑이라는 단어를 갖다 붙이는 거야."

새벽이 예상한 대로 비아냥 섞인 말 무더기가 쏟아졌다. 태양은 말하다 말고 자세를 바꿔 그녀를 빤히 쳐다보았다.

"그런 같잖은 사랑을, 남들은 다 하는데 너라고 못 할 건 또 뭐냐? 사랑을 안 하면 안 했지 보잘것없다는 둥 상대가 나를 봐 주지 않을 거라는 둥 그딴 소리는 왜 하는 거야?"

"사실이니까."

뭐가 사실이냐고 묻기도 전에 그녀가 앞서 술술 털어놓았다.

"누군가에게 사랑받으려면 그만큼의 가치가 있어야 하는 거잖아. 근데 난 별 볼 일 없는 애라서 지금까지 사랑이라는 걸 받은 적 없어. 심지어 엄마에게도……."

잔뜩 움츠러든 그녀의 얼굴을 보니 스스로 파 놓은 수렁에 빠진 것 같았다. 그녀가 주기적으로 하는 일이었다. 자신을 슬픔의 구덩이로 밀어 넣는 일.

"네가 어때서? 뭐가 그렇게 못나서? 그런 식으로 자기를 비하하고 나면 버려진 과거가 합리화라도 돼? 엄마가 널 버린 건 너를 사랑하지 않아서가 아니야. 네 엄마는, 엄마는 자기 자신을 더 사랑했던 것뿐이야."

태양의 말에, 새벽의 코끝은 누가 툭 건드리기라도 한 것처럼 붉어졌다. 눈꺼풀 안쪽으로 금세 눈물이 스몄다.

"네가 뭔데? 뭘 안다고 그런 말을 해?"

묻는 목소리가 떨렸다. 타인이 함부로 들춰낼 수 있는 영역이 아니었다. 그러나 태양은 아무렇지 않게 엄마 이야기를 이어 갔다.

"엄마는 널 사랑하는 만큼 자신을 사랑했어. 지키고 싶었던 거야, 자기 자신을."

"그럼 나는? 나는 누가 지켜? 겨우 여섯 살이었어. 엄마 없이 잠도 못 자고 밥도 못 먹는 어린애였다고!"

울먹이는 목소리에 서러움과 원망이 섞였다. 새벽의 떨림은 미약한 흐느낌으로 바뀌었다.

찻상을 옆으로 밀어낸 태양이 그녀 앞에 다가와 앉았다.

"너만 힘들었던 거 아니야."

"알지도 못하면서 쉽게 말하지 마."

"나도 알아."

"넌 몰라. 세상에서 나를 가장 사랑해 줘야 하는 사람에게 버려지는 기분이 어떤지. 슬프다는 말로 부족할 만큼 절망적이었어. 매일 밤낮 엄마를 기다리면서 울었어. 언젠가는 와 줄 거라고 믿었어. 그렇게 십사 년이나 아파했어."

"슬픔을 준 건 엄마의 잘못이지만, 그 슬픔을 십 년 넘게 품고 산 건 네 잘못이야. 남 탓하지 마."

이런 순간에도 태양은 냉정함을 잃지 않았다. 그에게 어리광은 통하지 않는다는 걸 알면서도 새벽은 비논리적인 자기변호를 멈출 수가 없었다.

"나도 어떻게든 떨쳐 내고 싶었어. 그렇지만 안 되는 걸 어쩌라고! 게다가 난 너무 어렸어."

"살다 보면 어떤 일이든 혼자서는 감당할 수 없을 때가 반드시 와. 그렇다고 모두가 너처럼 나약하게 삶을 포기하진 않아."

"그 '모두'가 엄마한테 버림을 받은 건 아니잖아. 왜 나만, 왜 나만……."

태양은 엄마에 대한 기억이 봉인되어 있던 그녀의 비밀 상자를 벌컥 열어서 아무렇지 않게 툭툭 털어 냈다. 무심한 의사처럼, 그녀조차 열어 보기 조심스러워서 한 번도 들춰 보지 못한 상처를 눌러 보고 엄살은 그만 떨어도 될 것 같다며 냉철하게 진단을 내렸다.

"너 하나도 안 못났어. 딱히 잘난 것도 없지만, 너의 부족함과 엄마의 가출은 연관성이 없어."

"그럼 왜 나를 버리고 간 건데? 아빠가 싫어서 집을 나간 거면 나도 데려갔어야지! 엄마 혼자 행복하려고 쓸모없는 어린애는 버리고 간 거잖아!"

"엄마가 널 버리고 행복했을 것 같아?"

새벽은 아무 대답도 하지 못하고 태양을 노려보았다. 엄마의 행복에 대해서는 생각해 본 적이 없었다. 홀가분하게 떠났으니 당연히 잘 먹고 잘살겠지, 단순하게 생각했다. 그래서 더 원망스러웠다. 엄마가 자신의 불행까지 떠넘기고 간 것 같아서 억울했다. 새벽은 십사 년이 지난 후에야 처음으로 질문해 보았다.

'엄마는 날 버리고 행복했을까?'

"버림받은 게 그렇게 억울하면 찾아가서 따져! 웅크려 앉아서 기다리지만 말고 네 발로 직접 가서 물어보면 되잖아!"

새벽은 눈물이 그렁그렁한 얼굴로 소리쳤다.

"내가 왜? 버리고 간 사람이 와야지!"

태양은 벙찐 표정을 지었다. 진심으로 그녀를 질책했다.

"너 진짜 바보냐? 그런 이유로 지금까지 버텼던 거야? 엄마가 널 기다리고 있다는 걸 알면서?"

흔들리던 눈동자가 우뚝 멈췄다. 흥분해서 소리치던 그녀의 숨소리마저 잦아들었다. 놓쳐서는 안 되는 중요한 내용을 확인하듯이 되물었다.

"엄마가 나를…… 기다린다고?"

정말 몰랐냐고 묻는 듯한 태양의 눈을 올려다보며 새벽은 고개를 저었다.

"그럴 리가 없어. 거추장스러운 짐을 버리고 도망쳤으면서, 왜 나를 기다린다는 거야?"

'일일이 설명해 주지 않으면 모른다니까. 정말 성가신 인간이네.'라고 생각한 태양은 그녀의 머리에 손을 얹고 당연하다는 듯이 말했다.

"엄마잖아."

울음을 참지 못한 새벽의 얼굴이 태양의 어깨 위로 쏟아져 내렸다. 내내 듣고 싶었던 말이었다. 엄마가 나를 버린 건 나를 사랑하지 않아서가 아니라고 누군가가 말해 주기를 기다렸다. 거울을 보면서 자신에게 한 번이라도 그렇게 말해 줬으면 좋았을 텐데 그러지 못했다. 평생 그녀를 짓누르던 오래된 슬픔이 분수처럼 솟구쳐 올랐다. 그 말을 한 사람이 누구도 아닌 태양이었기에 새벽은 마음껏 울 수 있었다.

"엄마는 나를 잊고 살 거라 생각했어. 하지만…… 사실은 엄마한테 잊히고 싶지 않았어."

태양은 어설픈 동작으로 그녀의 머리카락을 쓰다듬고, 등을 쓸어내렸다. 슬픔의 홍수가 한차례 지나가기를 기다리면서 그녀를 품에 안았다.

"괜찮아, 다 괜찮아."

태양이 그녀를 위로했다. 새벽은 괜찮다는 그의 말이 무슨 버튼이라도 되는 것처럼 더 크게 울었다. 마시던 차가 완전히 식을 때까지 뜨거운 눈물을 콸콸 쏟아 냈다. 스무 살이 되어서야 비로소 괜찮다는 말을 자기 자신에게 건넸다. 하지 못했던 말을 입 밖으로 꺼냄으로써 마침내 그 감정으로부터 해방되는 기분이 들었다. 가슴속 깊은 곳에 고여 있던 슬픔의 근원은 빛을 본 곰팡이처럼 조금씩 사라져 갔다.

새벽은 자석에 끌리듯 태양의 가슴에 뺨을 댔다. 두근두근 일정하게 뛰어야 할 심장박동 소리는 들리지 않았다. 우르르 거대한 맷돌이 갈리는 소리, 콰르르 땅이 갈라지는 소리, 먼 산에서 산사태라도 일어난 것처럼 무언가 쏟아지는 굉장한 소리가 들렸다. 놀란 눈으로 올려다보는 새벽에게 어깨를 토닥이던 태양이 별거 아니라는 듯이 말했다.

"네가 울면, 나는 무너져."

별이 할 법한 말에 새벽은 눈물을 뚝 그쳤다. 여전히 허리를 안고 있는 태양의 팔 길이만큼만 몸을 떼고서 그를 보았다.

"너도 그런 말 할 줄 알아? 원래 그런 느끼한 말 잘 안 하잖아."

"느끼한 말을 안 하는 게 아니라 사실만을 말하는 거야."

사실만을 말한다는 그의 입에서 그런 말이 나왔다는 게 신기하기도 하고, 놀랍기도 하고, 설레기도 했다.

"내가 정말 할 수 있을까, 사랑?"

태양은 그녀를 애틋하게 바라보며 말했다.

"사랑이 두렵다면 누군가를 사랑하기 전에 너 자신을 사랑하는 것부터 시작해. 거절당하는 일은 절대로 없을 테니까."

☾　　☾　　○

다음 날, 새벽이 눈을 떴을 때는 어두운 밤이었다. 하루를 꼬박 잠만 잤다. 이렇게 오래 잔 건 태어나서 처음이었다. 처마 밑에 걸려 있는 전등 불빛이 방 안을 은은하게 비추어 주었다. 그녀가 누워 있는 방 안은 넓고 따뜻한 온돌이었으며 푹신한 이불이 깔려 있었다.

태양의 첫인상은 부잣집 도련님 같았다. 왠지 낯스러운 한옥에 살고 있을 것 같다고 상상했는데, 이곳은 새벽이 상상한 그대로였다. 차를 타고 오면서 태양이 했던 말이 기억났다. '우리 집은 네가 상상하는 그대로일 거야.' 새벽은 고개를 갸우뚱했다. 내가 어떤 상상을 할지 그는 알고 있었던 건가? 아니면 이 모든 것은 나의 환상인 걸까? 손발이 저린 걸 보면 꿈은 아닌 게 분명했다. 이불을 걷고 자리에서 일어났다.

신선한 공기를 마시고 싶어서 마당으로 나왔다. 그곳에는 별이 그녀를 기다리고 있었다. 새벽은 그가 내민 손을 잡았다. 두 사람은 약속이라도 한 것처럼 은하수가 펼쳐진 아름다운 길을 따라 걸었다. 길은 끝없이 이어져 있었다. 한참을 걷다가 뒤를 돌아보면 같은 거리에 태양의 집이 보였다. 집 주변을 둘러싼 커다란 러닝머신 위를 걷는 것만 같았다.

새벽은 누구에게도 하지 못했던 자신의 이야기를 가만히 풀어놓았다.

"아빠는 단 한 번도 집을 소유한 적이 없었어. 언제든 가방 하나에 모든 살림살이를 담아 훌쩍 떠날 준비가 되어 있었지. 그리고 적어도 200회 정도는 실행에 옮겼을 거야. '야반도주'라는 걸 할 때면 나는 커다란 가방 안에 들어갔어. 그 속에 들어가면 초록색 액체 상태의 번데기가 된 것처럼 아늑함을 느꼈어. 내가 느낀 아늑함은 그게 전부인 것 같아."

새벽은 담담하게 미소를 지으며 말을 이었다.

"어릴 때 나는 울보였어. 툭하면 울었지. 아빠는 울고 나면 키가 큰다고 했어. 울면서 잠든 다음 날이면 벽에 등을 대고 서서 연필로 키를 표시했어. 아마 내가 이사 다닌 집마다 벽에 작은 점이 하나씩 찍혀 있을 거야."

하도 울어서인지 중학교 3학년 때까지는 키가 쑥쑥 컸다. 이러다가 2미터 넘는 거인이 되어 버리는 거 아닐까 걱정이 되어서 울음을 참는 연습을 했다. 열여덟 살쯤 됐을 때 눈물도 멈추고 키 성장도 멈췄다.

"울고 나면 어떤 기분이 들어?"

별의 물음에 새벽이 대답했다.

"노란 전등, 전기장판 그리고 한 사람의 팔다리가 엄청 그리워지기 시작해. 춥고, 외로워."

생각해 보니 어제와 그제는 태양과 별이 있어서 외롭지 않았다. 별은 따스한 눈빛으로 새벽을 바라보며 위로하듯 말을 건넸다.

"혼자일 때에도 안아 주는 건 가능해. 자, 봐봐. 팔을 이렇게 앞으로 쭉 뻗은 다음 허공에 무엇이 있다는 상상을 하고 안아 봐. 그러다 팔 안에 아무것도 들어오지 않는 순간 두 팔은 자연스럽게 네 어깨를 안고 있을 거야. 연습하면 유연해져. 나중에는 몸통 전체를 껴안을 수도 있어. 등 뒤에서 왼손과 오른손이 닿을락 말락 하는 절묘한 타이밍, 그 순간 몇 개의 별이 너의 밤에 아름답게 떨어지게 돼."

별과 새벽은 달밤에 체조라도 하듯이 각자 자기 몸을 껴안는 연습을 했다. 누가 더 유연한지 내기라도 하는 것처럼 등 뒤에서 만나지 못한 손가락을 꼬물거렸다. 그 모습이 너무 귀엽고 바보 같고 웃겼다.

"너도 그래? 태양이 말하는 것처럼 내가 누군가를 사랑하길 원해?"

별은 공기 중에 떠 있는 어떤 작은 입자를 느끼려는 듯 지그시 눈을 감고 낮게 읊조렸다.

"사랑을 하지 않는다면 깨고 나서 남는 건 하나도 없을 거야. 언제 어느 곳에 있든 사랑을 해야 해."

"사랑하는 사람을 만날 수 있을까? 운명의 연인이라든가 첫눈에 반한다든가 하는 그런 사람."

"사랑은 신비로운 방식으로 다가오기 때문에 예측할 수 없어. 샘물에 얼굴을 대고 물을 마시다가도 사랑에 빠질 수 있거든. 자기 자신과."

"넌 사랑을 해 본 적 있어?"

"물론이지, 지금도 하고 있고."

사랑을 하고 있다는 별의 말에, 새벽은 루나가 떠올랐다. 뒤이어 어이없는 질투심에 태양에게 화풀이했던 기억이 떠올랐다. 차 안에서 다투고 소리쳤던 일, 울고 화내고 어린애같이 굴었던 일. 앞에 바다가 있다면 부끄러웠던 일은 물속에 죄다 던져 버리고 싶었다.

태양과 함께 있으면 정말 바보가 되는 것 같았다. 반면에 별과 함께 있으면 환상 속을 걷는 것만 같았다. 별은 어둠을 좋아한다고 했다. 또한 고요함을 즐긴다고 했다. 눈에 보이지 않는 것에서 아름다움을 발견해 내는 일은 그가 가장 즐겨 하는 일이라고도 했다.

새벽은 별이 흥얼거리는 소리를 들었다. 기존에 있던 멜로디인지 아니면 즉흥적으로 지어낸 것인지 알 수 없었으나 그는 분명한 가사도 없는 노래를 불렀다. 그의 흥얼거림을 듣는 동안 놀랍게도 뇌리에 번쩍임이 몇 번이나 찾아왔다. 시 강연장에서 알아듣지 못할 강연을 들으면서 무아지경에 빠졌던 것과 같은 경험이었다. 새벽은 시를 쓰고 싶은 충동에 사로잡혔지만 산책을 멈추고 싶지는 않았다.

두 사람은 태양의 집 주변을 계속 걸었다. 거닐고 느끼는 것 외에 다른 목적이 없는 사람처럼 밤을 나아갔다. 별의 노랫소리가 아니었다면 새벽은 혼자 걷고 있다는 착각을 했을지도 모른다. 평화로웠지만 외롭지 않았고, 엄청난 존재감을 드러내고 있었지만 별은 그림자도 남기지 않았다.

새벽이 고백했다.

"나도 사랑을 하고 싶어. 그렇지만 어떻게 해야 하는지 모르겠어."

"네가 사랑을 원하기만 하면 사랑이 저절로 찾아올 거야."

새벽은 웃으며 농담을 건넸다.

"태양이랑 네가 딱 반반 섞여 있다면 당장 사랑에 빠질 것 같아. 조금은 냉정하고 조금은 다정하고. 어떨 땐 차갑지만 어떨 땐 따뜻한 사람. 한편으로는 믿음직스럽고 또 한편으로는 사랑스러운……."

별이 걸음을 멈추고 놀란 얼굴로 새벽을 바라보았다.

"정말 그렇게 생각해? 나와 태양이 만나서 하나가 됐을 때 완벽한 형태를 갖춘 인간이 바로 너인 걸 알고 있어?"

새벽은 당황했다. 별이 한 말의 의미를 조금도 깨닫지 못했다. 다만 지나친 칭찬으로 들렸다. 자기 자신이 어떤 사람인지 잘 안다고 믿는 그녀로서는 스스로가 사랑스럽다거나 완벽하다고 느낀 적이 한 번도 없었다. 나약하고, 비겁하고, 냉정하지 못하고, 감정을 조절해야 할 때 도리어 더욱 흥분했다. 타인이나 자신에게 다정하게 대해야 할 상황에서도 쌀쌀맞게 굴었고, 매사에 의심으로 가득했다.

"아니, 그럴 리가……. 난 그렇게 괜찮은 사람이 아니야."

별은 그녀를 그윽하게 바라보며 미소 지었다.

"넌 정말 완벽해. 한 번쯤 거울을 보면서 환하게 웃어 줬으면 좋겠어. 그럼 난 평생 사랑에서 헤어 나올 수 없게 될 거야."

산책길에서 벗어나 커다란 문을 여러 개 지나쳤다. 기와가 얹어진 건물들은 창문이 모두 닫혀 있어서 안에 무엇이 있는지 볼 수가 없었다. 별은 익숙한 듯이 아무 문이나 열고 들어갔다. 그곳에서는 오래된 책 냄새가 났다. 전등을 켠 건 아니었는데 공간이 서서히 밝아졌다. 수십 개의 책장이 늘어서 있었고 책장에는 책들이 빼곡히 꽂혀 있었다.

새벽은 책꽂이 사이를 걸어 다니며 책을 구경했다. 고서와 베스트셀러가 무작위로 섞여 있었다. 적어도 수만 권은 되는 것 같았다.

그동안 꽤 많은 책을 읽었다고 생각했는데 앞으로 읽어야 할 책이 이렇게 많이 남아 있다는 건 확실히 삶의 의지를 깨어나게 했다.

그녀가 감탄하며 책 구경에 빠져 있을 때 별이 물었다.

"나를 보면 시가 떠오르지 않아?"

새벽은 책 하나를 꺼내 책장을 넘겨 보며 대답했다.

"떠올라. 그렇지만 넌 내가 아는 하찮은 언어로 표현될 만큼 단순하지 않아서 쓰기가 어려워."

그는 무슨 말인지 이해한다는 듯이 고개를 끄덕였다.

"원래 사람은 자기 자신의 아름다움에 관해서는 쓰기 어려운 법이지."

"나의 아름다움이라든가 그런 건 잘 모르겠지만 나 자신에 대해서 쓰는 건 어려운 것 같아. 나에게 일어난 일은 사실이 분명한데 어느 것 하나 설명할 수 없다는 게 신기해. 이해되지 않는 것들을 그냥 받아들이고 있어. 너와 태양의 존재를 포함해서……. 솔직히 난 나에 대해서 잘 몰라."

별은 책 한 권을 꺼내서 중간쯤을 펼친 뒤 새벽의 머리 위에 지붕처럼 툭 얹어 주었다. 새벽은 책을 뒤집어쓴 채로 그를 올려다보았다. 이러고 있으면 책 내용이 머리에 자동으로 저장되는 건가?

"어때?"

별이 물었다.

"책의 무게나 냄새 정도는 알 수 있지만, 아직 읽어 보지 않아서 내용은 모르겠어. 뭔가 느껴져야 해?"

새벽이 되묻자 별이 대답했다.

"사람도 한 권의 책과 같아서 읽기 전에는 몰라. 누군가를 알고 싶다면 마음을 열고 읽어야 해."

새벽은 의자에 앉아 별이 골라 준 책을 읽었다. 바다로 가고 싶어 하는 한 여자에 관한 이야기였다. 여자는 네 갈래 길에 서서 고민에 빠졌다. 수많은 사람이 그 거리를 지나는 동안 여자는 이 길, 저 길을 조금씩 가 보았지만 결국은 매번 네 갈래 길로 되돌아왔다. 어느 길로 가야 할지 확신이 없었기 때문이다. 세월이 흘러 그녀는 그 자리에서 늙어 버렸고, 산꼭대기에 올라가서야 모든 길이 바다로 통하고 있음을 알게 되었다.

불현듯 영감이 떠올랐다. 별이 무심코 펼쳐 준 네 갈래 길 이야기와 '사람도 한 권의 책과 같다'는 그의 말이 새벽의 머릿속에서 두둥실 이미지를 만들어 냈다. '봄새벽'을 알기 위해서는 '봄새벽'에 관한 책을 읽어야 하는데, 누구도 그 책을 쓰지 않았으므로 직접 써야겠다는 생각이 들었다. 어느 길로 가든 바다로 갈 수 있다면, 어떤 글을 쓰든 아름다움은 남길 수 있는 것이다.

새벽은 시 대신 밀린 일기를 쓰기로 마음먹었다. 초라한 인생의 흔적을 남기지 않기 위해 일기장에 '자신'을 제외한 나머지 것들을 써 왔던 그녀는 그동안 쓰지 못했던 자신의 이야기를 쓰기로 했다. 이십 년 치 일기를 몰아서 쓰려면 시간이 걸리겠지만 그녀는 기억하고 있는 모든 것을 써 낼 자신이 있었다.

서고의 커다란 책상 위에는 산뜻한 표지의 노트와 연필이 준비되어 있었다. 노트를 펼친 그녀는 오늘 밤 안에 완성하지 못할 긴 이야기의 서문을 써 내려갔다. 쓸 내용은 넘쳐 나는데 손이 미처 따라오지 못해 연필이 글씨로부터 도망치는 것처럼 보였다. 일기장 겉표지에 제목을 썼다.

〈새벽을 깨우다〉

언젠가 그녀의 일기가 멋진 자서전으로 완성되면 온 마음을 다해 읽을 것이다. 첫 독자는 그녀이며, 그녀가 유일한 독자일 수도 있다. 새벽은 자서전을 통해 어두운 삶에 빛이 있고, 절망 속에 희망이 있고, 방황하는 삶 속에도 사랑이 있다는 걸 알게 될 것이다.

돈도 꿈도 사랑도 아니었다. 지금 그녀가 원하는 건 글을 쓸 수 있는 아늑한 공간이었다. 오로지 자기 자신만이 존재하는 곳, 외부로부터 보호받는 갇힌 세계. 아빠의 여행 가방 안이라면 더욱 완벽하게 어린 날의 기억을 쓸 수 있을 것만 같았다. 그 좁은 공간에서 느꼈던 아늑함을 느껴 보고 싶었다.

그렇게 생각하자마자 건물에 미세한 진동이 느껴졌다. 쓰는 걸 멈춘 새벽은 고개를 들어 별을 바라보았다. 무언가 공간이 달라져 있었다. 자주 가던 시립 도서관 자료실보다 넓었던 서고가 지금은 학교 도서실만큼 작아졌다.

무슨 일이 일어난 건지 몰라서 눈만 깜박이고 있을 때, 또다시 바닥이 울렸다. 사방에서 벽이 나오면서 공간이 줄어드는 느낌을 받았다. 그것이 사실인지 아니면 느낌인지 정확히 알 수 없었다. 책꽂이 수를 세어서 가늠해 보려고 했지만 하나, 둘, 셋까지 세면 어디까지 세었는지 헷갈렸다. 꿈속에서 전화번호를 누르려는 시도처럼 엇갈렸다. 당황한 새벽과 달리 별은 차분했다.

"두려워할 필요 없어. 마음을 가라앉히고 시야를 넓혀 봐."

마음을 어떻게 가라앉혀야 하는 건지 고민하는 동안에도 벽은 점점 가까워졌다. 천장도 낮아졌다. 꿈인지 현실인지 모를 상황에 이곳을 빠져나가야 한다는 생각도 못 했다.

서고는 닭장만큼 작아지더니 순식간에 여행 가방만큼 작아졌다. 두 사람은 몸을 움직일 수도 없는 아주 작은 공간에 갇혀 버렸다. 한 줄기 빛도 없는 암흑 속에서 별은 여전히 그녀의 곁에 있었다.

"넌 오직 네가 원하는 것만을 가질 수 있어."

별의 속삭임이 등 뒤에서 들려왔다.

"난 지금 글을 쓰고 싶어."

"알아, 멋지고 훌륭한 서재에서 글을 쓸 자격이 있어. 그러니까 시야를 넓혀."

새벽이 눈을 감고 호흡을 정리하는 동안 별은 끊임없이 그녀에게 암시를 걸었다.

"넌 네가 속한 세상을 변화시킬 수 있어."

새벽은 자신이 넓은 공간에 있다는 상상을 했다. 생생하게 상상하기 위해 더욱 집중했다. 그러자 벽이 한 뼘 뒤로 물러나면서 조금은 숨통이 트였다. 별은 등 뒤에서 크고 따뜻한 손으로 새벽과 손을 겹쳤다.

"미안, 나 때문이야. 난 조금 불안정한 상태라서 갈피를 잡지 못할 때가 많아. 그래서 가끔은 널 위험에 빠트리기도 해."

"이상하고 위험한 경험이긴 해. 하지만 네 잘못은 아니야."

"마음대로 날뛰지 못하도록 네가 나를 길들여 줘."

"넌 누구보다 자유롭고 멋져. 길들일 필요도 없고. 그것보다 이 공간을 어떻게 해야 하지 않을까? 우리, 갇힌 것 같아."

"벽을 한번 밀어 봐. 밀 수 있다는 믿음을 가지면 벽이 밀려날 거야."

실제로 존재하는 장소인지 아닌지 현실성을 의심하면서 분명하고 단단해 보이는 벽을 주먹으로 툭툭 쳤다. 새벽의 손이 차가운 벽에 닿았다. 별이 말한 것처럼 밀 수 있다는 믿음을 가지고 벽을 힘껏 밀었다. 그러나 벽은 꿈쩍도 하지 않았다. 몇 번이나 있는 힘을 다해 밀어 보았지만, 벽은 그대로였다.

"안 밀리는데? 그런데, 나만 미는 거야? 같이 밀면 더 쉽게 밀리지 않을까?"

좁은 공간에 웅크려 머리와 어깨가 거의 닿아 있으면서도 별은 편안해 보였다.

"힘으로 미는 게 아니야. 감각으로 미는 거지."

새벽은 등과 어깨, 팔다리, 온몸을 사용해서 벽을 밀었다. 역시나 벽은 그대로였다.

"감각으로 민다는 게 어떤 뜻인지 모르겠어. 네가 한번 밀어 볼래?"

별은 새벽의 어깨에 머리를 기대며 노래하듯 흥얼거렸다.

"번데기가 된 기분 좋다. 이 시간을 견디고 밖으로 나가면 나비가 될 것 같아. 내 등에 날개가 생기려나 봐. 등이 간지러워."

이런 상황에서 이런 말이나 지껄이는 별에게 해결책을 기대하기란 무리였다. 새벽은 큰 소리로 도움을 요청했다.

"밖에 누구 없어요? 도와주세요!"

쿵쿵. 밖에서 태양이 문을 두드렸다.

"한밤중에 남의 집에서 뭐 하는 거야? 문 안 열어?"

태양이 소리치자 새벽이 반가운 목소리로 대답했다.

"갑자기 공간이 줄어들었어! 어떻게 해야 할지 모르겠어!"

"문을 열어, 멍청아!"

새벽은 태양의 짜증에 손을 뻗었다. 그랬더니 문손잡이가 잡혔다. 손잡이를 돌리자 문은 힘없이 활짝 열렸다. 열린 문 앞에는 태양이 오만상을 찌푸리고 서 있었다. 새벽은 얼떨떨한 기분으로 서고에서 나왔다.

"문이 거기에 있는 줄 몰랐어."

별은 어깨를 으쓱하며 뒤따라 나왔다. 흥미로운 놀이가 싱겁게 끝나 버려서 아쉽다는 표정이었다. 등 뒤에 있는 한옥 건물은 처음 들어설 때 크고 웅장한 모습 그대로였다. 새벽은 무언가에 홀린 듯한 얼굴로 태양과 별을 번갈아 보았다. 태양이 새벽을 향해 호통을 쳤다.

"밤에 웬만해서는 딴생각하지 말고 잠이나 자라고 했지! 괜히 산책한답시고 밖으로 나오니까 이런 꼴이 나는 거잖아!"

별이 그녀를 변호했다.

"우주 사용법을 연습하는 중이었어."

"그래서 앞에 버젓이 문이 있는데도 안 나오고 숨바꼭질을 한 거야?"

새벽이 억울하다는 듯이 따져 물었다.

"갑자기 공간이 줄어들었어. 어떻게 된 거야?"

"공간은 그대로인데 네 생각이 널 가둔 것뿐이야."

"착각이 아니라, 정말로 벽이 막 움직였다니까?"

몸을 낮춘 태양이 새벽과 눈높이를 맞췄다.

"자, 봐봐. 지금 지구가 엄청난 속도로 돌아가고 있어. 믿어져?"

"자전한다는 건 학교에서 배웠으니까 내가 믿고 말고 할 것도 없지."

"그 말이 거짓말이라면? 인간들 중에 달에 간 사람은 아무도 없고 우주는 원래 존재하지 않고 모든 것이 조작이라면 어떨 것 같아?"

"그게 벽이 움직인 거랑 무슨 상관이야?"

"그래, 상관이 없어. 벽이 움직이든 지구가 돌든, 네가 지금 어디에 있든 네 믿음과 상관없이 일어날 일은 일어난다고. 넌 그냥 눈에 보이는 것만 받아들이면 된다는 뜻이야. 네가 할 일은 무언가가 네 앞을 막아섰을 때 해결책을 찾는 것뿐이라고."

새벽이 황당하다는 얼굴로 물었다.

"벽이 움직이는데, 해결책을 어떻게 찾아?"

"잘 구분해서 써. 어딘가에 갇혔을 때 별은 마음의 문을 열려고 애쓰고, 난 출입구를 먼저 찾아. 그게 별과 나의 차이점이야. 넌 필요할 때 누구든 불러낼 수 있어. 누가 더 도움이 될지는 네가 선택하는 거야."

"네가 무슨 램프의 요정이니? 뭐라고 부르면 달려오는 건데?"

농담조로 묻는 새벽의 말투에는 비웃음이 다분히 묻어 있었다. 그러나 태양은 어느 때보다 진중한 목소리로 대답했다.

"굳이 부를 필요도 없어. 정신을 바짝 차리면 돼."

D-4

아이 갓 에브리싱

아침 식사로 12첩 반상과 함께 잘 구워진 식빵과 버터, 딸기잼이 방 안으로 들어왔다.

"딸기잼을 왜 반만 발라?"

별이 고개를 갸우뚱하며 식빵에 딸기잼을 바르고 있는 태양에게 물었다.

"어차피 식빵을 반으로 접을 거니까. 그러는 넌 왜 전체에 다 바르는데?"

"잼이 겹쳐지면 두 배로 맛있으니까."

별은 식빵 한 쪽 면 전체에 잼을 듬뿍 발라서 접어 먹고, 태양은 반쪽에만 얇게 펴 발라서 접어 먹었다. 두 사람은 딸기잼을 바르는 서로의 방식을 이해하지 못하고 각자의 빙식으로 잼을 바르며 누구의 행동이 더 합리적인지 옥신각신했다. 태양의 기준은 잼을 바르는 데 걸리는 시간과 효율과 하루당 섭취량이었고, 별의 기준은 사르르 녹는 달콤함이었다.

된장국에 밥을 먹던 새벽이 태양과 별에게 물었다.

"그런데, 맛은 똑같은 거 아니야?"

태양이 쯧쯧 혀를 찼다.

"너, 아메리카노와 롱블랙의 차이 알아? 커피에 물을 넣으면 아메리카노가 되는 거고, 물에 커피를 넣으면 롱블랙이 되는 거야. 아메리카노는 맛이 깔끔하고, 롱블랙은 크레마가 남아서 풍미가 더욱 강하지. 재료는 같아도 순서와 방법에 따라 맛이 달라."

밥상 위에 딸기잼 한 덩어리가 툭 떨어졌고, 그 딸기잼은 별의 손 여기저기에 묻었다. 별은 새끼손가락의 바깥쪽과 손목 안쪽을 혀로 핥았다. 즉시 태양의 구박이 날아왔다.

"핥아 먹지 말고 물티슈로 닦으라고!"

"딸기잼을 흘리는 덕분에 나는 날마다 나를 핥아서 맛을 확인할 수 있어. 음, 정상이군."

"어휴, 미친놈."

새벽은 두 사람을 보며 즐겁게 웃었다. 그들은 정말 무엇 하나 닮은 부분이 없었다. 그런데도 둘이 같이 있을 때 느껴지는 안정감과 조화로움은 시소를 탄 것과 같았다. 한 명이 자리를 뜨면 남은 사람은 느닷없이 바닥에 엉덩방아를 찧을 것만 같은 불안감. 둘 중 한 사람이라도 없으면 세상이 기우뚱하게 쓰러질 것만 같은 묘한 균형. 새벽의 마음에는 어느새 그들을 향한 돈독한 믿음과 애정이 생겨났다.

《　《　○

　　새벽은 식사를 마치자마자 서둘러 산에서 내려갔다. 그녀는 변했다. 우주가 뒤집히기라도 한 듯이 모든 것이 하루아침에 바뀌었다. 태양이 며칠 더 있다가 내려가라며 그녀를 잡았지만, 소용이 없었다. 산에서 내려가야만 했고, 살 집과 아르바이트를 구하고 싶은 충동에 마음이 급했다. 깊은 골짜기에서 울려 퍼지는 북소리같이, 쿵쿵 뛰는 심장 소리가 그녀의 가슴을 울려 댔다.

　　태양의 집은 그야말로 낙원이었다. 따뜻한 잠자리와 정성 어린 밥상은 인생 최고의 호사였으나 그곳에 머물러 있을 수는 없었다. 별의 말처럼, 새벽은 번데기에서 나비가 된 것만 같았다. 그녀는 날개를 펼치고 어디로든 가야만 했다. 위험을 무릅쓰고 뭐든지 시도해야 했다. 모험에 뛰어들고, 도전하고, 지금까지 하지 못한 일들을 해내고 싶었다.

　　특별할 것 하나 없는 똑같은 일기를 보는 것은 슬프고 추한 일이었다. 죽기 직전에 펼쳐 봐도 부끄럽지 않을 일대기를 남기고 싶었다. 자기소개서에 작성할 경력을 쌓는 것과는 차원이 달랐다. 자신의 인생에 대한 성스러운 책임감까지 느꼈다.

　　그녀가 원하고 결정하면 태양은 따를 수밖에 없다는 사실을 새벽은 알고 있었다. 어떤 실리적인 계산에 의해서라든가 사랑이니 뭐니 하는 미묘한 감정 때문이 아니었다. 오직 본능이었다. 말이 되고 안 되고를 떠나서 새벽은 두 사람을 자신의 일부로 느끼기 시작했고, 새벽에게는 그들이 필요했다. 두 사람을 동시에 사랑하는 것이 가능하다는 생각은 하지 않았다. 그러나 살다 보면 미친 짓을 감수해야 하는 순간들이 있기 마련이다.

태양과 함께 산길을 내려오는 동안 새벽은 사랑에 대해서 생각했다. 태양이 말했다.

"별한테 휘둘리지 마. 괜한 짓 하면서 시간을 낭비하지 말란 말이야. 별은 사랑 이야기에 환장하지만 실제로 사람을 죽였다 살렸다 하는 사랑은 없어."

새벽이 말했다.

"휘둘리는 거 아니야. 나에게 주어진 시간을 내 방식대로 쓰고 싶어. 그게 사랑이 됐든 뭐가 됐든 중요하지 않아. 이제부터 내 삶의 의지는 내가 알아서 찾을 테니까 신경 꺼."

솔직히 말하면 별에게 휘둘리는 게 아니라 태양에게 휘둘린다는 느낌을 더 많이 받았다. 지금껏 태양이 시키는 대로 해서 여기까지 왔지만 앞으로는 뭐든지 스스로 결정해야 한다. 그에게 너무 많이 의지해 버리면 그를 원하는 감정이 생존 본능인지 아니면 사랑인지 헷갈릴 수 있으므로 적당히 선을 그어야 할 필요가 있다고 생각했다.

태양은 진심으로 그녀를 걱정했다.

"불필요한 열의에 들뜨지 말자. 네가 느끼는 감정은 불안이야. 넌 단순히 불안을 해소하기 위해 뭔가를 하려는 거지, 그게 정말로 네가 원하는 건 아닐 수도 있어."

"서고에 갇혀 있을 때에도 불안하지는 않았어. 누군가 우리를 구하러 올 거라 예상했거든."

"예상은 언제나 빗나가는 법이야."

새벽은 단호한 그의 얼굴을 흘깃 보고 말했다.

"그래도 네가 날 구하러 왔잖아."

태양은 새벽에게 자동차 조수석 문을 열어 주면서 말했다.

"지금도 널 구하기 위해 최선을 다하고 있다는 것만 알아주라."

태양의 차는 도로 위를 달렸다. 새벽은 자신이 살던 곳에서 최대한 멀리 떨어진 곳으로 가고 싶어 했고 태양은 기꺼이 그녀를 데리고 가 주었다. 갈림길마다 새로운 차원의 세상이 열렸다. 하늘이 초록색으로 변하고 산이 보랏빛으로 변했다. 다시는 이곳으로 돌아오지 못할 것 같다는 생각이 들었다. 그러나 두렵지 않았다.

"난 너희를 믿어."

운전하고 있는 태양의 눈썹이 움찔했다. 비 오는 밤, 태양의 집에 갈 때까지만 해도 실의에 빠졌던(게다가 태양을 못 믿어서 통장까지 집어 던졌던) 그녀의 눈빛이 달라졌다.

"네가 뭐라고 하든 난 사랑을 할 거야. 별은 내가 원하기만 한다면 내 앞에 사랑이 나타날 거라고 했어."

"잘해 봐."

태양의 시큰둥한 대답에도 그녀는 개의치 않고 말을 이었다.

"내 일기장에 될 수 있으면 사랑에 관한 이야기를 가득 채우고 싶어. 잘할 수 있을지는 모르겠지만 누군가가 내 앞에 나타나면 알 수 있을 것 같아. 사랑이 무엇인지, 어떻게 해야 하는지도……."

"거참 쉽네."

촌철살인이 취미이자 특기인 그에게서 감정을 읽어 내는 건 무리였다. 새벽은 은근슬쩍 그의 마음을 떠보았다.

"그 '누군가'에 너도 포함돼."

"당연히 그렇겠지."

"너와 내가 연인이 될 수 있다고 생각해?"

"안 될 것도 없지."

무미건조한 대답에 새벽의 목소리가 한층 높아졌다.

"아까부터 무슨 대답이 그래? 나 정말 진지하게 말하고 있다고."

앞만 응시하던 태양은 슬쩍 고개를 돌려 그녀를 보았다. 태양의 사고는 이미 사랑으로 넘어가 있었다. 그녀가 사랑을 선택했기 때문이다. 그는 지금껏 모아 온 경험과 지식과 정보를 총동원해서 그녀가 사랑을 잘 해낼 수 있도록 도울 것이다. 첫 데이트에 입을 옷을 고르고, 분위기 좋은 데이트 장소를 물색하고, 효율적으로 사랑을 전달할 수 있는 단어를 찾아낼 것이다. 그것이 태양의 역할이었다. 사랑으로부터 철저하게 그녀를 보호하는 것까지도.

태양이 말했다.

"사랑에 휘둘리지는 않을 거야. 상처받기 전에 상처 주는 것을 택할 거고, 사랑에 실패하더라도 짧은 시간 안에 말끔하게 정리할 거야. 과거나 미래보다 현실에 집중하고, 현실이 만족스럽지 못하다면 즉시 원래 상태로 되돌릴 거야. 울고불고하는 건 없어. 죽네 사네 하는 것도 없고. 깔끔한 경험 공유. 그게 내 사랑 방식이야."

　확고한 그의 다짐에 새벽은 자기도 모르게 웃음을 터트렸다. 철두철미한 사랑 방식이 다소 딱딱하게 느껴지긴 했지만 어쨌거나 사랑을 하겠다는 그의 진심은 충분히 전달되었다. 태양은 웃는 그녀를 물끄러미 바라보았다. 두 사람의 눈이 마주쳤다. 할 말이 있는 듯 망설이던 태양이 먼저 고개를 돌렸다. 새벽은 오래도록 그의 옆모습을 바라보았다. 어쩐지 자신과 닮은 그의 옆얼굴을……

　　　　　　　　　☾　　☾　　○

　새벽과 태양은 조용하고 한적한 소도시에 도착했다. 포도가 유명한 그곳은 시민 의식이 성숙하다는 평가를 받는 고장이었다. 관광지로는 포도주 양조장이 있는데, 직접 재배한 포도로 담근 와인을 시음해 볼 수 있다고 관광 안내 책자에 쓰여 있었다. 그 밖에도 몇몇 명승고적과 특산물 판매점, 지역 고유 음식점 등이 소개된 관광 안내 책자를 대충 훑어본 새벽은 가까운 부동산을 찾았다.

　이곳까지 오는 내내 이상하리만큼 자동차와 사람이 눈에 띄지 않았다. 그리고 두 사람 사이에는 크고 작은 말다툼이 몇 번이나 있었다. 34번 국도의 허름한 휴게소에서 태양이 사실은 운전면허가 없다고 고백하는 바람에 싸웠고(걸어가겠다는 그녀를 간신히 차에 태웠다.), 점심을 먹으려고 들르는 식당마다 "금일 휴업"이라는 팻말이 붙어 있어서 싸웠다.

말다툼은 번화가에 있는 작은 부동산에서도 계속 이어졌는데, 두 사람의 의견은 구하는 방의 월세가 저렴해야 한다는 조건 외에 어떤 것도 일치하지 않았다. 새벽은 조용히 글만 쓸 수 있다면 5층인데 엘리베이터가 없다든가, 창문과 문틀의 아귀가 맞지 않는다든가, 간혹 온수를 틀었는데 냉수가 나온다든가 하는 불편쯤은 괜찮다고 했지만 태양은 말도 안 되는 소리라며 반박했다. 신축 건물에 풀 옵션은 물론이고 창문을 통해 공원이 내다보여야 하며 남향이라 해가 잘 들어오는, 외관이 훌륭하면서도 안전한 집을 찾는다는 말을 뻔뻔하게 늘어놓았다.

"내 집 구하는 거야. 우리 집이 아니라고."

새벽의 말에 태양이 대꾸했다.

"네 집이 내 집이야. 난 후줄근한 집에서 못 살아."

"그게 무슨 소리야? 동거라도 하자는 말이야?"

"왜? 겁나?"

태양의 빈정대는 말투에 새벽이 발끈했다.

"겁나는 게 문제가 아니라, 그럴 수 없는 거잖아."

"시끄럽고, 원하는 집이나 다시 말해. 다 쓰러져 가는 판잣집 얻고 싶지 않으면 '원하는 것'에 집중하라고."

"쓰러져 가는 판잣집을 원했기 때문에 내 생일날 집이 무너진 건 아니야! 우리 외할머니 집을 모욕하지 마! 근데 너, 정말 나랑 같이 살 생각인 거야?"

"아니니까 좀 닥치고 집중해!"

"뭐? 닥치라고 했어, 방금?"

새벽이 흥분하자 태양은 정작 중요한 게 뭔지 구별도 못 하면서 사소한 것에 목숨 걸고 덤벼드는 본능은 정말 넌더리가 난다며 혀를 끌끌 차더니, 부동산 사장님에게 자신이 원하는 집을 자세히 설명했다. 그의 설명은 실제 건물의 사진을 보면서 하는 것처럼 생생했다.

놀랍게도 새벽은 태양이 말한 그대로의 집을 얻었다. 보증금 500만 원에 월세가 30만 원인 7평짜리 원룸은 그녀 혼자 살기에 딱 좋았다. 작은 호수가 가운데 있고 금빛 잔디가 융단처럼 깔린 공원이 그녀의 방에서 내다보였다. 공원 뒤쪽엔 낮은 언덕으로 된 산책길도 조성되어 있었다.

건물 입구는 큰길에 있었고, 신축 건물이라 아담한 욕실과 방은 두말할 것 없이 깨끗했다. 난방이 잘되어 실내 전체가 아늑한 분위기를 머금었고, 수도꼭지에서 뜨거운 물이 콸콸 쏟아져 나왔다. 풀옵션이라고 해 봐야 작은 냉장고와 전자레인지, 붙박이 옷장과 세탁기가 전부였지만 그 물건들은 그녀에게 꼭 필요한 것들이었다.

"와! 정말 운 좋다!"

감탄하는 그녀에게 태양이 정확하게 알려 주었다.

"운이 아니라 법칙이야."

집 근처에 있는 대형마트에서 이불과 세제, 세면도구, 청소 도구 등을 샀다. 편안한 티셔츠와 바지, 집에서 입을 가벼운 옷도 몇 벌 더 샀다. 새벽은 온종일 바빴다. 방을 쓸고 닦고 새로 산 물건을 정리하는 동안 태양과 별은 그녀 앞에 나타나지 않았다. 그들이 나타나는 공식에 대해서 정확하게 정의 내리지 못했지만 무언가에 푹 빠져서 정신없이 바쁠 때는 오로지 그녀 혼자였다.

그들은 새벽이 혼란스럽거나 잡생각으로 머리가 복잡할 때, 무엇을 어떻게 해야 할지 갈피를 잡지 못할 때, 추스르지 못할 감정에 휩싸였을 때 불현듯 나타나서 본인들끼리 다투거나 잔소리를 해 댔다. 그것이 어떤 신호인지, 아니면 업무의 한 방식인지 새벽은 알지 못했다. 단지 하나씩 깨우치는 배움의 과정에 있을 뿐이었다.

새집을 청소하는 동안 생각이 많지도 않았고, 고독할 틈도 없었다. 작지만 마음에 쏙 드는 원룸 한구석에서 내일을 떠올리는 것만으로도 행복에 겨워 자신도 모르게 "아, 좋다!"라는 말이 몇 번이나 입 밖으로 나왔다.

저녁 무렵이 돼서야 겨우 허리를 편 그녀는 창밖으로 노을을 바라보았다. 그날의 마지막 햇빛이 주변을 무수한 색으로 물들이며 공원 옆 아파트 단지 사이로 사라질 때까지 지는 해를 감상했다. 그녀의 가슴에 기쁨이 가득 찼다. 맑은 의식 속에 아름다운 멜로디가 감동적으로 울려 퍼졌다. 그것이 별의 흥얼거림으로 바뀌는 순간 언제 왔는지 모를 별이 뒤에서 그녀의 어깨를 감싸 안았다. 새벽은 놀라지 않았다.

"저녁, 같이 먹을까?"

별이 물었고, 새벽은 고개를 끄덕였다.

조리 도구와 기본 재료가 갖추어질 때까지 식사는 밖에서 해결하기로 했다. 그 정도 돈은 통장에 얼마든지 있었다. 가방에 노트와 연필을 챙겼다. 새벽은 낯선 동네를 둘러볼 겸 무작정 걸었다. 별은 그녀의 옆에서 보폭을 맞추었다. 걸을 때 두 사람은 연인처럼 서로의 몸에 기댔다. 별은 자연스럽게 그녀의 어깨를 감쌌고, 새벽은 그의 허리에 팔을 둘렀다. 태양이 잘난 척 입으로 떠들어 대는 타입이라면 별은 스킨십으로 자신의 기분이나 감정을 전하는 타입이었다.

별은 보고 듣고 느낀 모든 것에 의미를 부여하라는 소명을 받은 천사 같았다. 어깨에 먼지 하나가 내려와 앉아도 그에게는 특별한 계시이거나 축복이었다. 그 먼지는 수만 년 전 죽은 인류가 남긴 영혼의 조각일 수도 있다고 했다. 그리고 먼지를 털어 내기 위해 고개를 돌린 곳에서 우연히 신의 표지를 발견할 수 있다고도 말했다.

"들으려고 하는 사람에게만 들리고, 보려고 하는 사람에게만 보이는 것들이 있어."

태양이 성큼성큼 다가와서는 꼭 붙어 있는 두 사람을 지적했다.

"멀리서 보면 너희 둘 샴쌍둥이 같아. 좀 떨어져."

새벽은 별의 팔짱을 낀 채 말했다.

"누구 때문에 점심을 굶었더니 힘이 없어. 근처에 문을 연 식당이 하나라도 있었으면 좋겠다."

"식당이 휴일인 게 내 탓이냐?"

"그러게, 휴게소에서 우동이나 어묵 같은 걸 먹자니까. 근사한 식당 찾아간다면서 여기저기 돌아다니는 바람에 밥도 못 먹고."

"넌 다 쓰러져 가는 휴게소 음식이 싸서 먹겠다는 거였잖아. 원가에 비해 그다지 싸지도 않았거든?"

"됐어, 말할 힘도 없어."

별은 흙냄새 나는 손가락을 가진 사람은 자유롭고 친밀한 영혼을 가진 사람이라면서 자기 손가락을 태양의 코에 갖다 댔다. 태양은 질색하면서 그를 밀어냈다. 밀어낼수록 더욱 달라붙는 별과, 그를 떼어 내려는 태양의 몸부림은 순수하고 천진난만한 어린아이들의 장난 같았다. 새벽이 공원 건너편까지 가는 동안 정체불명의 조합은 보폭을 맞출 생각도 없이 앞서거니 뒤서거니 하면서 공원을 활보했다.

새벽은 걷고 있는 길에 집중했다. 잎이 다 떨어진 나무가 벚나무인지 은행나무인지 생각하고 집에서부터 이곳까지의 거리를 가늠했다. 푹신한 잔디를 밟는 느낌과 멀리서 들려오는 까치의 울음소리에 주의를 기울였다. 어느덧 주변은 잠잠해졌다. 뒤를 돌아보니 공원에는 아무도 없었다. 새벽은 가볍게 미소를 지었다. 오늘 저녁은 혼자 먹어야 할 것 같다고 생각하면서 낮은 언덕을 올라갔다.

언덕에 나 있는 샛길을 따라가니 작은 카페 겸 식당이 나타났다. 새벽은 이끌리듯이 식당 안으로 들어갔다. 국적 불문의 인테리어가 오묘한 곳이었다. 낡은 마룻바닥이나 테이블, 카운터는 이국적인 분위기가 흠씬 풍기면서도 메뉴는 동서양을 막론하고 큰 기술이 필요 없는 것들로 뒤섞여 있었다. 세월의 때가 묻어나는 가게 안의 모습 하나하나가 새벽의 마음에 쏙 들었다.

카운터 뒤쪽 벽에는 빛바랜 사진들이 잔뜩 걸려 있었다. 80년대 외국 영화 주인공처럼 보이는 인물들 옆에 긴 머리를 휘날리는 남자가 '복사+붙여 넣기'를 한 것처럼 활짝 웃고 있었다. 식당 이름은 한글로 '아이 갓 에브리싱'이었다. 구석에 놓인 스피커에서는 기타 연주로 된 오래된 팝송이 흘러나왔고, 식사를 하는 사람들의 흥겹고 자유로운 분위기는 외국에 와 있는 것 같은 착각이 들 정도였다.

새벽은 '나는 모든 걸 다 가졌다'는 식당에서 저녁을 먹었다. 별생각 없이 주문한 프랑스식 카레는 정말 맛있었다. 카레가 원래 프랑스 음식이라고 착각할 정도였다. 아침까지는 입맛이 없어서 맛을 느낄 수가 없었는데 달콤한 풍미가 일품이었다. 누군가가 그녀의 먹는 모습을 봤더라면 이틀은 굶은 사람이라고 생각했을 것이다. 새벽은 단숨에 한 그릇을 먹어 치운 뒤 샐러드 하나를 더 주문했다.

식당 사장인 듯, 긴 머리를 질끈 묶어 자유분방한 느낌을 풍기는 남자가 요리와 서빙을 혼자서 했다. 딱 벌어진 어깨, 모델처럼 큰 키, 탄탄한 근육질의 날씬힌 몸을 갖고 있어서 얼핏 보면 주방과는 거리가 먼 사람처럼 보였다. 입고 있는 흰 셔츠는 단추가 두 개쯤 풀려 있었고, 웃을 때 가지런한 치아가 환하게 빛났다. 그가 샐러드 접시를 테이블에 내려놓자마자 새벽이 조심스럽게 물었다.

"저기, 혹시 맥주 한 잔 주문해도 될까요? 여기 신분증이요."

태어나서 처음 주문해 보는 술이었다. 그는 새벽이 내민 주민등록증을 들여다보더니 곧 하얀 거품이 콸콸 넘치는 생맥주를 한 잔 가져다주었다.

그녀는 맥주 맛을 잘 아는 사람처럼 겁 없이 꿀꺽꿀꺽 들이켰다. 맥주가 이렇게 차갑고 따가운 음료인 줄 알았더라면 천천히 마셨을 텐데…… 잔을 반 정도 비우고 나서 눈물이 맺혔다. 참을 새도 없이 트림이 터져 나왔다. 막 손님이 나간 테이블을 정리하던 식당 사장이 그녀를 보며 웃었다.

"술은 맛의 문제가 아니라 기분의 문제야. 기분이 좋아서 혹은 기분이 나빠서 그것을 증폭시키거나 해소하기 위해 마시는 거지. 아, 물론 맛이 끝내주는 술도 있어. 안주는 몇 종류 없지만 술은 종류별로 있으니까 원한다면 지하 저장고를 구경해도 좋아."

새벽은 "아, 네." 하고 대답하면서 어색하게 웃었다. 부드럽게 울리는 약간 쉰 목소리. 초면에 손님에게 말을 놓는 그에게서 무례하다는 느낌보다 의외로 편안하다는 느낌을 받았다. 건달 두목 같은 외모에서 따스한 기운이 뿜어져 나오는 건 아빠와 비슷했다. 하지만 조금도 닮지 않았다. 아빠는 몸집이 그의 두 배였고, 나이도 열 살 이상은 더 많을 것이다.

깨끗하게 잘 닦인 창 너머로 테라스가 보였다. 주황색 조명이 밝히고 있는 테라스 주변은 온통 푸른 잎이었다. 바람이 나뭇잎을 흔드는 소리가 들렸다. 가게 안에 흘러나오는 음악이 무엇인지도 모르고 남은 맥주를 홀짝이며 심취해 있다가 순간 멈칫했다. 기분 좋게 박자를 타던 발끝도 멈추었다. 문득 오늘이 며칠인지 궁금해졌다.

태양과 별을 만난 건 불과 3일 전이었다. 졸업식이었기 때문에 날짜를 정확히 기억했다. 2월 8일. 얼어붙을 것 같은 찬 바람에 눈송이가 날렸다. 공원의 나무들도 앙상한 가지를 뻗고 있었다. 그런데 어떻게 식당 정원의 잎이 푸를 수가 있는 거지? 이른 봄에 피는 꽃처럼 나무의 종류가 특별한 경우인 건가? 이곳에 봄이 예상보다 일찍 왔을 수도 있다고 생각했다.

기묘한 느낌에 식당 안을 둘러보았다. 처음 식당에 들어왔을 땐 공원 입구에 이정표도 없는 가게인데도 손님이 상당히 많다고 생각했는데, 새벽이 맥주를 홀짝이는 동안 한꺼번에 빠져나간 것인지 식당 안에는 아무도 없었다. 치우지 않은 테이블만 여기저기 덩그러니 방치되어 있었고, 카운터 위에는 미처 닦지 못한 유리컵이 쌓여 있었다.

새벽은 자신이 먹은 샐러드 접시와 맥주잔을 들고 카운터로 갔다. 계산을 한 뒤, 영수증을 건네는 사장에게 물었다.

"혹시, 직원 필요하지 않으세요?"

그는 수염이 덥수룩한 얼굴에 미소를 띠고 말했다.

"몹시 필요해."

"그럼 저를 쓰시는 건 어떠세요?"

식당에 들어올 때까지만 해도 이곳에서 식사와 아르바이트 두 가지를 전부 해결하게 될 거라고는 생각 못 했다. 단지 마음이 시키는 대로 따랐을 뿐이다.

지난밤 일기를 쓰면서 깨달은 것이 하나 있다면, 삶을 살아가는 데 있어서 주저하지 말자는 것이었다. 마음속에서 무언가를 하고자 하는 충동이 생기면 일단 따라가 보자는 것이 그녀의 새로운 신념이었다.

"여기에서 일하고 싶어요. 일하게 해 주세요."

그녀는 그를 똑바로 보았다. 흔쾌히 고개를 끄덕인 그는 자신을 '갓'이라고 소개했다.

"할 일이 많아. 우선 카운터에 있는 컵부터 좀 씻어 줘."

새벽은 맥주잔들을 챙겨서 카운터 안으로 들어갔다. 카운터 옆에 딸려 있는 작은 싱크대에 유리컵을 모아서 깨끗하게 씻어 엎었다. 행주를 빨아서 테이블을 닦았다. 빈 접시를 주방으로 나르고 의자 밑을 쓸었다. 그보다 더 열심일 수 없을 만큼 야무지게 일했다.

"어서 오세요!"

자기 안에 이렇게 밝은 목소리가 있는 줄 처음 알았다. 갓 씨는 홀과 카운터를 그녀에게 맡겨 두고 주방 일에 전념했다. 새벽은 손님에게 물을 가져다주고 주문을 받았다. 배운 적도 시킨 적도 없는 일을 자연스럽게 해내고 있는 자신이 신기하면서도 신이 났다. 누군가를 반가이 맞아 주고 맛있는 음식을 대접하는 일은 생각했던 것보다 유쾌한 일이었다. 새벽은 자신이 이 세상의 일부가 된 것을 실감했다.

그녀는 그날 늦은 밤까지 '아이 갓 에브리싱'에서 일했다. 메뉴를 외우고 주방에 정확하게 전달해야 했으므로 다른 생각을 할 여유가 없었다. 한적한 마을인 줄 알았는데, 고장의 훌륭한 경치 때문인지 외부 손님도 많이 오는 것 같았다. 가게에 들어오는 사람들의 나이와 취향과 옷차림을 유심히 관찰했다. 어느 테이블에 무엇이 필요한지, 누가 어떤 와인을 주문했는지 일일이 확인하면서 실수하지 않도록 팽팽하게 긴장감을 유지했다.

새벽이 일을 마치고 집에 돌아온 건 자정이 훌쩍 넘은 시간이었다. 하루가 정신없이 지나갔다. 이렇게 많이 웃고, 많이 움직인 건 처음이었다. 느닷없는 전환에 감동할 타이밍도 놓쳤다. 아직은 낯선 방 한가운데 다리를 쭉 뻗고 누웠다. 갖고 있는 모든 힘을 써 버리고 축 늘어진 팔다리에 비해 정신은 어느 때보다 맑았다.

가구가 없어서 휑한 방 안에 덜 마른 벽지 냄새가 났다. 좋지도 나쁘지도 않은 냄새가 밀려오자 정겹게 느껴졌다. 책 세 권이 들어 있는 작은 가방 하나 달랑 들고 하룻밤 묵으러 온 여관 손님처럼 씻을 생각도, 옷을 갈아입을 생각도 없이 그냥 누워 있었다. 하루하루 급격히 달라지고 있는 일상이 얼떨떨했지만 그녀의 선택에 따른 결과인 건 분명했다.

불과 며칠 전에 죽기로 결심했었다는 사실이 믿기지 않았다. 만 둣가게를 정리하고 방을 얻고 일자리를 구했다. 머리 모양을 바꾸 고 새 옷을 사 입었다. 과거의 그녀를 따돌리기라도 하려는 것처럼 자신에게서 멀어졌다. 늘 우중충하고 절망적인 이야기만 가득 차 있던 서랍을 쏟아 버리고 새로운 이야기를 채워 넣었다.

'이건 나를 잃어 가는 과정이 아니라 잃어버린 나를 되찾는 과정 이야.'

새벽은 갓 씨를 떠올렸다. 그는 매력적인 남자였다. 첫눈에 반했 다기보다 꽤 괜찮은 사람이라는 생각이 들었다. 호감이든 호기심 이든 그의 목소리를 듣는 게 좋았고, 진심이 아니라면 사람을 쉽게 대하지 않을 것 같은 과묵함도 좋았다. 무엇보다 그의 눈에는 광채 가 깃들어 있었다. 내면의 지혜로 가득 찬 사람들만이 내뿜을 수 있는 선명한 광채. 그러나 그건 새벽의 느낌일 뿐이었다. 남자를 한 번도 사귀어 본 적 없는 그녀가 첫인상만으로 한 남자를 판단하 는 건 무리였으므로 갓 씨에 관한 생각은 그만두었다.

새벽이 그동안 남자를 사귀지 않은 이유 중 하나는 낯선 사람에 게 자신을 알리는 걸 원치 않았기 때문이었다. 상대가 자신을 알게 되는 건 누군가가 허락 없이 냉장고 문을 벌컥 열어 보는 것만큼이 나 짜증 나고 수치스러운 일이었다. 유통 기한 지난 소스, 먹다 남 은 김치, 여기저기에서 얻어 온 장아찌 종류의 밑반찬, 버리기 아 까워서 넣어 두었다가 꺼내 먹지 못한 포장 음식……. 그것만큼 빈 곤함을 적나라하게 드러내는 것도 없었다.

자신을 닫아걸고 그 안에 무엇이 있는지 누구도 들여다보지 못하도록 철저히 지켰다. 그 때문에 적극적으로 그녀에게 다가오는 사람도 없었고, 그녀가 먼저 안을 열어서 보여 줄 만큼 가까워진 사람도 없었다. 사랑은커녕 가벼운 우정조차 나누는 것이 불가능했다. 새벽은 스스로 쌓은 성에 갇혀서 어렵사리 성벽을 기어올라오는 누군가의 손등을 지그시 밟아야만 했다.

새벽은 눈을 감고 내면을 들여다보았다. 그동안 버리지 못한 채 껴안고 있던 추한 것들을 모조리 끄집어냈다. 어떻게 처리해야 할지 몰라서 검정 봉지에 둘둘 말아 깊숙이 쑤셔 넣었던 감정들을 마주하고, 쓸어 내고, 걷어치웠다. 우연히 들키더라도 부끄럽거나 초라하지 않을 '아무것도 없는 상태'에 자신을 놓아두겠다고 다짐했다. 사랑을 시작하기 위한 그녀만의 준비였다.

피곤해도 씻고 자야겠다는 생각에 몸을 일으켰다. 욕실 앞에 옷을 훌훌 벗어 두고 샤워기 아래에서 따뜻한 물을 맞았다. 이를 닦고 머리를 감고 몸을 씻는 동안 엄청난 생각들이 승객을 가득 태운 열차처럼 그녀의 머릿속을 요란하게 밟고 지나갔다.

태양과 별과 루나와의 첫 만남부터 떠올려 보았다. 태양의 집에서 있었던 일들, 별과의 산책, 갓 씨의 식당, 손에 잡힐 것처럼 가까운 어제와 오늘의 일들이 아득히 먼 옛날의 기억처럼 느껴졌다. 무언가 더 생각해 보려 했지만 피곤한 탓인지 지난 일을 되돌아보는 게 쉽지 않았다.

새벽은 의식을 현재로 가져왔다. 새로 산 보디 클렌저의 향이 마음에 들었다. 따뜻하고 훈훈한 습기를 머금은 피부가 매끄러웠다. 깡마른 몸이지만 건강한 팔다리를 가지고 있다는 것에 새삼 감사했다. 기분 좋게 물기를 닦고 욕실 문을 열었을 때, 새벽은 원룸 한가운데 옹기종기 모여 앉아 있는 세 사람을 발견하고 눈을 꽉 감았다.

'나는 지금 아무 생각이 없다. 아무런 생각이 없다. 사라져. 사라져라.'

손을 내저으며 속으로 중얼중얼 주문을 외우고 눈을 번쩍 떴지만, 태양과 별과 루나는 여전히 그 자리에 앉아 흥미로운 얼굴로 그녀를 바라보고 있었다.

"우리가 무슨 귀신이냐? 퇴마를 하게?"

시비조가 역력한 태양의 말을 무시한 채 새벽은 몸을 가린 수건을 꽉 쥐었다.

"아무 때나 불쑥 나타나도 되는 거야? 사생활 존중은 없어?"

태양이 코웃음을 치면서 말했다.

"그런 말은 이쪽이 해야지. 우리는 쉴 틈이 없냐? 피곤해 죽겠다. 야식으로 잡탕을 끓이는 것도 아니고 별 오만가지 생각을 다 하고 있으니 너도 참 편하게 살기는 글렀다."

"어떻게 들어왔는지 모르겠지만 전부 내 방에서 나가 줘."

태양은 갈아입을 옷을 꺼내서 욕실 앞에 엉거주춤 서 있는 새벽에게 툭 던져 주었다.

"어떻게 들어왔는지 알려는 노력이라도 좀 해. 현관문 도어 록 고장 났으니까 내일 사람 불러서 고쳐."

"멀쩡하던 도어 록이 갑자기 왜 고장 났는데?"

"어떤 물건이든 고장 나기 전에는 멀쩡해."

욕실에서 옷을 입고 나왔을 때, 태양은 가고 없었고 별은 졸음이 쏟아지는지 나른하게 하품을 하면서 바닥에 슬그머니 누웠다. 루나는 꿈쩍도 없이 창밖을 내다보았다.

그녀와는 강연장에서의 만남 이후 두 번째였다. 그녀는 여전히 밝고 명랑한 듯 보였지만 쉴 새 없이 떠들어 대던 지난번에 비하면 지나치게 조용했다. 태양, 별과 무슨 사이인지 아직 물어보지 못했다. 그것보다, 너무 당연하게 남의 집에 들어와 있는 거 아닌가? 하마터면 굉장히 친한 사이로 착각할 뻔했다.

창밖을 내다보던 루나가 말했다.

"글을 쓸 시간이야."

새벽은 피곤했다. 내일 오전 열 시까지 '아이 갓 에브리싱'에 출근하려면 잠을 푹 자 두어야 했다. 대단히 특별한 하루였던 건 맞지만, 덕분에 일기를 쓸 만큼의 체력은 남아 있지 않았다. 잠든 별을 깨워야 하는 건지 이불을 덮어 주어야 하는 건지도 헷갈렸다. 남의 자취방에 태평하게 누워서 잠들 수 있다는 게 놀라웠다. 새벽이 별에게 다가가자 루나가 막았다.

"깨우지 마. 깨우면 안 돼. 이불도 필요 없으니까 그냥 자게 내버려둬."

루나는 새벽을 창가로 이끌었다.

"어린 시절 일기의 뒷부분을 쓸 거야."

새벽은 곤란하다는 표정으로 고개를 저었다.

"미안하지만 난 굉장히 피곤해. 내일 아르바이트도 가야 하고."

"네가 가진 놀라운 능력을 보여 줄게."

루나는 새벽의 손에 억지로 연필을 쥐어 주었다. 그리고 잠든 별 옆에 엎드리게 했다. 루나가 펼쳐 준 노트는 태양의 집 서고에서 자서전을 쓰던 바로 그 노트였다. 노트 겉면에 〈새벽을 깨우다〉라는 제목이 쓰여 있었다. 태양의 집을 나서기 전 서고에 들러 보았지만 노트는 없었다. 공간이 또다시 줄어들지도 모른다는 불안감에 구석구석 찾아보지도 못하고 산에서 내려와야 했다. 노트 첫 페이지에는 새벽이 써 놓은 서문이 있었다.

이걸 왜 루나가 가지고 있었던 건지 따질 의욕도 없이 새벽은 시키는 대로 연필을 들고 따뜻한 방바닥에 엎드렸다. 옆에서 새근새근 잠을 자는 별의 숨소리가 들렸다.

"지금부터 내가 불러 주는 문장을 그대로 받아 적으면 돼."

"이건 내 일기야. 넌 나에 대해 모르잖아."

루나는 소리 내지 않고 웃었다.

"이 세계에서 너에 대해 모르는 단 한 사람이 있다면, 그건 바로 너야."

손가락 하나 까딱할 힘도 없었지만 루나가 불러 주는 문장을 천천히 받아 적었다. 꿈인지 현실인지 경계가 모호할수록 새벽의 의식은 흐려지고 루나의 목소리는 또렷해졌다. 새벽이 꾸벅꾸벅 졸음을 참아 가며 겨우 글씨를 써 내려가는 동안 루나는 끊임없이 그녀에게 말을 건넸다.

"예술에 이성과 감성이 끼어들면 망칠 수도 있어. 영감을 통해서만 완성되어야 해."

잠결에 루나의 목소리가 띄엄띄엄 들렸다.

'의식의 흐름을 따라가라. 감정을 실어서 쓴 일기는 소설에 가까워진다. 그렇다고 해서 감정을 완전히 배제하면 균형이 무너지기 때문에 잠든 별을 옆에 두어야 한다. 그가 깨지 않게 조심하면서 영감의 목소리에 귀를 기울여라. 완전히 잠들어 버려서도 안 된다. 평범함이 경이로움으로 바뀌고 이성과 감성이 적절한 조화를 이루었을 때 비로소 잠재력이 작동한다. 균형을 잃으면 힘도 잃게 된다. 준비가 되면 상황은 벌어진다. 이 세상에서의 역할이 무엇인지 홀연히 알게 될 것이다.'

사각사각 지나가던 연필이 멈췄다. 새벽은 스르르 잠이 들고 말았다.

D-3

황금빛 드레스와 와인

창으로 들이치는 햇살에 눈이 부서서 잠에서 깼다. 찌뿌둥한 몸으로 간신히 기지개를 켜는 새벽의 왼쪽 뺨에는 자서전 노트의 한 페이지가 달라붙어 있었다. 어젯밤 쓰다 말고 잠이 든 모양이었다. 잠결에 휘갈겨 쓴 글씨는 윗줄과 아랫줄을 자유롭게 넘나들었다. 뭐라고 쓴 건지 기억이 나질 않아 여차하면 찢어 버릴 생각으로 재빨리 훑어보았다.

새벽의 눈이 크게 뜨였다. 정신을 가다듬고 찬찬히 읽어 나갔다. 노트 위에 쓰인 문장은 놀랍도록 유려했다. 표현이 매우 섬세하고, 묘사가 뛰어났으며 약간의 유머도 곁들어 있었다. 생생하고 담담한 문체에서 비참함이나 절망은 찾아볼 수 없었다. 자신을 우울하고 불우한 아동으로 표현하지도 않았고, 그녀 주변 사람들을 무책임한 어른으로 몰아가지도 않았다. 내면에 감춰 뒀던 이야기를 정직하게 쓰고자 하는 진지함이 느껴졌다. 새벽은 루나의 실력에 질투와 부러움, 존경심을 동시에 느꼈다.

'이건 루나가 쓴 글이지 내가 쓴 게 아니야.'

머리를 베개에 슬쩍 다시 내려놓았다. 시간은 아침 여덟 시. 출근 시간까지는 아직 여유가 있었다. 오랜만에 따뜻한 이불 속에서 늦장을 부려 볼까 했는데, 발밑에서 웅성웅성 말소리가 들렸다. 언제 왔는지 모를 태양, 별, 루나가 어젯밤 모습 그대로 거기 있었다.

"숟가락으로 무게를 잴 수 있으면 그렇게 했을 거야. 그렇지만 유일한 측량 기구는 연필이기 때문에 눈에 보이는 대로 문장을 만들어서 어떤 것이 더 무거운지 판단해야 해. 삶의 길이도 마찬가지지. 달력으로 길고 짧은 걸 잴 수는 있지만 인생의 깊고 얕음은 그 사람이 남기고 간 기록을 통해서만 알 수 있을 테니까. 깊고, 선명한 무언가를 남길 수 있었으면 좋겠어. 그게 새벽이 일기를 쓰는 이유야."

차분하고 나른한 건 별의 목소리였다.

"살 수 있는 만큼 최대한 오래 버티는 게 인생이야. 깊든 얕든 살아 내는 게 목적이라고. 이런 식으로 시간을 낭비하고 싶지 않아. 아르바이트든 글쓰기든 전부 때려치우고 깨어날 방법을 찾아야 해. 본능 중에서도 욕망을 가장 잘 드러낼 수 있는 게 뭔지 생각해 보자. 욕망이 나타나면 무언가를 추구하고 행동하게 되겠지. 행동 끝에 원하는 목표를 이룰 수도 있어."

차갑고 반항적인 목소리는 태양이었다.

"왜들 그렇게 심각해? 난 뭔가 좋은 예감이 들어. 그 식당에서 일하기로 한 건 다분히 충동적인 결정이었지만 사실은 굉장한 직감에 따른 거였어. 내 본능을 무시하지 마. 준비가 되면, 상황은 벌어진다! 사랑할 준비가 되었단 말이지!"

흥분을 감추지 못하는 루나의 목소리가 차례로 들려왔다.

"새벽이 사랑을 찾을 수 있을 거라 확신해."

별이 말했다.

"단 며칠 사이에 벽을 깨는 건 불가능해."

태양이 말했다. 루나가 으하하하 경쾌하게 웃으며 태양을 놀렸다.

"네 입에서 불가능하다는 말이 나온 게 너무 웃겨. 조금의 가능성이라도 찾아야 하는 게 너의 역할 아니야?"

루나의 말에 태양은 자존심이 상했는지 즉각 반론했다.

"내 말은 어디까지나 논리적 추론, 명확한 통계에 의해 나오는 거야. 사랑을 해야 한다는 건 알겠는데 길바닥에 쓰레기 줍듯 할 수는 없는 거잖아. 다른 것에도 여지를 두자는 말이야."

루나가 흥미로운 목소리로 되물었다.

"불가능하다는 말은 바위를 친 달걀이 처참하게 부서지는 꼴을 봤을 때나 하는 말이지. 무언가 하겠다고 마음먹었을 때 기적이 일어날 확률도 계산에 넣은 거야?"

"불가능한 것은 불가능하다고 판단할 수 있는 게 이성의 위대함이야. 너희들처럼 안 되는 걸 될 거라 믿는 것 자체가 모순이라고."

태양과 루나의 대화에 별이 불쑥 끼어들었다.

"신을 느끼는 건 이성이 아니야."

루나는 눈동자를 달처럼 뽀얗게 빛내면서 별에게 물었다.

"너도 뭔가를 느꼈어, 거기에서?"

별이 고개를 끄덕이자 루나는 감격스러운 표정을 지었다.

"그것 봐! 일이 제대로 풀리고 있어!"

희망의 불빛이라도 본 것처럼 기대에 들뜬 루나는 개운한 동작으로 기지개를 켰다. 다리를 쭉 뻗고 편안한 얼굴로 앉아 있는 별과 루나를 보면서 태양이 답답하다는 듯 소리쳐 물었다.

"어째서 나만 고군분투하는 것 같은 기분이 드는 거지? 지금 여기서 현실을 직시하는 사람이 나 하나야?"

새벽이 몸을 일으켰다. 평소에 하지 않던 노동을 해서 그런지, 아니면 잠이 부족해서 그런지 현기증이 일었다. 화를 내거나 심술부릴 생각은 없었지만 조금 퉁명스러운 목소리가 나와 버렸다.

"아침부터 남의 자취방에 모여서 열띤 토론을 하는 이유가 뭐야?"

"하, 기가 막힐 정도로 태평한 얼굴이네. 넌 이 상황에 잠이 오냐? 성냥팔이 소녀와 다를 게 없어. 성냥이 다 타들어 가면 꺼진다는 사실도 모르고 그저 온기에 취해 환상을 맛보느라 현실에서 멀어지고 있다고. 이게 지금 현실인 것 같아?"

태양의 말에 새벽이 하품을 하면서 대답했다.

"네가 내 자취방에 허락도 없이 들어와서 산소리를 쏟아 내는 이

상황이 제발 꿈이었으면 좋겠다. 악몽인 거 맞지?"

새벽은 부엌으로 가서 커피를 끓였다. 현관에는 태양의 운동화, 별의 슬리퍼, 루나의 구두가 새벽의 신발 위에 아무렇게나 내던져져 있었다. 아르바이트를 가기 전 고장 난 도어 록을 먼저 고쳐야겠다고 생각했다.

"시시한 아르바이트 따위 그만두고 뭔가 욕망에 집중해 보자. 잘 생각해 봐. 안 하면 죽을 것 같은 일 없어?"

태양의 물음에 새벽은 잠이 덜 깬 얼굴로 고개를 저었다.

"글쎄, 지금은 잘 생각 안 나."

"부끄러워하지 말고 솔직하게 말해도 괜찮아! 꼭 사랑이 아니더라도 남자랑 뒹굴고 싶다거나, 쾌락의 절정을 맛보고 싶다거나, 절실한 거 말이야!"

"네 입을 막고 싶어, 절실하게."

별과 루나가 마주 보고 키득거렸다. 태양은 있는 힘껏 두 사람을 노려보았다. 머그잔을 들고 벽에 기대선 새벽은 진지하게 부탁했다.

"앞으로 너희들 모임 장소는 내 방이 아니었으면 좋겠어. 가까운 공원도 좋고, 카페도 있잖아."

"네가 공원이나 카페에 있었다면 우리도 그쪽으로 갔겠지, 좁아터진 원룸 방에 모였겠냐? 아르바이트하러 가지 마. 오늘은 다른 걸 하자. 여행을 떠난다거나 봉사 활동을 한다거나 아니면 나랑 데이트라도 하든가."

"너랑 데이트를 왜 하니?"

태양은 뻔뻔하게 소리쳤다.

"이제 와서 다른 남자 유혹해 봤자 사랑하기엔 시간도 없어!"

"남자 유혹할 생각 없거든?"

"남자든 여자든, 고등어가 됐든 뭐가 됐든 열정적으로 빠져 보자고."

태양이 마음대로 지껄여 대는 동안 새벽은 차분하게 커피를 마시고 시간을 확인했다.

"연애를 할 때 하더라도 한 시간 뒤에 아르바이트 가야 해."

"지금 당장 돈이 필요한 것도 아니잖아!"

"돈을 벌기 위해서가 아니라 살아 있음을 느끼기 위해서 일을 하려는 거야."

그녀는 어제 처음으로 느꼈던 생동감 넘치는 에너지를 떠올렸다. 일을 하는 동안 얼마나 큰 희열을 느꼈는지 모른다. 오늘 느낄 보람이 벌써부터 기대가 되었다.

태양은 후반전을 10분 남겨 놓은 축구 감독처럼 이글대는 눈빛으로 작전 변경을 지시했다.

"좋아, 노동이 네 삶의 의지를 깨운다는 거지? 그럼 꿈도 사랑도 다 때려치우고 '노동'으로 가는 거다? 오늘 몸이 부서져라 일을 해 봐. 네 눈앞에 보이는 세상이 와장창 깨어질 때까지 쉬지 않고 일을 해야 해. 누군가가 일을 못 하게 카운터에 팔다리를 꽁꽁 묶어 놓는다는 상상을 하면 도움이 될 거야. '일을 하지 않으면 난 죽어 버릴 거야!'라는 기분이 들 만큼 가혹하게 몰아세웠을 때 한순간

'파바박!' 하는 느낌이 든다면 성공한 거야."

새벽은 한숨을 내쉬었다. '파바박'이라는 단어가 구체적으로 어떤 장면을 묘사하는 건지 감이 잡히질 않았다. 지나치게 극단적인 성격의 인간과는 대화가 안 된다는 사실을 새삼 깨달았다.

새벽이 옆에 와서 앉자, 별은 기다렸다는 듯이 커다란 종이 가방을 내밀었다.

"너에게 어울릴 만한 옷을 좀 가져왔어."

새벽은 종이 가방에 있던 내용물을 하나씩 밖으로 꺼냈다. 웃는 것도 찡그린 것도 아닌 표정으로 가방 안이 텅 빌 때까지 꺼내는 동작만 반복했다.

그가 가져온 옷은 대체로 앞과 뒤가 구별되지 않거나 입었을 때 어떤 형태의 옷일지 짐작할 수 없는 옷이 많았다. 화려한 무늬의 롱 드레스, 등 전체가 푹 파인 원피스, 강렬한 색채의 옷들이 새벽의 손에 줄줄이 딸려 나왔다. 아직 떼지 않은 꼬리표에는 명품 로고와 가격이 선명하게 프린트되어 있었다. 종이 가방은 요술 주머니 같았다. 끊임없이 나온 엄청난 옷들이 작은 방바닥 전체를 뒤덮었다. 수없이 많은 옷을 꺼내 놨지만 그녀가 입을 만한 옷은 어디에도 없었다.

"어울릴 만한 옷을 가져왔다며?"

"응, 정말 아름답지 않아?"

"지금 나를 놀리는 거야?"

별은 비즈로 장식된 금빛 드레스를 집어 들고 태연히 말했다.

"아름다운 옷에는 신비한 힘이 있어. 옷을 입은 사람의 인생을 바꿔 줄 만큼 엄청난 힘. 오늘은 이걸 입어 보는 게 어때? 사랑을 시작하기 좋은 옷이야."

이쪽도 역시 지나치게 극단적인 성격의 인간이라는 사실을 잠시 잊었다. 새벽은 별이 건네준 야들야들한 감촉의 금빛 드레스를 손에 들고 고개를 저었다.

"난 못 입어. 입어 본 적도 없고, 이런 옷이 나한테 어울릴 리가 없잖아."

태양이 고개를 끄덕였다.

"하긴, 넌 19,900원짜리 청바지랑 9,900원짜리 티셔츠가 제일 잘 어울리지. 그것들 외에는 입을 생각을 해 보지도 않았으니까."

그 말에서 비판이랄까 빈정거림이 다분하게 느껴졌다. 정말 지겨울 만큼 다퉜다. 태양이 사사건건 날카롭게 지적하면서 새벽과 부딪히기를 유도하는 건 오랫동안 참아 온 불만을 표출하는 것이기도 하고 변화를 위한 가장 쉽고 빠른 방법이기도 했다. 그가 까칠하게 걸고넘어지면 새벽은 즉각적으로 반응했는데, 다툼과 수긍의 과정을 거치면 곧 변화로 이어졌다.

"9,900원짜리 티셔츠가 어때서?"

"네가 왜 9,900원짜리 티셔츠만 입는 줄 알아? 그걸 제일 좋아하고 원하니까. 넌 한 번도 천만 원짜리 드레스를 입고 싶다고 생각한 적이 없거든."

"당연하지. 살 돈이 없었으니까."

"입고 싶다는 마음만 있으면 옷이 하늘에서 뚝 떨어지기도 한다는 거 몰라? 정말로 명품 드레스가 입고 싶어서 매장 앞을 기웃거린 적도 없잖아. 넌 아마 명품 매장이 어디에 있는지도 모를 거다."

"옷은 아무거나 편한 거 입으면 되지, 꼭 비싼 명품 드레스를 입어야 하니?"

"그래, 네 말대로 아무거나 편한 옷을 입으면 돼. 넌 지금까지도 '아무거나' 입었고, 앞으로도 네 인생에서 옷은 '아무거나 편한 옷' 밖에 없을 테니까."

"돈이 없는 게 내 잘못은 아니잖아."

"돈 없는 건 잘못이 아니야. 돈 없다는 핑계로 품위를 잃어버린 게 잘못이지. 거지가 불쌍한 건 돈이 없어서가 아니라 자신의 인격을 바닥에 내팽개쳤기 때문이야. 못났다고 울지 말고, 남이 너를 봐 주길 바라면 너부터 너한테 잘해. 이런 옷 못 입는다고 누가 정했어? 입어 보지도 않고 어울릴지 아닐지 어떻게 알아? 멋진 옷을 입을 자격이 충분한데도 넌 당연한 것처럼 아름다운 드레스를 밀어내고 있어. 그게 문제라는 거야."

옆에서 듣고 있던 루나가 혀를 쯧쯧 차면서 새벽에게 소곤거렸다.

"이런 상태를 바로 '히스테리'라고 해."

태양의 말은 언제나 무지막지하게 들려서 상처받을 법도 하지만 새벽은 태양이 자신을 꾸짖어 주기를 바란 것처럼 아무렇지 않았다. 오히려 약간의 흥분에 휩싸여 가슴이 두근거렸다. 그녀는 지금까지 자신이 싸구려 바지와 싸구려 티셔츠만 입어야 하는 사람인 줄 알았다. 가끔 옷을 사러 가면 '9,900원 균일가'라든가 '1+1'이라는 광고만 찾아다녔다.

누구도 그렇게 정해 놓은 적이 없다는 사실을 처음으로 알게 된 새벽은 세상에서 가장 영향력 있는 사람에게 금빛 드레스를 입어도 된다는 허락을 받은 것 같은 기분이었다. 손에 들고 있는 게 옷이 아니라 금메달이나 트로피라도 되는 듯 감격스러움에 가슴이 두근거렸다.

별이 다정하면서도 확신에 찬 목소리로 말했다.

"입어 봐. 잘 어울릴 거야."

새벽은 설렘과 쭈뼛거림이 섞인 어정쩡한 자세로 거울 앞에 서서 드레스를 몸에 대 보았다. 거울에 비친 어색한 모습을 보고 드레스가 어울리지 않는 게 머리 탓인 양 괜스레 머리를 매만졌다. 입고 싶은 마음이 굳건하다는 건 입가에 사라지지 않는 미소만 보아도 알 수 있었다. 배시시 웃는 얼굴이 스스로 합격점을 준 것 같았다.

등을 곧게 펴고 자세를 반듯하게 했다. 그러자 마법 같은 힘이 자신을 감싸는 것처럼 느껴졌다. 초라함이 걷힌 눈동자에 빛이 반짝 켜졌다. 입어 볼 용기가 생겼다.

새벽이 별에게 물었다.

"그런데 왜 이런 옷을 나에게 주는 거야?"

"우리는 단지 하나의 공통된 소망이 있을 뿐이야."

"공통된 소망? 그게 뭔데?"

별이 대답했다.

"너의 행복."

태양이 즉각 정정했다.

"생존."

잠시 후, 금빛 드레스를 입은 새벽이 태양 앞에 섰다. 최대한 도도한 표정을 지어 보려 했지만 아직은 어색하고 쑥스러웠다.

"어때? 이 정도면 괜찮은 거 아니야?"

맨살이 드러난 앙상한 어깨를 움츠리고 큰 소리로 묻는 그녀의 말에 태양은 눈썹을 구겼다.

"예뻐."

"근데 표정이 왜 그래?"

태양은 일절 감정이 섞이지 않은 얼굴로 '진실'만을 말했다.

"몰라, 겁나 사랑스러워서."

☾   ☾   ○

비가 내리고 있었다. 비를 머금은 어두컴컴한 구름이 화창한 하늘을 뒤덮기 시작하더니 오후 내내 그치지 않았다. 봄비는 메마른 대지를 부드럽게 적셔 그 안에 잠들어 있는 여린 생명을 조용히 깨웠다. '아이 갓 에브리싱'은 더욱 북적였다. 비 오는 날에 어울리는 재즈가 사람들의 감성을 자극했는지 대화는 시끌벅적했다. 점심 식사는 네 시가 넘도록 이어졌고, 맥주와 커피는 쉴 새 없이 팔렸다.

금빛 명품 드레스 위에 검은색 앞치마를 동여맨 새벽은 열심히 테이블을 닦고 바닥을 쓸었다. 바쁘게 일을 하면서도 몸에서 느껴지는 부드러운 감촉에 저절로 웃음이 났다. 그녀의 몸을 감싸고 있는 것은 옷감이 아니라 그녀가 깨고 나온 차원의 껍질이었다. 좋은 옷을 입기 위해서는 더 열심히 일하고 더 열심히 돈을 벌어야 한다. 자기 자신을 멋진 곳으로 이끌어 가고 싶다는 의지가 그녀를 움직이게 했다.

노을이 질 때쯤 갓 씨는 가게 문에 'closed'라고 적힌 팻말을 걸었다. 오늘 준비한 재료가 다 떨어져서 저녁 장사는 하지 못할 것 같다고 했다. 새벽은 그제야 한숨 돌렸다.

갓 씨는 남은 재료로 늦은 점심 겸 저녁을 준비했다. 주방에서 맛있는 냄새가 풍겼다. 갓 씨는 오목한 접시 두 개에 음식을 담아서 가져왔다. 그가 접시를 테이블에 내려놓으며 물었다.

"와인 한잔할까?"

"네, 좋아요."

그는 지하실에서 최고급 레드와인 한 병을 가지고 올라왔다. 잔에 붉은 와인이 채워졌다. 새벽은 와인을 따르는 그의 모습을 가만히 지켜보았다. 젊고 건강한 얼굴에 비해 손은 오래된 나무뿌리처럼 거칠었다. 손목에는 실을 꼬아서 만든 팔찌를 여러 겹 차고 있었고, 접어서 걷어 올린 소매 아래 단단한 팔을 따라 기묘한 패턴의 문신이 가득 새겨져 있었다. 그가 작정하고 유혹한다면 넘어가지 않을 여자는 없을 것 같았다.

'나처럼 어린 여자는 그에게 여자로 안 보일지도 몰라.'

그에 대한 호기심은 있었지만 특별히 연애 감정을 느끼는 건 아니었다. 가게로 오기 전, 별과 루나가 반드시 사랑을 쟁취해야 한다는 둥 예감이 좋다는 둥 사랑에 대한 표지를 놓치지 말고 감지해야 한다는 둥 이상한 소리를 늘어놓는 바람에 온종일 주파수가 '러브 모드'에 맞춰져 있긴 했다. 식당에 들어오는 남자 손님을 힐끔거리기도 하고 식당 안에 있는 남자 중에 미래의 애인이 될 사람이 있을까 눈여겨보기도 했다. 그중에는 새벽과 눈이 마주친 사람도 있었고, 호감 어린 미소를 보낸 사람도 있었지만 이름을 묻거나 연락처를 물어보는 사람은 없었다.

'역시 난 매력이 없는 걸까?'

그런 그녀의 생각을 읽기라도 한 듯이 갓 씨가 그녀에게 와인을 내밀면서 싱긋 웃었다.

"그 옷 정말 잘 어울려."

새벽은 얼굴을 붉히며 "감사합니다." 하고 말했다. 명품 드레스를 입고 식당에서 서빙하는 아르바이트생을 갓 씨는 어떻게 생각할지 걱정했는데 어울린다고 말해 주니 기뻤다.

와인 잔을 들여다보고 향을 맡았다. 달콤하고 부드러운 향이 코끝에 맴돌았다. 최고급 드레스와 최고급 와인이라니. 하루아침에 달라진 자신의 상황에 적응이 안 될 정도였다.

갓 씨가 칭찬을 이었다.

"좋은 옷을 입은 사람은 좋은 대접을 받을 가치가 있어. 옷의 가격을 말하는 게 아니라 그 옷을 입고 있는 사람의 태도를 말하는 거야. 자기 자신을 귀하게 여기는 태도. 온종일 기분이 좋아 보였어. 힘들었을 텐데, 일은 할 만한가?"

"이상하게도 바쁠수록 힘이 넘쳐 나더라고요. 장사가 잘돼서 기뻐요. 도움이 될 수 있다는 게 기뻤고, 사람들 속에 함께 북적일 수 있었던 것도 좋았어요. 요즘 제가 정신이 없었거든요. 며칠 사이에 현실이 아닌 것 같은 일들이 잔뜩 일어나서 이렇게 나를 몰아붙일 무언가가 필요했는데, 오늘은 정말 하루를 보람차게 보낸 것 같아서 뿌듯해요."

갓 씨는 흐뭇하게 웃었다.

"배고플 텐데 대화는 천천히 하고, 일단 먹지."

"네, 잘 먹겠습니다."

새벽은 갓 씨가 따라 준 레드와인을 겸허하게 들어 올리고 영롱한 빛깔을 한참이나 들여다보다가 첫 한 모금을 입에 머금었다. 와인은 그윽한 향을 남기고 기분 좋게 목으로 넘어갔다. 서둘러 음식을 맛보았다. 그가 만들어 준 건 오므라이스였는데 달걀은 군데군데 찢어져 있었지만 맛은 정말 환상적이었다. 새벽은 명품 드레스를 입고 있다는 사실도 잊어버리고 허겁지겁 음식을 먹어 치웠다.

"와인 어때? 입맛에 맞는지 모르겠군."

새벽이 고개를 끄덕였다.

"너무 좋아요. 이 고장은 포도가 유명하다는 얘기를 들었어요. 이 와인도 여기에서 만든 거예요?"

"내가 직접 담근 와인이야. 다른 음식은 몰라도 와인만큼은 내 솜씨를 따라올 장인이 없지."

오므라이스를 먹던 새벽의 눈이 놀라움으로 반짝거렸다.

"정말요? 이렇게 훌륭한 와인을 직접 만드셨다고요? 말도 안 돼. 정말 대단해요."

"누구나 잘하는 게 하나쯤은 있으니까."

"어떻게 포도로 이런 맛을 내는 건지. 이건 과학이 아니라 마법이에요."

그녀의 솔직한 감탄과 찬사에 갓 씨는 어깨를 으쓱했다.

"아, 사실 그건 포도로 담근 와인이 아니야."

"그럼 뭐로……."

"내 피."

와인 잔을 들고 있던 새벽의 얼굴이 창백해졌고, 갓 씨는 호쾌하게 웃음을 터트렸다.

"미안, 농담이었어. 아저씨라서 그런지 웃기기 힘들다니까."

"웃어야 할 타이밍을 놓쳐 버려서 죄송합니다."

두 사람은 가벼운 농담을 주고받으며 화기애애한 분위기 속에서 즐겁게 식사를 이어 갔다. 새벽은 옥상에서의 일을 제외하고 자신이 어쩌다 여기까지 오게 되었는지 털어놓았다. 혼자인 것과 이제 막 성인이 되었다는 것, 대학에 가지 못한 것, 그리고 아직은 어떤 계획도 없다는 것까지. 말할 수 있는 범위와 말하지 못하는 범위, 사실과 얼버무림이 적당히 섞여 있는 그녀의 얘기에 갓 씨는 온화

한 웃음만 지을 뿐이었다.

처음에는 어떤 말을 해야 할지 조심스러워서, 잠깐 여행을 온 거라고 거짓말을 할까 아니면 동네에 친척이 있어서 오게 되었다고 할까 고민했다. 그러나 군이 자신을 숨길 필요도, 거짓말을 지어낼 필요도 없을 것 같다는 생각이 들었다. 그래서 점점 솔직해졌고, 어느 순간 편안하게 자신의 이야기를 꺼낼 수 있었다. 그와의 대화가 기분 좋게 느껴진 건 경청하는 그의 태도 덕분이기도 했다.

"사랑을 찾고 있어?"

접시의 음식이 절반쯤 사라졌을 때 그가 물었다. 새벽은 입에 들어간 숟가락을 빼지도 않고 고개를 저었다.

"사랑은 어느 정도 이루어질 가능성이 있어야 시작할 수 있다고 생각해요. 비슷한 사람들끼리요. 그런데 저는 저와 비슷한 처지에 놓인 사람은 절대로 사랑하고 싶지 않아요. 왜냐하면 상대방을 챙길 여유가 없을 테니까 사랑을 하면서도 외로울 거예요."

"새벽 씨와 같은 처지에 놓인 사람은 어떤 사람이지?"

"굉장히 불행한 사람이죠. 운도 없고, 태어나질 말았어야 했나 하는 고민을 자주 하고……. 그런데 어제, 오늘은 그런 생각을 하지 않았어요. 딱 이렇게만 평범하게, 남들처럼 무난하게 살고 싶다는 생각이 들었어요. 그래서 저는 여기가 매일 바빴으면 좋겠어요."

갓 씨는 와인 잔을 빙글빙글 돌리던 손을 멈추고 매력적인 미소를 지으며 그녀를 응시했다.

"평범하고 무난한 것에 인정감을 느끼는 건 당연해. 모든 능력에 한계가 있기에 중간을 유지하는 것이 인간이 지닌 최고의 능력이지."

"사장님은 평범하게 살고 싶지 않으세요? 장사가 잘되고, 돈도 적당히 벌고, 주말엔 여행도 가고, 좋은 사람 만나서 행복하게 사는 거 말이에요. 제 일상은 늘 불행했거든요."

"만족한 삶에 익숙해지면 어김없이 불행이 찾아오게 돼. 익숙한 행복이야말로 지루하고도 권태로운 최악의 불행이지."

새벽은 그가 부유한 집에서 태어나 아무런 걱정 없이 자란 사람처럼 느껴졌다. 그래서 빈곤이라든가 불행에 대해 이론적으로는 알아도 현실적으로 공감하지 못하는, 그야말로 한가한 사람인 것 같다는 생각에 웃으며 손을 내저었다. 이 정도는 겪어야 불행에 대해 말할 수 있는 자격이 주어지는 거라면서 자신이 얼마나 불행한 삶을 살았는지 늘어놓았다.

그날은 열일곱 살 생일이었다. 아빠는 칡뿌리 같은 손으로 미역을 반으로 쪼갠 뒤 물에 퍽퍽 담그면서 생일에는 학교에 가지 않는 것이 원칙이니 잠이나 더 자라고 말했다. 초등학교 4학년 때까지는 정말로 생일에는 학교를 쉬는 줄 알았다. 열두 살 되던 해, 새벽은 같은 반 여자 아이로부터 생일 파티 초대장을 받았다. 며칠 뒤 그 아이에게 "넌 생일이라면서 왜 학교에 왔어?"라고 물었다가 여태껏 생일날 학교에 결석한 사람이 자신밖에 없다는 것을 알았다.

아빠는 남들이 정한 법에 따라 살 거 없다고 누누이 강조했다.

쉬는 날 정도는 각자 알아서 결정해야지, 이 염병할 국가는 정작 중요한 날은 하루도 안 쉰다면서 도끼로 장작을 팼다. 안방에 걸린 달력에는 국경일과 상관없이 빨간 동그라미가 쳐진 날이 있었는데, 아빠의 공휴일이었다. 그날은 대체로 '충무공 이순신 탄신일'이나 '세종대왕 탄신일', '김구 선생 서거일' 등 위인들의 생일이나 제삿날이었다.

아빠는 장작 패는 걸 즐겼다. 듬직한 풍채에 험한 인상은 조선 시대 농민 반란군의 우두머리 같기도 하고, 산적 두목 같기도 했다. 1년 내내 반소매 티셔츠 하나로 살아가는 그는 달려오는 오토바이와 부딪혀도 끄떡없을 정도로 강한 사람이었다. 그런 그의 직업은 만둣가게 사장이었다. 물론 처음부터 만둣가게 사장은 아니었지만 문신이 빼곡한 팔의 근육을 이용해 밀가루를 차지게 반죽한 뒤 두툼한 손으로 곱게 빚어내면 쫄깃쫄깃한 맛이 끝내주었다.

아빠는 만두를 빚으며 종종 이런 말을 하기도 했다.

"너 학교가 얼마나 위험한 곳인지 알아? 학교에 다니면 모두 멍청해지는 거야. 학교는 국가를 위해 성실하게 일할 노동자들을 양성하는 곳이라고. 열심히 일하는 노동자들이 많아야 세금도 꼬박꼬박 걷히고, 국민이 덜 똑똑해야 시키는 대로 복종을 잘 하지. 착실하게 노동해도 죽을 때까지 가난한 이유가 그거야. 선생이라는 작자들도 국가의 끄나풀이야. 절대 선생들에게 고개를 숙이지 말어!"

그 당시 아빠와 둘이 살던 집은 언덕배기에 있는 집이었다. 대문은 없다. 누구든지 불쑥 마당에 나타날 수 있었고, 마음만 먹으면 3초 안에 안방을 차지할 수 있었다. 그러나 집이 무너지기 전까지 그런 일은 일어나지 않았다. 일단, 언덕 꼭대기까지 올라오는 수고가 매우 고되었으며 겉으로 봐도 이놈의 집구석에 훔쳐 갈 물건 따위는 없어 보였기 때문이다. 길고 좁은 마루와 마루를 사이에 둔 두 칸의 방, 옆에 딸린 작은 부엌. 그곳은 홀로 계시던 외할머니가 돌아가신 뒤 내내 비어 있던 곳이다.

야반도주를 일삼던 부녀가 처음으로 '정착'이라는 것을 하기 시작한 건 새벽이 중학교에 올라가면서부터였다. 집을 나간 엄마가 혹시라도 이곳에 찾아올지도 모른다는 이유로 짐을 풀었지만, 엄마는 돌아오지 않았다.

새벽이 가끔 엄마에 대한 기억을 물어보면 아빠는 이렇게 대답했다.

"걷다가 우체통이나 전화 부스에 자주 부딪히던 여자였는데. 아마 네 엄마 같은 여자들 때문에 국가가 우체통이랑 전화 부스를 길거리에서 몽땅 치웠는지도 몰라. 이젠 두 번 다시 우체통에 부딪힐 일은 없겠지. 전봇대가 땅속으로 들어가게 된 것도 네 엄마의 업적이야."

그 집은 새벽이 기억하는 한 처음부터 집 전체가 오른쪽으로 기울어진 상태였다. 50년 이상을 버틴 나무 기둥과 흙벽이 조금씩 기울어져 가는 건 기분 탓만은 아니었다. 아빠가 집을 바로 세워 보겠다며 오른쪽 벽을 힘껏 밀어 본 결과, 흔들리는 이를 양쪽으로 밀어내면 이가 더욱 쉽게 뽑히는 것처럼, 기둥 박힌 곳이 더욱 헐

거워지면서 집이 심각하게 기울어져 버렸다.

아침 생일상을 차려 놓고 미역국을 뜨던 새벽은 기겁을 하고 벌떡 일어났다. 다리 많은 돈벌레가 밥상 밑을 지나갔기 때문이다. 아빠는 그것을 죽이면 복이 나간다며 손으로 슬쩍 집어 들고 마당으로 나갔다. 그놈을 시작으로 '돈벌레'라는 것들이 어디에 숨어 있었는지 한꺼번에 십여 마리가 스르르 기어 나왔다. 너무 놀란 새벽은 숟가락을 팽개치고 마당으로 허둥지둥 도망쳤다.

아빠는 손을 털며 흐뭇하게 웃었다.

"돈벌레는 귀한 거야, 인마. 저것이 집에 들어오면 돈이 들어온다는 옛말이 있어. 우리 이제 부자 될 건가 보다. 오늘이 복날이네. 복날이야. 껄껄껄."

아빠의 말이 끝나기가 무섭게 한쪽으로 쏠린 집은 그대로 무너져 내렸다. 직접 눈으로 보고서도 이게 실제로 일어난 일인가 싶어서 눈을 비비고 다시 보았다. 자그마치 50년 이상 된 외할머니의 집은 접이식 우산처럼 깔끔하게 접혔다. 집이 무너질 때의 소리는 단순했다. 쩌억. 풉. 마치 고래가 하품하는 소리 같았다.

철근 콘크리트가 아니라서 그런지 둔탁하거나 요란한 느낌은 없었다. 나무 뼈대 사이에 지푸라기 섞인 진흙을 발라 지은 집은 폭삭 주저앉았는데, 날개를 접고 앉은 잠자리처럼 고요하기만 했다. 흙먼지가 구름처럼 피어올랐다. 새벽은 자신의 생일에 무너져 내린 낡고 허약한 집 앞에 멍하니 서 있었다. 이런 일을 겪은 사람이 세상에 나 말고 또 있을까? 그날은 학교를 쉴 수밖에 없었다. 폐허의 기운이 감도는 잔해 속에서 교복과 책가방을 찾아내기는 버거 웠기 때문이다.

"익숙한 행복은 '행복'이고요, 이런 게 바로 최악의 불행이에요."

새벽이 말을 마치고 어깨를 으쓱하자 갓 씨는 비어 있는 그녀의 잔에 와인을 조금 더 채워 주었다. 새벽은 잔을 입으로 가져가면서 새삼 놀랐다.

'와인의 힘은 정말 대단하구나.'

잘 알지 못하는 누군가에게 자신의 지난 이야기를 이토록 자세히 털어놓은 건 처음이었다. 와인의 도움이 없었다면 하지 못했을 것이다. 한편으로는 부끄럽기도 하고, 한편으로 그가 자신을 빈곤한 여자라고 무시할까 봐 걱정도 됐다. 그러나 그는 그녀의 이야기를 묵묵히 들어 주었다.

"일곱 살 때 유치원에서 크리스마스 행사를 했는데요, 산타 할아버지가 나에게만 선물을 안 줬어요. 분명히 인원수에 맞게 선물을 준비했다는데 산타 역할을 맡은 그 어설픈 아르바이트생이 실수한 거겠죠. 유치원 원장님이 했던 말이 아직도 기억나요. '어머, 어째 너만 선물이 없니?' 그날 나를 불쌍한 눈으로 쳐다보던 애들의 시선에 얼마나 부끄러웠는지. 내가 잘못한 것도 아닌데 졸지에 동정의 대상이 되어 버린 거죠. 산타 할아버지에게 선물도 못 받은 애. 다른 애들에게 양보하느라 줄을 맨 마지막에 섰을 뿐인데……."

새벽은 말끝을 흐렸다. 갓 씨가 턱을 괴고 생각을 하더니 물었다.

"혹시 기도한 적 있어? 원하는 걸 허공에 대고 간절하게 얘기하거나 바란 적."

"당연히 있죠. 열 살 때, 거의 매일 기도했어요. 진짜 딱 만 원만 있었으면 좋겠다고요. 먹고 싶은 거 다 먹는 게 소원이었어요. 그땐 정말 만 원이면 충분할 것 같았어요."

갓 씨는 "아." 하고 입을 벌린 채 고개를 끄덕였다.

"그렇군. 새벽 씨가 잘 몰라서 그렇지, 신도 하는 일이 많아서 바빠. 그래서 이왕이면 한 사람을 살리는 소원보다 백 사람 살리는 소원을 먼저 들어주고, 또 이왕이면 수천만 명을 한 번에 구원할 수 있는 소원을 먼저 들어주는 편이야. 가성비라고 알지? 그러니까 앞으로 소원을 빌려면 조금 더 위대한 걸 얘기하도록 해."

새벽이 웃으며 손을 내저었다.

"에이, 신은 뭘 모르시나 보네. 구하는 사람의 수가 적다고 해서 구하는 행동이 덜 중요한 건 아니잖아요."

무엇보다 위대한 소원 같은 건 없다. 무엇이 위대한 건지도 모른다. 돌이켜 생각해도 어린 시절 새벽이 바랄 수 있는 건 겨우 맛있는 햄버거 하나와 아이스크림이었다. 어차피 기도는 누가 들어주지도 않을 거고, 기도한다고 해서 소원이 이루어질 거라 믿지도 않았으니까. 매일 밤 울어도 엄마가 돌아오지 않은 것처럼.

"전 그냥 그때그때 간절히 원하는 것만을 기도했어요. 더 멀리, 더 크게 생각했더라면 다른 걸 요구했을지도 모르죠. 그렇지만 그 땐 눈앞에 보이는 게 전부였어요. 그리고 어렸지만 알고 있었어요.

기도한다고 해서 이루어지는 게 아니라는 걸."

갓 씨는 살짝 인상을 찌푸렸다.

"소원을 들어주려고 기다린 쪽은 실망이 매우 클 텐데."

"세상에 신은 없잖아요. 사장님은 신을 믿으세요?"

"뭐 딱히 신을 믿는 건 아니고, 나 자신을 믿는다고나 할까?"

자기 자신을 믿는다는 무모하리만치 단순하면서도 강인한 말에서 아빠의 모습이 얼핏 스쳤다. 아빠는 늘 새벽에게 "너 자신 말고는 아무도 믿지 마! 인간들은 죄다 사기꾼들이야!" 하고 가르쳤다.

확실히 갓 씨는 신앙심과 거리가 멀어 보였다. 그러나 신념만큼은 뚜렷해서 웬만한 일에 흔들릴 것 같지 않았다. 새벽은 그에게 어렴풋한 애정과 경외심을 느꼈다.

"저도 그러고 싶어요. 지금은 저 자신이 형편없다고 생각되지만 언젠가는 당당히 저를 믿을 수 있었으면 좋겠어요."

"그렇게 될 거야. 어디서든 새로 시작할 수 있는 용기가 있다는 건 자기 자신을 믿고 있다는 뜻이니까."

고개를 끄덕이는 그녀의 얼굴에 미소가 피어났다. 막연하게나마 앞으로 펼쳐질 생이 지금보다는 훨씬 낫지 않을까 하는 희망을 품게 되었다. 든든한 조언자를 만나게 된 우연에 감사했다.

홀짝홀짝 마신 와인 덕분에 기분 좋게 취했다. 갓 씨는 새벽에게 술을 깰 겸 춤을 가르쳐 주겠다고 했다.

"자신을 믿기 위해서 가장 먼저 할 수 있는 일은 음악에 몸을 맡겨 보는 일이야."

수줍게 일어선 그녀는 해류에 쓸려 가는 해초처럼 그가 이끄는
대로 춤을 추었다. 특별한 기술 없이 음악을 들으면서 몸이 가는
대로 내버려두었더니 팔다리가 제멋대로 움직였다. 두 사람은 춤
이라 부르기에 민망한 동작을 취해 가며 미친 듯이 웃었다.

창밖에는 빗방울이 창문을 씻었다. 가게 안에 조명들은 밝기를
유지하면서 뿌옇게 흐려졌고 마루와 천장이 흔들리면서 빙글빙글
돌아갔다. 새벽은 유람선을 탄 것 같은 착각이 들었다. 자신이 흔
들리는 건지 바닥이 흔들리는 건지 알 수 없었지만 파도에 몸을 실
은 기분이 나쁘지 않았다. 가게 안의 불빛이 창문에 달라붙은 빗방
울에 반사되었다. 수천 개의 조명이 그녀를 비추는 듯 새벽의 금빛
드레스가 더욱 빛났다.

"왠지 꿈만 같아요."

그녀의 말에 갓 씨가 여유롭게 미소를 지었다.

"인간의 삶은 영원한 환상일 뿐이야."

두 번째 각성 : 안젤라의 숲

태양과 별을 만난 지 6일째 되는 날, 사랑이 나타난 건 누구도 예상하지 못한 일이었다. 손님이 거의 없는 한가한 오전 끝 무렵 새벽이 자신의 감정을 대변하는 것 같은 시구에 밑줄을 그으며 책을 읽고 있을 때, 불쑥 가게 안으로 들어선 그는 창문 쪽 테이블에 자리를 잡고 앉았다.

새벽은 너무 놀라서 들고 있던 연필을 툭 떨어트렸다. 왜냐하면 그의 머리 위에 눈부신 빛 조각이 떠 있었기 때문이다. 마치 깨진 거울 한 조각에 햇빛이 반사된 것 같은 신비로운 형상은 이마 위 10센티미터쯤 되는 곳에 있었다.

메뉴판과 주전자를 들고 다가간 새벽은 그걸 쳐다보느라 잔이 넘치도록 물을 따랐다.

"죄송합니다."

새벽은 카운터로 달려가서 냅킨을 챙겼다. 테이블에 고여 있는 물을 닦고 나서 고개를 들자마자 그와 정면으로 눈이 마주쳤다. 아무 표정 없는 그의 눈동자는 푸르고 오묘한 빛을 띠었다. 태양의 반항적인 눈매와 별의 나른한 입술을 닮은 얼굴에서 눈부신 섬광이 쏟아져 나왔다. 그는 오래된 퇴적물을 보듯 어떤 의문도 품지 않고 무덤덤하게 그녀를 바라보았다.

"주문, 하시겠어요?"

그녀의 시선은 여전히 그의 이마에서 10센티미터 위에 멈춰 있었다.

"따뜻한 아메리카노 한 잔 주세요."

새벽은 부드럽게 울리는 목소리를 한 번 더 듣고 싶어서 그가 주문한 그대로 되물었다.

"따뜻한 아메리카노 한 잔 맞으세요?"

그는 대답 대신 고개를 끄덕였다.

"더 필요한 거 없으세요?"

"없어요."

새벽의 시선은 무의식중에 한 번 더 그의 머리 위를 향했다. 그는 시선이 신경쓰였는지 손으로 자신의 머리카락을 털어 냈다.

새벽은 정성껏 커피를 내렸다. 그가 최대한 오래 머물렀다 가기를 바라는 마음에, 커피가 내려오는 속도마저 빠르게 느껴졌다. 그러나 그것은 혼자만 간직해야 하는 우연한 설렘일 뿐 내색할 마음은 없었다. 혹시라도 그를 불편하게 해서 갓 씨의 식당에 피해를 줘서는 안 된다고 생각했다.

주문한 커피를 쟁반에 받혀 들고 그의 앞에 섰다. 자연스럽게 시선은 그의 머리 위로 향했다. 빛 조각은 더욱 선명하고 밝게 빛났다. 지나친 빛으로부터 시력을 보호하기 위해 새벽은 본능적으로 눈을 가늘게 떴다. 그는 커피를 내려놓는 그녀에게 고개만 까딱할 뿐 얼굴은 쳐다보지도 않았다.

커피를 가져다준 후로도 온통 그에게 신경이 쏠려서 책의 구절이 눈에 들어오지 않았다. 손님의 대부분은 연인과 함께, 혹은 연인 사이로 보이는 친구와 함께였는데 그는 혼자였다. 누군가와 약속이 있는 건가 싶어서 일행을 기다려 보아도 가게 문을 열고 들어오는 사람은 아무도 없었다.

그는 별과 태양과 비슷한 나이 같았지만 분위기는 달랐다. 커피를 마시는 그의 동작은 매우 품위 있었다. 시간을 무한대로 가진 여유로운 사람의 나른한 권태가 느껴졌다. 그의 시선은 창밖을 향해 있었지만 눈과 코를 즐겁게 해 주는 봄의 어떤 생명력도 그의 흥미를 끌지 못하는 것 같았다. 오히려 봄이 그에게 흥미를 느껴서 장난을 치려는 듯, 이따금 바람으로 머리카락을 헝클어트리곤 했다.

새벽이 넋을 놓고 그를 관찰하고 있을 때 어디선가 태양의 목소리가 들렸다.

'봄새벽, 정신 똑바로 차려. 타인을 사랑하기에는 늦어. 그 남자는 너에게 관심조차 없을 거야. 불필요한 기대는 시간만 낭비할 뿐

이야.'

　새벽은 깜짝 놀라 주변을 둘러보았지만 식당 안에는 그와 새벽, 둘밖에 없었다. 그 목소리가 어디에서 들려온 건지 알 수 없었다. 그녀만의 상상일 수도 있고, 머릿속에서 들린 환청일 수도 있다. 목소리가 무엇이든 틀린 말은 아니었다. 그는 주변에 관심조차 없었고, 그에게 사랑을 기대한다는 건 말도 안 되는 일이었다.

　그녀가 읽던 책을 향해 고개를 숙이는 순간, 이번에는 별의 목소리가 은은하게 울렸다.

　'널 구원해 줄 사랑이야. 망설이지 말고 다가가.'

　새벽은 또다시 고개를 번쩍 들었다. 가게 안은 조용했다. 들리는 소리라고는 스피커에서 흘러나오는 피아노곡뿐이었다. 그는 여전히 창가에 앉아 뜨거운 커피를 마시고 있었다.

　환청을 떨쳐 내려고 시원한 물을 한 잔 마셨다. 분주할 것 하나 없는 한가로운 레스토랑에서 홀로 소란스러운 그녀의 행동은 그의 눈에도 무언가 불안정해 보였는지, 커피를 마시던 그가 새벽을 쳐다보았다. 새벽은 동작을 멈췄다. 귓가에 태양의 목소리가 또렷하게 들려왔기 때문이다.

　'절대로 감정을 앞세워 충동적으로 행동해서는 안 돼. 그는 너에게 반하지 않았어.'

　새벽은 어이가 없어서 혼잣말로 중얼거렸다.

　"나도 알아."

　별이 즉시 반박했다.

'눈앞에서 사랑인 걸 알아보고도 놓치는 건, 산책 도중에 집으로 가는 길을 잃어버리는 것과 같아. 머리가 어떻게 되지 않고서는 일어날 수 없는 일이지. 그는 한순간에 운명의 흐름을 바꿀 유일한 통로야. 그를 따라가.'

'아니, 거절당하는 여자가 되는 것보다 비참한 건 없어. 자괴감에 빠질 게 분명해!'

'그와 사랑하게 된다면 많은 걸 배울 수 있어. 사랑은 네가 생각하는 것보다 더 큰 힘이고, 신비로운 에너지야. 너에게는 그가 필요해.'

새벽은 두 손을 번쩍 들어 올렸다. 생각을 떨쳐 버리려는 듯이 고개를 저었다. 두 사람의 치열한 다툼에 정신이 하나도 없었다. 전화 통화를 하는 것도 아니고, 이게 무슨 기이한 방식의 의사소통인 건지. 초대한 적 없는 태양과 별의 목소리가 머릿속에서 뒤죽박죽 섞였다.

그녀 안의 갈등은 점차 고조되었지만 가게 분위기는 여전히 차분하고 평화로웠다. 커피를 다 마시면 그는 가게를 나갈 것이다. 그것만이 명확한 사실이었고, 그녀가 예측할 수 있는 미래였다. 새벽은 잡생각을 떨치려는 듯 책 속에 얼굴을 파묻었다. 그러자 루나의 목소리가 멀리서 메아리쳤다. 루나는 으레 그렇듯 '후후후' 짧고 굵직한 웃음소리를 냈다.

'넌 아무것도 할 필요가 없어. 신은 모든 걸 계획해 놓았거든.'

그 순간 주방에서 갓 씨가 나왔다. 저녁 메뉴를 위한 재료 손질을 마친 그는 창가 테이블에 앉아 있는 손님을 발견하고는 환하게 웃으며 "어이, 엘!" 하고 인사를 건넸다. 갓 씨의 덥수룩한 수염 사이로 하얗고 가지런한 치아가 드러났다.

갓 씨의 부름에 테이블에 앉아 있던 남자가 이쪽을 쳐다보았다. 그러더니 썩 반갑지 않은 표정으로 고개를 돌렸다. 갓 씨가 그에게 다가가 몇 마디 대화를 나누었다. 친구인지 손님인지 반갑게 떠들어 대는 갓 씨와 달리 남자의 표정은 무심하기만 했다. 갓 씨는 카운터 앞에 서 있던 새벽에게 잠깐 와 보라고 손짓했다. 그녀가 다가가자 갓 씨는 두 사람에게 서로를 소개했다.

"이쪽은 같이 일하게 된 봄새벽 씨, 이쪽은 엘이야. 엘은 우리 가게 단골손님이자 내 친구. 두 사람 아마 동갑일 거야."

어색하게 인사를 나누는 엘과 새벽을 보며 흐뭇하게 미소 지은 갓 씨는 새벽에게 음식 배달을 해야 하니 엘과 함께 다녀와 달라고 했다. 주문을 한 사람은 입맛이 까다로운 VIP 고객인데 '그녀'를 위해 특별히 배달 서비스를 하고 있다는 설명도 덧붙였다. 차로 한 시간 거리인 데다가 주문한 메뉴가 많아서 혼자 배달하는 것보다 엘의 도움을 받는 게 좋을 거라고 했다. 새벽은 어리둥절한 표정으로 고개만 끄덕였다.

갓 씨의 자동차는 큼직하고 투박한 연회색의 SUV였다. 자동차 트렁크에 배달할 음식을 한가득 실은 그는 운전석에 앉은 엘의 어깨를 툭툭 두드리며 안젤라에게 안부를 전해 달라고 했다. 새벽을 잘 부탁한다는 말도 잊지 않았다.

새벽은 긴장한 채 조수석에 앉아서 안전벨트를 맸다. 어떻게 된 상황인지 되짚어 볼 틈도 없었다. 자신이 굉장히 특별한 경험을 하고 있다는 것을 알면서도 생각을 가다듬을 여유조차 없었다.

엘이 운전하는 차는 시내를 빠져나와 한적한 도로를 달렸다. 벚나무가 울창하게 자라고 있는 강변도로를 따라 시원하게 나아갔다. 벚꽃이 하얗게 피어 있는 풍경이 아름다우면서도 기이했다. 굳이 날짜를 헤아려 보자면 졸업한 지 일주일도 채 되지 않았다. 태양과 별을 만난 것도 그리 오래되지 않았는데 오늘이 며칠인지, 무슨 요일인지 가물가물했다. 벚꽃이 피려면 아직 멀었는데 어떻게 꽃이 피어 있을 수 있는 건지. 쏟아지는 햇살은 꿈속에 있는 듯 착각하게 만들었다. 운전하는 엘의 옆모습을 보면서 확실히 현실이 아닌 것 같다는 생각을 했다.

엘이 말했다.

"그쪽, 아까부터 내 머리 위를 봤어요. 뭐가 있는지 모르겠지만 세상에는 눈에 보이지 않는 것이 분명히 존재하고, 보이지 않는 것을 볼 수 있는 사람도 존재한다고 생각해요. 매우 과학적이고 논리적인 판단에서 그렇게 결론지은 건데, 막상 현실로 닥치니 무섭긴 하네."

새벽은 죄송하다며 사과했지만 그녀의 잘못만은 아니라는 걸 뭐라 설명할 수가 없었다. 실례를 범하지 않기 위해 그의 머리 위에 있는 빛 조각의 눈부심을 외면해도 그것은 각막 안쪽에 새겨진 것처럼 시야에서 쉽게 사라지지 않았다.

그는 말이 많지 않은 사람이었고 새벽에게 이것저것 묻지도 않았다. 새벽은 자신의 낮은 지적 수준과 보잘것없는 교양을 들킬까 봐 입을 여는 게 조심스러웠다. 자신과 비슷한 처지의 사람을 사랑할 자신도 없으며, 자신과 완전히 다른 세상의 사람을 사랑할 자신도 없다는 걸 알았다. 다행히 오늘 입고 온 핑크빛 트위드 원피스는 별이 가져다준 옷이었다. 예쁜 옷을 입고 온 건 참 잘한 일이라고 생각했다.

"사장님이랑 친한 것 같던데, 식당에 자주 오세요?"

출발한 지 15분 만에 새벽이 건넨 첫 질문이었다. 엘은 운전에 집중하면서 덤덤하게 대답했다.

"자주 가긴 하는데, 별로 친하지는 않아요."

"어떤 메뉴를 가장 좋아해요?"

"아무거나, 간단한 거요."

"하긴, 맛있는 메뉴가 너무 많아서 고르기 쉽지 않죠. 와인은 좋아해요?"

"술은 별로."

"사장님이 직접 담근 와인을 맛본 적이 있어요. 태어나서 처음 마셔 본 와인이었는데, 술이 아니라 신비의 묘약 같았어요. 와인의 매력은 전의를 상실하는 데 있다고 사장님이 그러셨어요. 와인을 마시면 정말로 긴장이 풀어져서 저도 모르게 솔직해지더라고요."

"그 사람한테 술을 배우면 누구든 애주가가 된다고 하는 소문이 헛소문은 아닌가 보네."

엘은 새벽에게 들리도록 혼잣말을 하면서 가볍게 웃었다. 그 웃음에 용기를 낸 새벽은 신이 나서 대화를 이어 갔다.

"일 시작한 지 얼마 되지 않아서 잘은 모르지만, 식당에 왠지 단골손님이 많을 것 같아요."

엘은 여전히 앞만 응시하면서 말했다.

"그 식당에 단골손님이 있다면 뭔가 문제가 있는 거예요."

새벽은 그가 농담하는 줄 알고 웃으며 받아쳤다.

"식당 분위기도 좋고, 메뉴도 다양하고, 음식도 맛있고, 사장님도 친절하고. 저라면 단골이 될 것 같은데요? 엘 씨도 자주 온다면서요."

"그렇다면 나한테 뭔가 문제가 있는 거겠죠."

"자랑인가? 아니면 겸손?"

"자랑도 겸손도 아닌 사실이에요."

"저희 사장님과 대화를 나눠 보면 문제가 해결될 수도 있어요. 여러모로 중요한 얘기를 많이 해 주시니까, 복잡한 생각을 정리하는 데 도움이 되기도 하고, 몰랐던 사실을 깨닫게 되기도 하고요. 비유가 조금 어렵긴 하지만 엘 씨도……."

엘은 무언가 거슬리는 말을 들은 사람처럼 고개를 돌려 새벽을 쳐다보았다. 그의 서늘한 눈길이 닿자마자 새벽의 얼굴이 붉어졌다. 말실수라도 한 건가 싶어서 입을 꾹 다물었다. 어색한 분위기를 풀어 보려는 시도였는데, 아무 말이나 가볍게 떠들어 댄 것을 후회했다.

그의 시선이 조금 더 아래로 향하자 새벽은 숨을 참았다. 남의 옷을 빌려 입었다는 걸 알아챌 것만 같아서 초조했다. 그가 뭐라 하지도 않았는데 자존감이 바닥으로 떨어져서 옷과 몸이 따로 노는 것 같은 기분이었다. 그녀를 머리끝부터 발끝까지 훑어본 엘의 시선은 다시 정면을 향했다.

"동갑이라며. 말은 놓는 게 서로 편할 것 같아."

그의 말에 새벽은 긴장을 풀지 못하고 고개를 끄덕였다.

"그리고, 갓 씨가 하는 말을 다 믿지는 마. 네가 믿는 순간 진실이 되어 버리니까."

역시나 고개를 끄덕였지만, 무슨 뜻인지 알아듣지는 못했다.

그 후로 대화는 없었다. 참았던 숨을 잘못 내쉬는 바람에 새벽은 호흡에 약간의 문제가 생겼다. 무딘 칼날로 찌르는 듯한 통증이 오른쪽 옆구리에서 생생하게 느껴졌다. 새벽의 얼굴에 고통이 스쳐 가는 찰나의 모습을 엘도 보았다. 엘은 그렇지 않아도 갑자기 말이 없어진 그녀의 심리 상태가 궁금하기도 하고 걱정도 되었다. '이곳'에 먼저 발을 디딘 선배로서 그녀가 지금 얼마나 위태롭고 혼란스러운 상황인지 이해할 수 있었기 때문이다. 그러나 그가 해 줄 수 있는 것은 없었다. 각자 짊어져야 할 운명이고, 견뎌 내야 할 고난이었다. 엘은 창문을 내리고 달리는 속도를 조금 늦춰 주었다.

"괜찮아?"

새벽은 얼굴에서 핏기가 사라지는 걸 느꼈다. 손끝이 저렸다. 비현실적인 꽃길이 끝나지 않을 것처럼 이어지는 동안 아무것도 할 수 없는 그녀의 가슴은 참을 수 없이 갑갑해졌다. 괜찮으냐고 묻는 엘의 목소리가 들렸지만 영상과 자막이 맞지 않는 영화처럼 눈에 비치는 장면과 머릿속에 울리는 음성이 한 박자씩 어긋났다. 어떻게든 침착해 보려고 노력해도 잘 되지 않았다. 몸의 어느 한 부분이 아픈 건지 콕 집어서 말할 수 없었지만 몸이 떨려 왔다.

거듭 괜찮은 거냐고 묻던 엘은 갓길에 차를 세웠다. 새벽에게 숨을 쉬는 건 딱딱한 가죽 포대를 입으로 불어서 부풀리는 일처럼 힘겨웠다. 더는 숨을 쉴 수 없을 것 같다는 생각에 눈물이 왈칵 쏟아졌다.

"뭐야, 너 왜 이래?"

그는 다급하게 새벽의 팔을 잡고 몸을 흔들었다.

"수, 숨, 숨이 안 쉬어……."

꼬르륵꼬르륵. 깊은 곳에 가라앉으려는 그녀의 머리를 그가 손으로 받쳤다. 그러고는 자신의 옷깃을 벌린 뒤 그 안에 얼굴을 집어넣었다. 새벽은 그의 재킷 안쪽에 얼굴을 묻고 눈물을 하염없이 흘렸다. 어둡고 따뜻한 그 공간에서 숨을 크게 들이마셨다. 포근한 냄새를 맡았고, 고요하게 울리는 심장박동 소리를 들었다.

"스트레스로 인한 과호흡 증상이야. 호흡을 느끼며 깊고 천천히 들이마시고 내뱉어."

그는 증상에 대해서 잘 아는 사람처럼 익숙한 동작으로 그녀를 안심시켰다. 손으로 그녀의 뒤통수를 꾹 눌러서 더 깊숙이 감쌌다.

"긴장을 풀고, 호흡해. 네가 느끼는 고통은 실제가 아니야."

전혀 긴장이 풀리지 않았다. 이렇게 괴로운데 실제가 아니라니. 긴장을 어떻게 풀어야 하는지 몰라서 조금 더 구체적으로 설명해 줬으면 했지만 그는 새벽의 머리를 강하게 끌어안을 뿐이었고, 새벽은 그의 가슴에 괴로운 신음만 토해 냈다.

그는 한 팔로 그녀를 안고 운전대를 잡았다. 가까운 병원을 찾기 위해 도로에서 벗어나 마을로 들어섰다. 병원까지 가는 동안에도 끈기 있게 숨 쉬는 법을 가르쳐 주었다. 걸음마를 가르치는 부모처럼, "잘한다", "조금만 더", "괜찮아, 다시 해 보자", 그런 말들을 했다. 그 말을 들을 때마다 눈물이 쏟아졌지만, 죽을 것 같은 고통은 아주 조금씩 사라졌다.

병원에 거의 도착했을 때쯤엔 통증이 잦아들었다. 그녀의 몸은 치열했던 전투가 끝나고 드문드문 꺼지지 않은 불길만 약하게 타오르는 전쟁터 같았다. 차의 시동을 끄자 기분이 한결 나아졌다. 눈물로 젖어 버린 축축하고 아늑한 그의 가슴에 조금만 더 기댈 수 있다면 다 타 버린 폐허 속에서 잠시나마 안정을 되찾을 수 있을 것만 같았다. 그러나 그는 기다리지 않고 곧장 차에서 내렸다.

"네 몸이 아프다고 신호를 보내 왔어. 너 지금 굉장히 위험해."

엘의 말에 새벽이 고개를 흔들었다.

"잠깐 멀미가 났을 뿐이야, 괜찮아. 그 전에 음식을 먼저 배달해야 해. 식어 버리거나 상하게 둘 수는 없어."

"오늘 식당에 와 달라고 말한 건 갓 씨야. 난 갓 씨의 부탁을 받고 그곳에 갔어. 그가 하려는 일을 거스를 수는 없지만 다른 길을 선택하거나 목적지를 변경할 수는 있어.”

엘은 새벽이 병원에 가든 음식을 배달하든 아니면 배달해야 할 음식을 먹어 치워 버리든 모두 상관없는 일이라고 했다. 그는 “어차피 갓 씨의 계획은 그게 아니니까.”라고 낮게 말하고는 병원 안으로 그녀를 데려갔다.

엘이 밖에서 기다리는 동안 새벽은 상담실에서 의사와 마주 앉았다. 머리카락이 하얗게 센 의사는 새벽에게 현재 먹고 있는 약이 있는지, 심한 운동을 했는지, 평소에도 머리나 가슴에 통증을 느끼는지 물어보았다. 새벽은 묻는 말에 대답하면서도 잘 기억이 나질 않아서 말을 바꿨다.

“최근에 당신의 일상에서 급격하게 변화된 일로 인해 스트레스를 받았나요?”

“음, 네, 아니요. 요즘 며칠 사이에 인생이 달라진 건 맞지만 좋은 쪽으로 변화하고 있어서 스트레스를 받지는 않았어요.”

“당신이 원하던 변화였나요?”

“아니요, 네. 처음에는 그렇게 되기를 원한 게 아니었는데, 어쩌다 보니……. 지금은 만족해요.”

새 신발을 신으면 발이 아픈 것처럼 뭐든지 적응하려면 시간이 필요하다. 원하든 원치 않든 그녀는 어떤 계기를 전환점으로 가 보지 못한 곳을 향해 뱃머리를 돌렸고 이제 막 항해를 시작했으니 약간의 긴장감은 당연했다. 그러나 그것이 숨을 막아 버릴 정도는 결코 아니었다. 오히려 숨통이 트였다고 생각했다.

"당신이 살아 있다는 걸 느끼나요?"

질문하는 의사의 눈빛이 섬뜩하게 빛났다. 새벽은 왠지 모를 오싹함을 느꼈지만 그렇다고 대답했다.

"네, 요즘은 정말 살아 있다는 걸 생생하게 느끼고 있어요."

눈빛을 부드럽게 바꾼 의사는 고개를 갸우뚱했다.

"이상하군요. 정작 살아 있는 사람은 자신이 살아 있다는 걸 느끼지 못하거든요. 죽어 가는 사람만이 자신의 삶을 끈질기게 느끼려고 노력하죠."

새벽은 자신의 몸 상태가 예전 같지 않다고 했다. 옥상에서 굴러 떨어진 이야기도(자살 이야기는 빼고) 했다. 그러나 고작 1미터 높이의 난간이었다. 머리를 부딪친 것도 아니고 어깨와 팔꿈치에 멍이 든 것 외에 외상도 없었다고 설명했다. 중고등학생 시절에도 영양실조나 비타민 결핍 때문에 간혹 꿈꾸는 것처럼 느껴지거나 머릿속이 흐릿해지는 증상이 있었다고 털어놓았다. 현기증이나 빈혈로 쓰러진 적도 있지만 잘 먹으면 금세 괜찮아졌다.

"저…… 혹시, 무슨 병에 걸렸을까요? 어째서 죽어 간다고 표현하신 거죠?"

그 표현은 지난번에 루나에게서도 들었다, 분명히.

의사는 호탕하게 웃으며 고개를 저었다.

"허허허, 아닙니다. 오해는 하지 마세요. 낭떠러지를 향해 전력 질수하는 것이 인간의 삶 아니겠습니까? 조금 쉬었다 가는 것도 나쁘지 않고요. 낭떠러지로 가는 길은 말도 못 할 정도로 아름다운 것들 천지니까요."

"정신과 상담을 받아야 하는 걸까요? 티브이에서 본 적 있어요. 공황장애라든가……."

의사는 새벽의 말을 끊고 물었다.

"이곳에 온 지 며칠이나 되었죠?"

'이곳'이 정확히 어디를 말하는 건지 몰라서 잠시 생각했다. 만둣가게를 정리하고 낯선 도시로 이사 온 건 며칠 되지 않았다. 이틀 아니면 사흘. 그것밖에 안 됐다고? 최소한 한 달은 지난 것처럼 느꼈는데……. 전생의 기억이라도 되는 듯이 회상하면 할수록 머리가 지끈거렸다. 새벽은 주변을 휙휙 둘러보았다. 상담실 어디에도 시계나 달력은 없었다.

"사실은 저에게 너무 많은 일들이 한 번에 일어나서 시간의 흐름을 느낄 수가 없었어요. 뇌 어딘가에 모래 늪이 있는 것처럼 중요한 무언가가 조금씩 빠져나가는 기분이에요. 기억력이 그렇게 좋은 편은 아니었는데 요즘 들어 건망증이 심해진 것 같아요. 한 시간 전에 일어난 일을 떠올리는 것도 엊그제 일어난 일처럼 멀게 느껴져서 엄청난 집중력이 필요하달까……."

어린 시절의 기억을 떠올리는 건 문제가 없지만, 최근 일주일 사이의 기억은 흐릿했다.

"맛이 느껴지나요?"

의사가 물었다.

"다른 음식은 몰라도 제가 일하는 식당의 사장님 음식 솜씨가 정말 좋아요."

"혹시 식당 이름이……."

"아이 갓 에브리싱이요."

의사는 "흐음." 하면서 손으로 턱을 쓸었다. 그러더니 홀로 중얼거렸다.

"아직도 간판을 안 고쳤나 보군."

그는 처방전 대신 서랍에 있던 약병을 꺼냈다. 유리병 속에 담긴 하늘색, 분홍색 알약은 아무리 봐도 별사탕이었다. 그는 호흡이 가빠지거나 심장박동이 느려지려고 할 때, 혹은 손발이 차갑고 의식이 흐려질 때 약을 먹으라면서 새벽에게 건넸다.

새벽이 약병을 받아 들면서 의아한 표정으로 물었다.

"이걸 먹으면 나을 수 있나요?"

의사는 당당하게 대답했다.

"아니요, 기분이 좋아질 겁니다."

☾　☾　○

새벽과 엘은 병원에서 나와 차를 탔다. 엘은 지쳐 보이는 새벽을 위하여 음악을 틀었다. 차 안에 잔잔한 피아노곡이 흘러나왔다. 새벽은 음악을 감상하면서 유리병 속에 담긴 별사탕을 흔들어 보았다. 별사탕을 약으로 주다니, 의사 맞아? 약의 효능이 의심스러웠다. 집으로 돌아가게 되면 시내에 있는 큰 병원에 가 보는 게 좋을 것 같다고 생각했다.

30분 정도 더 달린 뒤 언덕 아래에 차를 세웠다. 두 사람은 트렁크 안에 싣고 온 점심 식사를 챙겨 들고 산길을 오르기 시작했다. 태양의 집에 방문했을 때와 비슷한 풍경이 펼쳐졌다. 새벽은 데자뷰인가 생각했지만 그때보다 숲이 더욱 울창했고, 시간은 한낮이었다.

산행에 적합한 복장은 아니었으나 흙과 돌, 풀을 밟는 것에 큰 불편함은 없었다. 경사가 그리 높거나 험하지 않아 발걸음이 가볍고 상쾌했다. 키가 큰 나무가 우거져 있었고, 이름 모를 들꽃이 빼곡하게 피어 있었다.

숲속의 계절은 초여름쯤 된 것 같았다. 이제는 계절이 변하는 방식마저 그녀의 상식에서 벗어나 있었다. 천문학자가 아닌 이상 지구의 공전주기가 365일에서 7일로 빨라졌는지, 아니면 애초에 지구가 태양의 주위를 돌고 있다는 말 자체가 거짓말이었는지 확인할 방법이 없었다. 의심조차 하지 않고 살아가는 건 두려움을 이기기 위한 인간의 본능인지도 모른다.

새벽은 앞서가는 엘의 뒷모습을 눈으로 좇았다. 그는 커다란 도시락 바구니를 들고서도 힘들이지 않고 올라갔다. 아까 분명히 갓 씨가 그를 가게로 불렀다고 했다. 갓 씨는 사려 깊고 노련한 사람이었으며 새벽에 대해 많은 것을 알고 있었다. 삶이 불우했고, 그다지 많은 경험을 하지 못했다는 것과 그녀가 하는 거의 모든 일이 처음이라는 것도.

그러나 새벽에 대해 모르는 것도 있었다. 불가능한 것을 얻기 위해 어리석은 말과 행동을 할 만큼 무모한 성격이 아니라는 것이다. 갓 씨를 실망시키고 싶지는 않았지만 엘과 가까워지는 건 무리였다. 엘은 빛났다. 새벽은 자신이 어둠 속에 있다고 확신했다. 그 순간, 앞서가던 엘이 걸음을 멈추고 뒤를 돌아보았다. 뒤처져 천천히 걸어오는 새벽에게 손을 내밀었다.

"힘들면 내 손 잡아."

새벽은 그의 손을 잡고 싶은 충동을 뿌리치고 고개를 저었다.

"아니, 괜찮아."

그는 내밀었던 손을 거두고 몸을 돌려서 산길을 올라갔다. 새벽이 따라오기 수월하도록 걸음의 속도를 늦추었다.

20분 정도 더 올라간 뒤, 두 사람은 잠시 쉬었다 가기 위해 커다란 바위에 걸터앉았다. 등산로에 다른 사람들은 보이지 않았다. 인적이 드문 산길을 그와 함께 오르고 있는 것만으로 가슴에 풍랑이 몰아쳤다. 태양과 별은 잠잠했지만 갑작스럽게 찾아온 감정을 어떻게 처리해야 할지 몰라서 내면의 갈등은 여전히 진행 중이었다.

뻥 뚫린 먼 하늘을 바라보면서 더위를 식혔다. 가지고 있는 간식이라고는 별사탕밖에 없었다. 새벽은 유리병 뚜껑을 열고 손바닥에 툭툭 털어서 네 알을 꺼낸 뒤, 엘에게 두 알 나누어 주었다. 어떤 기별도 가지 않을 작은 별사탕을 사양하지 않고 순순히 받아먹는 그가 불현듯 진근하면서도 귀엽게 느껴졌다.

"아까는 고마웠어."

엘은 별사탕을 녹여 먹으면서 물었다.

"의사가 뭐래? 약은 지었어?"

"아, 그냥 별거 아니래. 약은 방금 먹은 이거."

새벽이 별사탕이 든 유리병을 흔들자 그가 놀랐는지 눈을 크게 뜨고 물었다.

"지금, 네 약을 나한테 먹인 거야?"

"먹였다기보다 나눠 준 건데. 별사탕, 달다."

"어쩐지……."

새벽은 "어쩐지."라는 말의 뜻이 궁금해서 물어보았다. 그는 피식 웃으며 대답했다.

"달아서."

그는 바닥에 내려놓았던 바구니를 집어 들었다. 그리고 걸음을 옮겼다. 새벽은 그가 찍어 놓은 발자국이 단 하나의 길인 것처럼 그의 뒤를 따라 걸었다. 시각이 아닌 후각이나 공감각을 이용해 길을 찾는 야생동물처럼 엘은 아무렇게나 걸어가며 본능적으로 길을 찾아냈다. 두 갈래 길이 나왔을 때도 망설임이 없었다. 덕분에 새벽은 가장 빠른 길로 안전하게 산을 오를 수 있었다. 산 정상에 오른 새벽은 숨을 헐떡이며 구름 덮인 능선을 내려다보았다.

"근사하다."

밑바닥을 전전하던 그녀의 인생에서 가장 높은 곳에 오른 순간이었다.

길을 따라 조금 더 들어서자 예쁜 집이 나타났다. 나무로 지어진 아담한 집은 주변의 나무에 둘러싸여 있었다. 자칫 잘못하면 집이 있다는 것도 모르고 지나칠 뻔했다. 엘과 새벽이 집 앞에 다다랐을 때, 기다렸다는 듯이 문이 활짝 열렸다. 생글생글 웃고 있는, 눈동자가 수정처럼 반짝거리는 아름다운 여인이 뛰어나와 그들을 반겼다. 그녀는 엘과 새벽을 보고 탐내던 물건을 손에 넣기라도 한 것처럼 기쁨을 드러냈다.

　"어서 와요. 기다리고 있었어."

　그녀는 신비로울 만큼 독특한 분위기를 지니고 있었다. 나이는 갓 씨와 비슷해 보였고, 갈색 머리카락을 길게 늘어뜨리고 있었다. 눈은 머리카락과 같은 색이었다. 그녀는 온화한 말투로 자신을 소개했다.

　"난 안젤라야. 편하게 안젤라라고 불러. 들어와요."

　화병에 꽃을 꽂던 중이었는지 응접실에 놓여 있는 커다란 테이블에 각종 꽃과 잘려 나간 줄기와 잎이 흩어져 있었고, 푸른 그림이 그려진 화병에 하얀 꽃들이 화사하게 꽂혀 있었다. 열린 문의 틈으로 보이는 뒷마당은 정말 아름다웠다.

　안젤라는 잠시만 기다려 달라고 한 뒤 손에 들고 있던 가위로 테이블 위에 놓여 있던 꽃의 줄기를 툭툭 다듬어 꽃병에 꽂았다. 그러는 동안 새벽은 집 안을 구경했다. 집 안에는 벽마다 미술품이 걸려 있었다. 새하얀 응접실의 선반에도 각종 장식품이 놓여 있었다. 예술 작품을 거의 본 적 없는 새벽으로서는 가치를 판단할 수도 없지만 모든 것이 상당히 훌륭하고 고급스럽게만 보였다.

넉넉하고 풍성한 꽃다발이 완성되자 안젤라는 손을 털고 흐뭇하게 웃었다. 점심 테이블을 장식할 꽃이라면서 화병을 들고 열려 있는 뒷문으로 나갔다. 새벽은 안젤라를 따라갔다. 그곳은 그림 속 세상 같았다. 깨끗한 잔디가 깔린 정원 한쪽 나무 그늘 아래 하얀 테이블보를 씌운 탁자가 놓여 있었다. 안젤라는 탁자에 화려한 꽃이 가득한 화병을 올려 두고 엘에게 점심 바구니를 가지고 나오라고 했다. 의자는 여기쯤, 또 하나는 저기쯤. 무턱대고 시키는 일에도 엘은 귀찮은 내색 하나 없이 착실하게 따랐다.

식탁 차리는 일이 거의 마무리되었을 때, 안젤라는 새벽에게 다가와 두 손을 덥석 잡았다. 그녀는 스무 살의 새벽을 한참이나 바라보았다. 안젤라의 눈에 비친 새벽은 나이에 비해 총명하고 고풍스러운 면이 있었고 그러면서도 얼굴은 앳되고, 어쩔 줄 몰라 당황하는 표정을 감추지 못했다. 그만큼 위태롭고, 사랑에 목마른 소녀였다.

"너무 예뻐!"

새벽은 부끄러워서 얼굴이 빨개졌다. 안젤라의 풍성한 갈색 머리가 엄마를 떠올리게 했다. 아름다운 미소는 보기만 해도 마음이 따뜻해졌다. 새벽은 그녀의 빛나는 존재와 지나친 환대가 송구스러워서 고개를 숙였다.

"여기까지 오게 된 건 유감이지만, 내 아들이 널 여기로 보낸 데는 이유가 있겠지? 아, 그러고 보니 정말 시간이 없구나. 일단 앉아서 같이 먹자. 아들 녀석 음식 솜씨가 나날이 좋아지는 것 같아. 난 신이 만든 가지구이가 정말 좋더라. 복잡한 요리는 잘 못하는데 단순한 건 정말 수준급이거든."

새벽은 갓 씨의 본명이 '신'이라는 걸 알게 되었다. 그리고 안젤라가 그의 어머니라는 사실을 받아들이는 데는 약간의 계산이 필요했다. 바구니 안을 들여다본 안젤라는 흡족한 얼굴로 웃으며 감탄했다.

"대단하다, 이거!"

갓 씨가 챙겨 준 바구니 안에서 바삭하게 구워진 바게트와 야생 버섯 수프, 오리 가슴살 스테이크, 감자 요리, 싱싱한 샐러드, 가지구이 등이 나왔다. 흰 테이블보와 꽃 장식, 와인까지 제대로 갖춰진 점심 식사였다. 안젤라는 엘의 잔에 와인을 따라 주려고 했지만 엘은 가볍게 손을 들어 거절했다.

"저는 운전을 해야 해서요."

"자고 가. 빈방 있어."

안젤라의 파격적인 제안에도 엘의 거절은 완고했다.

"날이 어두워지기 전에 돌아가야죠."

"어두워지려면 아직 멀었어."

"숲은 금방 어두워지니까요."

내색하지 않았지만 그의 단호한 대답에 새벽은 '음식 배달' 이외의 목적으로는 단 1분의 시간도 할애하고 싶지 않아 하는 그의 진심을 알아차리고는 실망했다.

새벽은 이렇게 아름다운 곳에서 하룻밤 묵는다면 정말 좋을 것 같다는 생각을 했다. 정원에는 장미 향이 가득하고, 어디를 둘러보아도 온통 붉고, 푸른빛이었다. 안젤라가 손수 정돈해 준 청결하고 포근한 잠자리에 누워 잠이 든다면 얼마나 좋을까. 여행을 온 것도 아닌데 혼자 들떠 있었던 스스로가 부끄러웠다.

새벽은 점심을 먹으면서 와인을 마셨다. 그러면서 두 가지를 배웠다. 술은 대낮에도 마실 수 있다는 것과 낮에 마신 술이 기분을 더 좋게 한다는 것이었다. 안젤라는 쉴 새 없이 이야기했다. 그녀는 산을 사랑한다고 했다. 산을 사랑한다기보다 자연을 사랑하고, 자연을 사랑한다기보다 온 우주를 사랑한다고 했다.

"창문을 활짝 열면 햇살이 쨍하고 쏟아지는데, 그때 기분 정말 좋거든. 광선 치료라든가 자외선 치료라든가 의학 용어에 대해 잘은 모르지만 어쨌든 햇볕을 쬐고 있으면 치유가 되는 기분이야. 먼 과거의 기억이라든지 아주 오래된 상처 같은 것들 있잖아."

엘이 포크로 버섯 하나를 집어 올리며 말했다.

"그거 위험해요. 자외선 차단제를 왜 바르는지 모르시나 본데 일광욕하다가 피부암 걸릴 수도 있어요."

"하여간 엘은 낭만적이지 못하다니까. 마음을 쬔다는 말이야."

"낭만적이지 못한 게 아니라 현실적인 거예요. 숲속에 혼자 살면서 그런 말을 하면 사람들한테 오해받아요."

"난 여기가 좋아. 음식은 가끔 엘이 가져다주고 있고. 와인만 있으면 충분해."

"배달 문화가 아무리 발달했다고 해도 산꼭대기까지 음식 배달 시키는 건 다음 세기로 미뤄야 한다고 봐요. 두 다리 말고 다른 기술을 이용하게 되면 그때 시켜요."

툭툭 내뱉는 엘의 말투가 무심한 듯했지만 대화가 다정하게 들려서 웃음이 났다. 새벽은 두 사람이 대화하는 모습을 지켜보면서 지루하지 않게 식사를 했다. 멋진 풍경 속에서 먹는 정성스러운 음식은 어느 때보다 훌륭했다.

"등산이 건강에 얼마나 좋은데! 운동도 하고, 맛있는 음식도 같이 먹고. 로맨틱하잖아?"

"운동 안 하고 싶고, 음식 안 먹고 싶은 사람도 있을 수 있다는 걸 모르시나 보네."

"세상에 그런 사람이 어디 있어? 새벽은 어떻게 생각해? 이런 거, 너무 좋지 않아?"

방울토마토 반쪽을 포크로 찔러 보던 새벽은 느닷없이 자신을 향해 던져진 안젤라의 질문에 반사적으로 고개를 끄덕였다.

"네, 좋아요."

"역시 좋아할 줄 알았다니까."

안젤라의 대화 타깃은 새벽으로 옮겨졌다.

"나한테 뭐 물어보고 싶은 거 없어? 여기까지 왔는데, 보답은 해야지. 뭐든 말해 줄게. 만나고 싶다고 해서 쉽게 만날 수 있는 사람 아니야. 나 사실 굉장한 사람이다?"

새벽은 눈을 반짝이며 물었다.

"혹시 숲속의 정령이나 현자 같은 분이세요?"

"하하, 숲속의 정령이라니 너무 예쁜 말인데? 정말 그렇게 보여?"

"네, 여신 같아요."

새벽의 대답에 엘이 "풉." 하고 웃었지만 안젤라는 개의치 않았다. 반짝이는 눈으로 새벽을 응시하면서 무언가를 찾으려 애썼다.

"신이 왜 너희를 이곳에 오게 했을까?"

"아, 저는 식당에서 새로 일하게 된 직원인데요, 사장님께서 음식 배달을 부탁하셔서⋯⋯."

새벽의 말이 끝나기도 전에 안젤라는 그런 걸 물은 게 아니라는 듯이 고개를 저었다. 그러고는 잘못한 아이를 야단치듯이 웃고 있지만 단호한 표정, 장난스럽지만 다소 엄한 목소리로 말했다.

"이곳에 초대되었으니 한 차례 훈계는 들어야겠지. 겨우 스무 살밖에 되지 않았으니까. 세상에서 가장 여리고 약한 새끼 새에게는 눈앞에 있는 단단한 껍질이 온 세상처럼 보일 수도 있겠지만 누가 가르쳐 주지 않아도 깨고 나오잖니. 실존하는 것들을 봐. 확고하게 아름다운 수많은 날이 찾아오고 있어. 준비해 놓은 달콤한 것들은 아직 꺼내 보지도 못했고, 주어진 시간은 손도 대지 않았어. 그러니까 '이곳'에 오긴 너무 이르다는 뜻이야."

새벽은 그녀가 말한 것으로부터 적어도 열 개 이상의 질문을 만들어 낼 수 있을 것만 같았다. 그녀는 누구이며 숲속에서 혼자 무엇을 하는 사람일까? 지금 무슨 이야기를 하는 걸까? 그러나 안젤라의 말을 끊으면 안 될 것 같아서 질문을 참았다. 엘은 안젤라가 한 말의 의미를 모두 이해한 듯한 얼굴이었다.

"그런데 두 사람 함께 있는 걸 보니까 이렇게 되어 버린 또 다른 이유가 있는 것 같기도 해서 마음이 놓여. 내가 주려고 하는 것들을 놓치지 마. 버리지도 마. 영원히 그것을 붙잡을 수 없다면 한순간만이라도 잡고 있어 봐."

안젤라는 엘에게 주방에 있는 주스를 가져다 달라고 부탁했다. 엘은 자리에서 일어나 집 안으로 들어갔다. 정원에는 안젤라와 새벽, 둘만 남았다.

"사랑이 필요하지?"

새벽은 얼굴이 붉어졌다.

"저는, 솔직히 사랑이 필요한지 모르겠어요. 그럴 여유가 없기도 하고요."

"사랑은 여유가 있을 때 즐기는 유희 같은 게 아니야. 너를 깨울 수 있는 유일한 희망이야."

새벽은 자신을 꿰뚫어 보는 안젤라의 통찰력에 놀랐다.

"그걸 어떻게 아셨어요?"

"잠자고 있는 너의 의식을, 쓰러져 가는 영혼을, 잃어버린 감각을 모두 깨워야만 해."

"저는 이렇게 깨어 있는걸요."

"사람은 누구나 자신이 깨어 있다고 생각하지. 꿈을 꾸는 순간에도, 잡념과 망상에 빠진 순간에도. 하지만 자신에게 무엇이 필요한지 알아차리지 못하면 깨어 있다고 볼 수 없어. 물고기는 자신이 물속에 있다는 걸 알지 못하겠지. 물 밖으로 나와서야 물이 필요하다는 걸 아는 것, 그것이 자각이고 깨어 있는 순간인 거야."

엄마가 딸에게 소소한 삶의 지혜를 알려 주듯이 안젤라는 의자를 조금 더 당겨 새벽의 무릎 위에 자신의 손을 가볍게 올렸다. 새벽은 안젤라에게서 막연히 그리워했던 엄마의 온기를 느꼈다. 안젤라를 처음 봤을 때 느꼈던 무한한 신뢰와 애정은 대화를 하면서 더욱 커져 갔다.

"우리 머리 위에 보이는 우주의 일부는 보기 좋으라고 덮어 놓은 뚜껑이 아니야. 우리는 그곳에 속해 있어. 먼 우주를 향해 손을 뻗고, 미지의 세계에 뛰어들고, 불빛을 쏘아 올리고, 길을 만들고, 그곳을 알아가기 위해 천문학적인 노력을 기울이지. 사랑도 마찬가지야. 우리는 사랑 안에 속해 있지만 그저 멍하니 바라보기만 하면 아무것도 알지 못해. 노력이 필요해."

"하지만 왠지 불안해요. 제 삶은 늘 먹구름이 잔뜩 끼어 있는 것 같았어요. 해가 난다 싶으면 곧장 천둥 번개가 몰아치곤 했죠. 불행으로 가득했던 저의 운명이, 제가 순조롭게 사랑을 하도록 내버려둘까요?"

"하늘을 가로지르는 구름이 비를 한 방울도 뿌리지 않는다면, 가뭄에 지친 농부들에게도 아름답게 보일까? 척박한 땅에 필요한 건 시커먼 비구름이기도 해. 네가 말한 그 모든 불행이 너를 사랑으로 이끌기 위한 수단이었다면 그리고 네가 겪은 불행의 보상이 사랑이라면 그래도 포기하겠니?"

새벽은 주방으로 난 유리창 너머로 엘이 투명한 컵에 오렌지 주스를 따르는 모습을 보았다.

'지금껏 내가 겪은 모든 불행이 엘을 만나러 오기 위해 어쩔 수 없이 겪어야 하는 일들이었다면……. 나에게 불친절하기만 했던 내 운명을 과연 용서할 수 있을까?'

새벽이 조심스럽게 질문을 건넸다.

"제 친구가 그러는데요, 엄마가 저를 버린 건 저를 사랑하지 않아서가 아니라 엄마 자신을 더 사랑했기 때문이래요. 자기 자신을 사랑하는 것이 다른 사람을 사랑하는 것보다 더 중요한 걸까요? 심지어 자식을 사랑하는 것보다 더?"

새벽이 사랑을 두려워하는 원인은 거기에 있었다. 엄마의 가출이 안겨 준 충격 때문에 그 악몽 같은 어린 시절의 좌절감이 그대로 굳어 버렸고, 그것이 사랑을 막는 공포의 장애물로 작용한 것이다. 또다시 버림받을지도 모른다는 두려움은 사랑 안으로 한 걸음도 걸어 들어가지 못하게 했다.

안젤라는 다정한 손길로 새벽의 어깨를 안았다.

"누구나 역동의 순간이 오면 제일 나은 선택을 하는 법이란다. 엄마의 인생에서는 그것이 제일 나은 선택이었다는 것만 알아주렴."

새벽은 안젤라의 향기로운 머리카락에 얼굴을 비볐다.

"그래도 엄마가 보고 싶은 건 사랑하기 때문이겠죠?"

"원망도 했겠지만 사랑하지 않은 적은 한순간도 없었을 거야."

엘이 오렌지 주스 두 잔을 들고 정원으로 걸어 나왔다. 안젤라는 껴안았던 작은 몸을 놓아주고 새벽을 보며 말했다.

"자연 속에서 우리는 주위를 둘러싼 에너지를 볼 수 있어. 눈으로 직접 보지는 못해도 그 영향력을 보지. 바람을 보진 못해도 나뭇잎이 흔들리는 건 볼 수 있는 것처럼. 그런 종류의 힘은 우리 인생에도 존재해. 엘과 산책을 다녀와. 위로 조금만 더 가면 호수가 있어. 물이 맑고 경치가 아름다워."

점심 식사를 끝낸 뒤, 새벽은 정원을 나와서 엘과 숲속을 걸었다. 해는 아직 하늘 한가운데에 있었다. 숲을 헤치고 나아가자 거짓말처럼 호수가 나타났다. 하늘을 담고 있는 호수와 호수를 둘러싼 나무, 나뭇잎을 흔드는 바람, 따뜻한 빛으로 채색된 엘이 새벽의 눈에 담겼다. 정말 아름다운 광경이었다.

두 사람은 하늘빛 호수 옆에 나란히 앉았다. 몇 분 동안은 꼼짝없이 앉아서 흔들리는 물 표면에 눈을 고정했다. 약간 긴장이 풀어졌을 때, 새벽이 엘에게 물었다.

"네가 주스를 가지러 가기 전에 안젤라가 한 이야기, 넌 알아들었어?"

엘은 별거 아니라는 듯이 대답했다.

"신경 쓰지 마. 못 알아들어도 상관없는 얘기야."

"바보같이 나만 알아듣지 못한 것 같아. 궁금한 게 많은데 실례가 될까 봐 물어보지도 못했어."

"어떤 부분이 제일 궁금했는데?"

"'놓치지 마라, 버리지 마라.'라고 했던 것. 엄마한테 혼나거나 잔소리 듣는 것 같았거든. 내가 뭘 잘못했나 싶기도 하고. 잡고 있으라고 하는데, 그게 뭔지 모르겠어."

엘은 호수 건너편을 바라보며 그녀가 궁금해하는 것을 알려 주었다.

"순간을 말하는 거야."

"순간?"

"안젤라는 지나가고 나면 다시는 되돌릴 수 없는 특별한 순간들을 만들어 내는 걸 좋아해. 특히 연인들의……."

그의 입에서 나온 마지막 단어에 새벽은 움찔했다. 엘 역시 그 단어를 발음할 때 약간 얼버무린 것이 확실했다. '연인'이라는 말이 전해 주는 묘한 설렘은 생소하면서도 친근했다. 알 수 없는 행복한 감각이 몸속 깊숙이 침투하는 것을 느꼈다. 새벽의 심장이 두근거렸다.

"전에도 이곳에 와 본 적 있어?"

"여러 번. 오늘처럼 안젤라에게 음식을 배달하는 일이었지."

"혼자?"

"응, 처음에는 지도도 없고 표지판도 없이 무작정 산을 올랐어. 길이 하나밖에 없으니까 길을 따라가기만 하면 도착할 거라는 갓씨의 말을 믿었거든. 그런데 눈이 내려서 길이 묻혀 버렸어. 길을 잃었다는 생각에 난감했는데, 위를 향해 계속 걸었더니 어느새 이곳에 도착하더라고. 첫날 내가 배달한 음식은 어묵탕이었어."

가만히 이야기를 듣던 새벽은 어묵탕에서 웃어 버렸다. 어묵탕 한 그릇을 배달하기 위해 눈 덮인 산속을 헤맸을 엘의 허탈한 표정을 떠올리니 웃음이 나왔다. 엘은 그녀의 웃음을 지적했다.

"이거 심각한 얘기야. 난 인권 침해에 대해 얘기하고 있는 거라고."

새벽은 여전히 얼굴에 웃음을 머금고 말했다.

"사장님과 너, 두 사람 왠지 잘 어울리는 것 같아."

"뭔가 제멋대로인 그런 남자 내 취향 아니야."

"난 사장님이 멋진 사람이라고 생각해. 외모도 매력적이지만 같이 있으면 무한한 신뢰가 생겨난다고나 할까……."

차 안에서 "갓 씨의 말을 믿지 마."라고 했던 엘의 얼굴이 떠올라 말끝을 흐렸다. 엘은 상관없다는 듯 농담을 건넸다.

"그 외모를 보고 신뢰가 생겨날 수 있다니, 너도 대단하다."

"사장님을 보면 우리 아빠가 떠올라. 아빠와 비슷한 사람에게 끌리는 건 딸들의 숙명인가 봐."

"끌린다는 건, 여자로서?"

엘의 눈썹이 살짝 올라갔다. 새벽은 혹시 그가 오해라도 할까 봐 얼른 손을 저었다.

"아니, 같은 인간으로서 말이야. 인간미가 있잖아. 우리 아빠도 그렇거든."

강한 바람이 불어와 나뭇잎을 뒤집었다. 뒤집힌 나뭇잎은 하얗고 보송보송한 부분을 드러낸 뒤 원래의 매끈한 초록을 되찾았다.

새벽은 내내 외면하고 있던 빛 조각을 쳐다보았다. 그리고 결심한 듯 조금 과감하게 엘의 머리 위로 손을 뻗었다.

"여기에 뭔가가 있어."

엘은 그녀의 손목을 잡아 옆으로 치우고 물었다.

"거기에 뭔가가 있다는 것보다 그게 무엇을 의미하는지 알아내는 게 더 중요하지 않아?"

새벽은 그가 무슨 말을 하는지 몰라서 당혹스러웠다.

"무엇을 의미하는지?"

"다른 사람들의 머리 위에도 있어?"

"아니, 네 머리 위에만 있어."

그것이 답이라는 듯이 엘은 그녀를 빤히 보았지만 그녀는 어떤 정의도 내리지 못했다.

"넌 왜 이런 빛을 뿜어내는 거야? 설마, 너도 인간이 아닌 거니?"

그녀의 황당한 질문에 엘은 잡고 있던 손목을 놓아주었다.

"그건 내가 묻고 싶은 말이야."

엘은 그녀의 이마 위를 가리키며 말했다.

"나도 보여. 네 머리 위에 떠 있는 빛 조각."

그의 말에 놀란 새벽의 눈동자가 마구 흔들렸다. 엘은 담담했다.

"네가 조금만 더 자세히 내 눈을 들여다보았더라면, 너도 금방 알아챌 수 있었을 거야. 내 눈동자에 네가 비쳤을 테니까."

서로에 대한 이끌림은 상상했던 것보다 훨씬 강했다. 그들은 서로를 한눈에 알아보았다. 새벽은 그 빛을 외면하려 애썼고, 엘은 빛 조각의 의미를 찾으려 애썼다. 사랑은 아직 형태를 이루지 못한 채 맞춰 주길 바라는 블록처럼 나뒹굴고 있었지만 분명히 그곳에 있었다.

　새벽이 물었다.

　"언제부터 보였어?"

　"널 처음 봤을 때부터. 비타민 결핍으로 인한 홍채의 문제이거나, 아니면 일시적인 환영일 거라고 생각했어. 그런데 환영이라고 생각하기에는 너무 강했어. 널 쳐다볼 수가 없을 정도로."

　그는 표정이나 목소리의 변화 없이 차분하게 이야기를 이어 갔다. 새벽은 한 마디도 놓치지 않으려 귀를 기울였지만 심장 소리가 너무 커서 그의 목소리가 들리지 않을 정도였다. 간신히 평정을 되찾고 물었다.

　"넌 알고 있어? 빛 조각의 의미에 대해서?"

　엘은 대답 대신 호수를 바라보았다. 새벽은 그의 침묵에서 대답을 들었다. 사실은 그녀도 알고 있다. 그에게 손목을 잡히기 전까지 알 수 없었던 모호한 의미가 한순간 선명하게 떠올랐기에 더는 자신을 속일 수가 없었다. 그건 명백한 '사랑'의 표식이었다. 그러나 엘도, 새벽도 그 사실을 부정하려 할 뿐 먼저 말을 꺼내지 못했다.

　"넌 사랑해 본 적 있니?"

　만난 지 몇 시간밖에 되지 않은 남자에게 건넨 질문이라기엔 뜬

금없지만 그들의 공통된 주제는 '사랑'으로 넘어갈 수밖에 없었다. 이미 알고 있는 빛 조각의 의미를 어떤 식으로든 재해석하지 않으면 안 됐기 때문이다.

엘이 대답했다.

"그런 귀찮은 일은 별로 하고 싶지 않아. 다른 사람을 위해서 내가 가진 시간이든 열정이든 작은 것 하나라도 바쳐야 하니까. 그랬다가 사랑을 잃게 되면 그동안 할애한 시간도 열정도 빼앗기게 되고 허탈함만 남겠지. 손해 보는 어리석음이 싫어. 그렇게 사랑이 끝난 후에 '이번엔 다르겠지.' 하는 기대를 품고 또 다른 사랑을 시작하게 되는 것도. 무언가를 시작해야 한다는 자체가 귀찮은 일이기도 하고."

생각했던 것보다 더 회의적인 답변이었다. 새벽은 그의 말에 어느 정도 동의하면서도 바뀔 수 있는 여지가 남아 있기를 바랐다.

"정말 사랑한다면 다시 시작할 수도 있지 않을까? 다른 누군가를 사랑하는 게 아니더라도, 자기 자신이라든가, 삶이라든가…… 사랑할 대상은 얼마든지 있잖아."

"넌 네 삶을 사랑할 수 있어?"

엘의 질문에 새벽이 대답했다.

"예전과 다른 삶이라면 사랑할 수 있을 것 같아. 아니, 삶을 사랑하지 않더라도 사랑하는 사람이 삶 속에 있다면……. 그러니까 내 말은 진정으로 사랑하는 사람을 만났는데 죽음을 통해 그 사람과 헤어지게 됐다면 다시 태어나고 싶을 것 같기노 해. 비잠한 상황 속에서도 사랑하는 누군가와 함께 있다면 삶이 조금은 덜 불행할 수도 있으니까."

그녀는 어떤 방식으로 자신의 생각을 설명해야 할지 몰랐다. 사랑에 대해 막연한 두려움만 가지고 있던 그녀가 그에게 사랑을 설득하면서 동시에 자기 자신을 설득한다는 건 쉬운 일이 아니었다. 새벽은 괜한 소리를 했다고 생각하며, 자신 없는 말투로 사과를 건넸다.

"사실 나도 이런 생각은 방금 했어. 아는 척해서 미안."

이번에는 엘이 말했다.

"인간이 타인을 사랑하도록 만들어진 이유는 자기 행복 때문일 거야. 타인을 생각하는 시간에 전념하다 보면 불행을 잊을 수 있으니까. 누구든 자기 자신을 생각하면 불행하기 때문이지."

그는 새벽의 동의를 구하듯이 그녀를 바라보았지만 그녀는 아무 대답도 할 수 없었다. 잘은 모르지만 사랑은 그가 말한 것처럼 절대적으로 어리석고 무익한 것만은 아니었다. 적어도 안정적인 상대를 만난다면 균형을 유지할 수도 있는 일이었다.

엘이 말을 이었다.

"사랑을 지나치게 갈구하는 사람은 나약한 사람이라고 생각해. 한눈팔지 않으면 현실이 막막하고, 타인에게 의지하지 않으면 한 걸음도 나아갈 수 없는 사람만이 사랑을 찾는 거라고. 결론은 너도 나도 아직은 살 만하다는 거지. 사랑을 원하지 않는다는 점에서."

그가 이야기하는 동안 새벽은 속으로 그의 말을 세차게 부정했다.

괴로움을 떨치기 위해서 사랑을 하려는 건 아니었다. 사랑 없이 살 만해서 타인을 밀어냈던 것도 아니다. 사랑받지 못할 거라는 두려움이 사랑에게 다가가는 발걸음을 막아 세웠을 뿐. 누군가를 사랑하는 이유는 나약해서도 아니고 의지하기 위해서도 아니다. 그저 사랑하기 때문이다.

"난 사랑을 원하지 않는 게 아니야. 다만……."

엘은 그녀의 말을 잠자코 기다렸다. 그러나 새벽은 말을 끝맺지 못했다. 대답하지 않은 것인지 할 수 없는 것인지는 모른다. 한 가지 분명한 것은, 그녀가 사랑을 원하고 있다는 것이다.

책에서 읽은 적이 있다. 사랑은 요구하거나 강요하는 것이 아니라 각자의 길을 가도록 허락하는 것이라고 했다. 새벽은 그에게 사랑을 요구하고 싶은 충동이 일었다. 각자 자신의 길을 가는 것이 아니라 함께 가자고 손을 내밀고 싶었다. 그가 있고 싶어 하는 곳에 그녀도 있고 싶었다. 그가 보고 싶어 하는 것을 그녀도 보고 싶었다. 그러나 말할 용기가 나질 않았다.

호수에 작은 물결이 일었다. 산에 올라온 지 얼마나 오래되었는지, 호숫가에 얼마나 오래 앉아 있었는지 알 수 없었다. 하늘은 분홍빛으로 물들어 갔다. 사랑에 대해 깊이 대화하고 고민하기에 그들은 겨우 반나절을 함께했을 뿐이다.

"늦기 전에 돌아가는 게 좋겠어."

그가 말했다. 두 사람은 호수를 돌아 안젤라의 집을 향해 걸었다.

해는 빠른 속도로 기울었다. 숲은 금방 어두워질 거라고 한 엘의 말이 맞았다. 자고 가라는 안젤라의 호의에도 불구하고 엘은 빈 도시락 바구니를 손에 들었다. 안젤라는 아쉬운 표정을 지었지만 그들을 붙잡지는 않았다.

새벽은 마지못해 안젤라에게 작별 인사를 건넸다. 그녀와 더 많은 이야기를 나누고 싶었지만 돌아가야 했다. 가게의 단골손님이라고 했으니 음식을 배달할 일은 앞으로도 얼마든지 있을 것이라는 생각이 그나마 위안이 되었다.

엘과 새벽은 산을 내려갔다. 엘은 뒤따라오는 새벽의 존재를 느끼며 자신이 처음 '이곳'에 왔을 때를 떠올렸다. 세상이 아득하고 몽롱하기만 했다. 꿈을 꾸는 것처럼 냄새도 맡을 수가 없었고, 음식의 맛도 느낄 수가 없었다. 시간이 갈수록 추위도 더위도 느껴지지 않았고, 시간의 흐름도 무뎌졌다. 하나둘, 감각을 잃어 가면서 그는 자신의 주변에 일어나는 일들이 실제가 아니라는 것을 알았다.

이곳에 도착해서 엘이 제일 처음 만난 사람은 '신'이었다. 이름과 겉모습이 전혀 어울리지 않는 그는 작은 레스토랑을 운영하는 사장인데 음식 솜씨는 형편없어도 유일하게 그의 음식에서 맛을 느낄 수가 있었다. 그날 이후 엘은 매일 신의 식당에 찾아가서 식사를 했다.

어느 날, 신은 엘에게 말했다.

"이곳은 너에게 유리한 방향으로 설정되어 있어. 뭘 하든 원하는 대로 될 테니 무엇이든 해 봐."

신의 조언에 따라 엘은 '아주 작은 일'을 하나 했을 뿐, 다른 건 아무것도 하지 않았다. 깊은 잠에 빠져들기를 기다리면서 시간을 허무하게 흘려보냈다.

많은 사람들이 '이곳'을 스쳐 지나갔다. 처음엔 모두가 얼떨떨했다. 자신이 어느 곳에 와 있는지, 어떤 상황에 부닥쳐 있는지 스스로 깨닫지 못했다. 그들은 누군가가 자세히 설명해 주기만을 기다렸다. 그러다 곧 평온함에 익숙해졌다. 삶에 무엇이 필요한지 절실히 깨닫는 사람만이 이곳을 벗어날 수 있지만 짧은 시간 안에 안락함 속에서 절실함을 찾아내기란 쉬운 일이 아니었다.

그러나 새벽은 찾아냈다. 그러면서도 절실하지 않은 척 시치미를 뗐다. 그녀는 얼마든지 이곳을 떠나 돌아갈 수 있을 것이다. 사랑을 허용할 수 있는 약간의 용기만 있다면.

갑자기 먼 하늘에서 먹구름이 몰려왔다. 비를 퍼붓기로 작정한 하늘에서는 대기가 우그러지는 소리가 났다. 발걸음을 재촉했지만 비는 그들을 기다려 주지 않았다. 중턱쯤 내려갔을 때 폭포 같은 빗줄기가 쏟아져 내렸다. 산 중간에 작은 쉼터가 있었다. 오래된 약수터 같기도 한 그곳에는 세월을 알 수 없는 우물과 등받이가 없는 나무 의자 하나 그리고 비를 막아 주는 지붕이 있었다.

숲은 한 걸음 앞도 보이지 않을 만큼 어두웠고, 두 사람에게는 산길을 내려갈 안전 장비가 없었다. 그들은 나무 의자에 나란히 앉아서 비가 그치기를 기다렸다. 엘은 입고 있던 겉옷을 벗어서 그녀의 어깨에 걸쳐 주었다. 새벽은 사양하지 않고 겉옷을 여몄다. 남아 있는 그의 온기가 빠져나가지 않도록 단단히 가두었다.

쏟아지는 비, 등산로를 따라 콸콸 흘러내리는 물, 요란한 소리를 내며 흔들리는 나뭇잎이 스산한 분위기를 만들었지만, 무섭다는 생각은 들지 않았다. 새벽은 이런 상황에서 평온하게 있을 수 있는 건 자신의 옆을 덤덤히 지키고 있는 엘 덕분이라고 생각했다. 머리 위에 떠 있는 빛 조각은 여전히 밝게 빛났다. 아무리 어둡고 광활한 곳에서 길을 잃는다고 해도 서로를 잃어버릴 염려는 없었다. 그게 빛 조각의 역할인 듯했다.

굵은 빗줄기가 이어졌다. 그칠 기미가 없어 보이자 두 사람은 호숫가에서 했던 대화를 이어 나갔다. 엘이 말했다.

"네가 여기에 와 있다는 건 너에게 할 말이 많다는 증거야. 할 말이 없는 사람은 '이곳'에 오지 않아. 올 수도 없고."

새벽이 의아한 얼굴로 물었다.

"이곳이라면, 구체적으로 어디를 말하는 거야? 이 산? 아니면 안젤라의 집?"

그러고 보니 의사에게도 '이곳'에 온 지 얼마나 되었느냐는 질문을 받았다. 새벽은 단순히 이 고장에 이사 온 걸 말하는 줄로만 알았다. 그러나 엘의 표정은 다른 얘기를 하고 있었다.

"넌 네가 어디에 있는지도 모르는구나?"

"알려 줘, 여기가 어디인지."

무언가를 알고자 할 때 새벽의 눈빛은 더욱 도전적으로 바뀌었다. 엘은 기꺼이 말해 주었다.

"넌 지금 길 위에 있어. 너의 페르소나를 찾는 길."

"페르소나를 찾는 길?"

새벽은 앵무새가 된 것처럼 그의 말을 따라 했다.

"네가 얼마나 힘들고 괴로웠을지 나도 알아. 죽고 싶을 만큼 힘들었겠지. 그래서 이곳에 오게 된 거고. 잃어버린 너 자신을 찾게 되면 네 앞에 문이 열릴 거야. 그 문을 통해 나가면 돼. 원래 있던 곳으로."

"무슨 말인지 잘 이해가 되지 않아."

"네 옆에 널 도우려고 애쓰는 존재들이 있을 거야. 넌 그들을 사랑해야 해."

새벽은 놀란 얼굴로 물었다.

"태양과 별을 말하는 거야?"

엘은 자신의 예감이 맞았다는 걸 알았다.

"네가 이곳에 오게 된 건 너의 세계가 그다지 외롭지 않다는 걸 증명하기 위해서일 거야. 혼자가 아니라는 걸 스스로 깨닫기 위해서."

새벽은 그가 어떻게 태양과 별의 존재를 알고 있는 건지 의아했다. 뜻밖의 얘기에 놀랐으나 설명할 수 없는 현상이 몇 차례 반복되면서 초현실에 나름대로 적응이 된 건지, 금세 안정을 되찾았다. 무엇보다 엘이 오해하는 건 싫었다.

"태양과 별은 조금 특별한 사이일 뿐이야. 내가 그늘에게 느끼는 감정은 사랑과 비슷하긴 하지만 연인이라기보다 가족이랄까, 동지애에 가까워."

"그들은 널 사랑하고 있어. 아주 오래전부터, 지금 이 순간에도."

어쩌면 새벽은 알고 있었다. 그러나 엘의 입을 통해 듣고 싶은 말은 아니었다. 새벽이 반박했다.

"사랑은 호르몬의 영향을 받는다는 거 알아. 이성을 만났을 때 페로몬이 증가한다든가 하는 과학적인 얘기들. 태양, 별과 있을 때 심리적으로 안정감을 느끼는 건 사실이지만 몸에 화학적인 반응이 일어난 적은 없어. 처음 만났을 때 신비한 힘에 의해 가슴이 두근거리기는 했어도 그건 어떤 본능에 의한 거고, 솔직히 말하자면 걔들에게 거절당할까 봐 두렵지는 않아."

엘과 그들의 가장 큰 차이였다. 태양과 별에게 느끼는 사랑은 엘에게 느끼는 감정과 확연히 달랐다.

"그들에게 성적 욕망을 느끼지는 않는다는 얘기야?"

엘의 직설적인 물음에 새벽은 솔직하게 대답했다.

"응."

"나에게 거절당할까 봐 두렵다는 뜻이기도 하고?"

그의 말투는 차분했지만 확신과 흥미로움이 섞여 있었다.

여유롭게 진심을 들춰내는 엘 앞에서 새벽은 무방비했다. 뭐라고 대답해야 할지 몰라서 우물쭈물하는 사이 '이 남자, 너를 바보라고 생각하는 것 같아.' 하는 태양의 목소리가 튀어나왔다. 새벽은 깜짝 놀라서 고개를 세차게 저었다. 정신 차려, 봄새벽.

엘이 웃으며 말했다.

"무슨 말인지 나도 이해해. 거울에 대고 입을 맞출 수는 없으니까."

"거울에 입을 맞춘다고?"

"말 그대로야. 자기 자신을 사랑하는 것과 타인을 사랑하는 건 별개라는 뜻이지."

새벽은 그의 앞에서 마음을 숨기는 건 단념했다.

"넌 아는 게 많아서 좋겠다. 난 요즘 들어 내가 바보가 된 건 아닐까 의심스러워. 몸도 마음도 내 것이 아닌 것 같아."

"바보들은 그런 의심 같은 거 하지 않아."

"마음껏 놀려도 상관없어."

"아무튼 넌, 그들을 먼저 사랑해야 해."

새벽은 왠지 기분이 씁쓸했다. 고백하기도 전에 차인 기분이었다.

"충고, 고마워."

웃으면서 대답하고 싶었는데 기분은 그게 아니라서 입술을 깨물었다. 대놓고 벽을 치는 그에게 더는 할 말이 없었다. '매달리기라도 할까 봐 미리 선수 친 건가?' 사랑 같은 거 난 됐으니 다른 데 가서 알아보라는 말을 정말 친절하게도 한다는 생각이 들었다.

엘이 겉옷을 벗어 주는 순간 그녀는 마음 한가운데 엄청난 공간을 내주고 그를 가둔 다음 굳게 걸어 잠갔다. 사랑에 대한 아무런 환상도 품지 않았던 그녀에게 엘은 선물같이 찾아온 하나의 희망이었다. 그러니 그에게 사랑을 조를 수는 없었다.

추위가 찾아왔다. 새벽의 몸이 으스스 떨렸다. 엘은 그녀에게 조금 더 가까이 다가앉았다. 폭풍우가 더욱 거세졌다. 참나무 가지가 부러질 것처럼 요동을 쳤다. 고개를 들어 먼 하늘을 바라보니 구름과 구름 사이에 별이 떠 있었다. 저쪽 하늘은 맑기만 한데, 그들의 머리 위에만 비가 쏟아지는 것 같았다.

새벽은 어떤 거대한 힘이 두 사람을 일부러 이곳에 데려다 놓은 게 아닐까 하는 생각을 했다. '나는 운이 없는 것인가?' 이 모든 일이 그녀를 겨냥해서 일어난 일이라면 엘은 그녀와 함께 있다는 이유로 폭풍우 속에 갇힌 꼴이 되는 것이다.

비에 젖은 원피스를 슬픈 눈으로 바라보았다. 자신의 불운과 불행 속에 엘을 끌어들인 것 같다는 생각에 서글펐다. 앞길을 망치려드는 운명 앞에서 사랑을 한다는 건 젖은 장작에 불을 피우려는 시도처럼 무의미한 일이었다. 시작도 하지 못하고 꺼져 버리는 초라한 사랑이 불쌍해서 눈물이 날 것 같았다. 울음을 참는 얼굴을 들킬까 봐 새벽은 고개를 숙인 채 꼼짝도 하지 않았다. 엘은 처량하면서도 가냘픈 그녀의 어깨를 끌어안았다. 두 사람은 오랫동안 그 상태로 있었다.

"비는 곧 그쳐."

강하고 다정한 그 한마디가 새벽의 마음을 뒤흔들었다. 너무 억울해서 견딜 수가 없었다.

"내가 행복하도록 내버려두지 않아. 가족을 빼앗고, 꿈을 빼앗고, 사랑하는 사람마저 빼앗아 갈 게 분명해!"

"도대체 누가?"

"나도 몰라. 내 운명이, 신이, 온 우주가……."

엘은 울먹이는 그녀를 따스한 눈길로 바라보았다.

"진짜 바보 맞네."

엘은 그녀의 심정을 알 것 같았다. 그녀는 부서지기 쉬웠고, 너무 많이 지쳐 있었다. 과거에 겪었던 고통을 잣대로 자신의 감정을 통제하려 애썼고, 상대방의 진심이 무엇인지 듣기도 전에 멋대로 판단하려 했다. 외로움에 몸부림치고, 그러면서도 내미는 손을 거절하고, 자기 자신을 깎아내렸다. 스스로 느끼고 있는 것에 대한 확신이 부족한 것은 '자아를 잃어버린 사람들'의 특징이었다.

그녀의 눈물은 엘의 겉옷과 손등을 적셨다. 엘은 처음으로 자기 손바닥에 타인의 눈물을 묻혔다. 더럽다는 느낌보다 애틋하다는 느낌을 받았다. 그래서 눈물로 젖은 그녀의 얼굴을 손바닥으로 몇 번이나 쓸어 냈다. 커다란 손이 얼굴 전체를 닦아 내는 동안 새벽은 두려움으로 무장한 마음속 벽이 허물어지는 걸 느꼈다. 그의 어설픈 손길은 사랑한다는 백 마디 말보다 더 따뜻한 위로가 되었다.

"다정하게 대해 주지 마. 사랑 같은 건 필요 없어!"

엘은 몸부림치는 그녀를 더욱 세게 안았다.

"사랑 아니야. 네가 싫다면 나도 안 해."

모순된 그의 말이 더욱 슬펐다. 문득, 그 역시 사랑이 두려운 건 아닐까 하는 생각이 들었다.

번개가 번쩍이고 비가 쉼터 안까지 들이쳤다. 사랑하지 않겠다고 단단히 무장한 껍데기를 벗겨 내려는 것 같았다. 두 사람이 서로를 밀어내려 하면 할수록 빗줄기는 더욱 거세졌고, 어디에도 가지 못하도록 그들의 발을 꽁꽁 묶어 두었다. 심장은 터질 듯이 뛰고, 호흡은 곤란해지고, 체온은 오르락내리락 정상이 아니었다.

새벽은 원피스 주머니를 뒤져서 의사가 처방해 준 별사탕을 꺼냈다. 엘에게도 두 개쯤 건넸다. 그는 거절하지 않고 받아서 입에 넣었다. 익숙한 연인처럼 서로를 품에 안고 웅장한 폭포 속에 들어와 있는 기분을 느끼며 별사탕을 녹여 먹었다. 의사가 처방해 준 신비로운 묘약이 심박과 체온과 호흡을 정상으로 되돌려 줄 거라 믿으며 아득한 시간을 보냈다.

눈물이 그치고 마음에 평화가 찾아오고 혀끝에 단맛이 사라질 때쯤, 두 사람은 상대방의 이마 위에 떠 있는 빛 조각을 바라보았다. 가난하고 초라한 영혼을 굳이 숨기지 않아도 되는 한 사람이 눈앞에 있었다. 그들은 서로를 있는 그대로 받아들일 준비가 되었다.

'사랑을 원해.'

그 말이 미처 밖으로 새어 나오기도 전에 엘은 그녀에게 키스했다. 비를 그치게 하는 방법을 알고 있기라도 한 것처럼 주저 없이 입을 맞춰 오는 그에게 새벽은 기꺼이 입술을 내주었다. 차갑게 식다 못해 싸늘하게 굳어 있던 그녀의 입술은 따뜻하게 밀려들어 오는 부드러운 체온에 감동하여 저절로 벌어졌고, 머리카락 사이사이에 소름이 돋았다.

그녀의 무릎은 비바람 속 나뭇가지처럼 흔들리고, 방금 울음을 그친 눈에는 흘러내리지도 못할 눈물이 그렁그렁 맺혀 있었다. 하잘것없는 운명이 사랑을 빼앗고 망쳐 놓을까 봐 두려운 마음은 여전했지만 비가 계속 내리기를, 이 시간이 영원하기를 바랐다. 안젤라가 붙잡으라고 한 것, 놓치지 말라고 한 것을 손에 꽉 움켜쥐었다.

그들을 지켜보던 누군가가 하늘에게 비를 멈추라고 지시라도 한 것처럼 비가 뚝 그쳤다. 살갗은 차가워도 몸속은 어느 때보다 뜨거웠다. 별사탕의 효능 때문인지 몰라도 호흡과 맥박이 모두 정상으로 돌아와 있었다. 약하게 떨리는 그녀의 어깨를 안고, 엘이 물었다.

"사랑받고 싶은 마음을 정말로 숨기려 했어?"

새벽은 대답하지 못하고 그의 눈을 바라보았다. 그가 상대해 주지 않을 거라고 생각했다. 감당해야 할 아픔에 대해서도 모르고, 자신이 견딜 수 있는 한계에 대해서도 모른다. 엄마가 떠났을 때 10년을 울어야 했다면 이번엔 평생을 울어야 할지도 모를 일이었다. 기를 쓰고 피하려 했다는 사실이 무색할 정도로 너무 쉽게 무너져 내렸다. 사랑을 숨길 수 없다는 것을 알았고, 참을 수 없다는 것도 알았다.

"그러는 넌? 너도 사랑이 두려웠던 거야?"

새벽이 묻자 엘은 그녀의 손을 힘주어 잡았다.

"이제는 아니야."

비는 완전히 그쳤다. 구름이 걷힌 맑은 하늘에 달이 떴다.

"이러디 감기에 길릴 것 같아. 나시 올라가는 게 좋겠어."

엘이 그녀를 이끌었고, 새벽은 그에게 의지해 산을 올랐다. 젖은 풀과 낙엽 때문에 바닥이 미끄러웠다. 산을 오르는 내내 엘이 손을 잡아 주었다. 그의 손은 얼음처럼 차가웠으나 두 사람은 비슷한 체온을 가지고 있었으므로 그리 차갑게 느껴지지 않았다. 그 서늘한 손에서 강한 에너지가 느껴졌다.

'나에게 사랑이 나타난다고 해도 그게 사랑이라는 걸 어떻게 알 수 있을까?' 하고 고민했던 지난날이 우습게 느껴졌다. '사랑'이라는 두 글자가 우주 같은 크기로 한 번에 밀려오기 때문에 모를 수가 없는 것이다.

안젤라는 승리의 미소를 지으며 그들을 맞았다. 욕실 앞에는 갈아입을 옷과 수건이 가지런히 준비되어 있었다. 안젤라는 새벽을 2층으로 안내했다. 깔끔하게 정돈된 2층의 손님용 방은 천장이 낮았다. 창이 넓게 뚫려 있어서 밤하늘이 무한히 펼쳐져 보였다. 양쪽 벽에 붙어 있는 단정한 1인용 침대에는 새벽이 상상한 대로 구름같이 포근한 이불과 베개가 놓여 있었다.

서늘하게 식은 몸을 따뜻한 물로 씻었다. 새벽은 안젤라가 준비해 준 부들부들한 소재의 화려한 잠옷으로 갈아입고 1층으로 내려갔다. 먼저 씻고 나온 엘은 소파에 앉아 책을 읽고 있었다. 새벽은 그가 앉아 있는 소파로 다가갔다. 시선을 어디에 두어도 시야 한쪽에 커다란 무지갯빛 소용돌이가 반짝이는 것처럼 서로의 존재는 더욱 커졌다.

엘은 읽던 책을 덮고 고개를 들었다. 달빛이 창으로 들이쳤다.

"좋다. 조용하고, 깨끗한 곳에 와 있으니까 머리도 맑아지는 기분이야."

새벽의 발그레한 얼굴에 미소가 어렸다. 순간은 지나갔어도 감정은 남아 있었다. 두려움과 떨림, 흥분과 기쁨, 절대적인 사랑.

그러나 엘은 이곳이 어디인지, 자신의 역할이 무엇인지 잊지 않았다. 그녀가 사랑해야 할 사람은 자신이 아니라 태양과 별이었다. 그들은 그녀가 사랑할 모든 조건을 빠짐없이 갖추고 있을 것이다. 그들의 외모는 매력적일 것이고, 목소리와 말투, 걸음걸이 하나까지 아름답고 완벽할 것이 분명했다. 새벽에게는 그들을 사랑할 의무가 있었다. 그리고 그 의무에서 평생 벗어나지 못한다. 그건 엘도 마찬가지였다.

새벽이 그의 옆에 앉았다.

"너에 대해 알고 싶어."

"별로 할 얘기가 없어."

"네가 하는 얘기라면 다 좋아. 어떤 학창 시절을 보냈을지 궁금해. 넌 똑똑하니까 공부도 잘했을 것 같고, 여자들한테 인기도 많았겠지? 여자 친구도 많이 사귀었을 테고."

"똑똑하고, 공부도 잘하고, 인기도 많았던 건 맞는데, 여자 친구를 많이 사귀었는지 아닌지는 모르겠네. 많다는 기준은 몇 명?"

이럴 땐 정말 태양과 판박이였다. 능청스럽고 자신만만한 태도, 그러면서도 비를 피하던 지붕 아래에서 다정했던 그의 손길은 별을 떠오르게 했다.

"네가 여자를 많이 사귀었다고 해서 질투하지는 않아. 과거는 과거일 뿐이니까."

안젤라가 준비해 둔 찻잔에 허브티를 따랐다. 뜨거운 김이 모락모락 피어올랐다. 안젤라의 세심한 배려에 고마웠다.

"과거는 경험이고 기억이야. 미래는 실제로 존재하지 않고, 현재는 눈 깜짝할 사이에 과거가 되어 버리니까, 과거는 인생의 모든 것이라고 할 수 있어."

엘의 말에 새벽은 고개를 끄덕였다.

"그래, 네 말이 맞아. 난 네 인생의 모든 걸 알고 싶어. 네가 살아온 전부를."

엘은 피식 웃으며 그녀가 따라 준 허브티를 한 모금 마시고 자신의 이야기를 들려주었다.

그의 아버지는 사업가였고, 어머니는 피아니스트였다. 집안은 유복했으며 갖고 싶은 모든 걸 다 가질 수 있을 만큼 부유했다. 어린 시절 엘은 남들도 다 잘 먹고 잘사는 줄 알아서 타인에 대해 무관심했다. 공부 외에 다른 것에는 관심을 가져 본 적도 없다. 아버지는 엘이 자신의 뒤를 이어 사업을 물려받기를 원했다.

남들은 미래를 꿈꾸지만 엘은 꿈을 꾸어 본 적이 없다. 엘의 부모가 그의 꿈을 대신 꾸었다. 엘의 미래는 철저하게 준비되어 있고, 그를 위해 마련된 다른 계획은 없었다. 부모님은 그가 만나서 사랑하고 결혼해야 할 여자까지 미리 점찍어 놓았다. 그러면서도 다른 여자들을 많이 만나 볼 것을 권유했다. 사랑 또한 경험과 기술의 축적으로 인해 발전하고 완성될 수 있는 거라고 했다.

엘이 또래의 평범한 친구들과 어울리려고 할 때마다 엄마는 말했다.

'너는 남들과 다르잖니.'

엘의 부모는 아들을 훌륭한 인물로 키우고 싶어 했다. 상류층의 전형적인 엘리트 코스를 밟은 그는 어릴 때부터 다양한 악기와 운동과 언어를 익혔으며 여러 방면에서 뛰어난 재능을 보였다. 세련된 예술적 감각, 평정심을 유지하는 침착한 태도, 매끄러운 언어 구사 능력, 고급스러운 취향. 그러나 그것들은 엘의 영혼을 갉아먹고 드러난 괴물 같은 환영에 지나지 않았다.

그는 사람들과 어울리는 것을 매우 싫어했지만 부모는 그를 각종 사교 모임에 데리고 다니며 고위층 자녀들과 인맥을 쌓도록 강요했다. 그러면서 자신의 완벽한 아들을 자랑스러워했다. 엘이 만난 사람들은 경제, 문화, 환경, 교육, 경영 등 사랑을 제외한 모든 일들에 대해 떠들어 댔다. 엘은 시끄러운 도시에서 벗어나고 싶었다. 조용한 숲속이나 한가로운 해변에 홀로 앉아 시간을 보내고 싶었다. 그러나 그에게 숲속과 해변은 허락되지 않았다. 그는 냉난방 시스템이 완벽하게 갖춰진 공간에 처박혀 공부에 몰두한 채 하루하루를 보냈다.

"중학교에 올라가면서 하루에 네 시간 이상 잠을 자 본 적이 없어. 난 잠을 자고 싶었어. 누구에게도 방해받지 않고 깨고 싶을 때까지 푹 자는 게 소원이었어."

그는 아무것도 하지 않는 상태를 가장 동경했다. 남들은 아래에서 위를 향해 올라가지만 엘은 위에서부터 아래를 향해 천천히 추락했다. 남들은 넓은 집과 비싼 차, 좋은 옷, 맛있는 음식을 원하지만 엘은 그것으로부터 도망치기를 원했다. 부모님의 과분한 사랑과 기대, 모두의 시선과 관심이 두려웠다. 자신의 장래가 태어날 때부터 정해져 있었다는 사실에 삶의 의지를 상실했다.

엘이 바라는 것은 깨지 않고 잠을 자는 것이었다. 원하는 만큼 충분히 잠을 자고 싶었다. 그러나 정상적으로 살아 있는 상태에서 잠만 자는 것은 불가능했다. 의학 서적을 탐독한 결과 심정지 상태에서 뇌에 산소 전달이 일정 시간 끊기게 되면 생체 기능을 유지하면서 장기적인 무의식 상태를 유지할 수 있다는 것을 알게 되었다. 의학은 과학의 한 분야이므로 조건이 갖춰지면 오차 없는 결과를 얻게 된다.

그는 냉철하게 확률을 계산했다. 도로의 정체 상황과 응급실까지의 거리, 구급차가 도착할 수 있는 시간, 강물의 온도. 엘은 그날의 강물 냄새를 기억한다. 그는 차가운 강물 속에 숨을 참고 가라앉았다. 수심이 제법 깊어서 수면 위로 떠오르기까지 시간이 걸렸다. 그는 열아홉 살이었고, 상류층 자녀들이 다니는 국제 학교의 교복을 입은 채였다. 어릴 때 수영을 배웠으므로 바다에서 생존도 가능한 실력을 갖추고 있었지만, 그날 그의 팔과 다리는 조금도 움직이지 않았다. 강물의 온도는 예상보다 차가웠다.

엘의 이야기는 거기에서 멈췄다. 새벽의 눈동자가 떨렸다. 그를 가슴에 가득 안고 머리를 쓰다듬어 주고 싶은 충동이 일었다. 그동안 수고했다며 넘치는 위로를 건네고 싶었다. 그를 대신해서 펑펑 울어 주고 싶었다. 어린 엘이 안쓰러워서 자신의 과거는 잊을 정도였다. 엘은 울음을 참는 새벽의 코끝이 빨개지는 걸 보고 다정하게 웃었다.

"과거는 과거일 뿐이라며."

과거가 인생의 모든 것이라면 그의 인생은 너무 아프고 외로웠다. 그가 간직한 경험과 기억 자체가 무겁게 그를 짓눌러서 산소마저 희박해지는 것 같았다. 그녀가 알고 싶었던 그의 '전부'가 이렇게 괴로운 것일 줄은 상상도 못 했다.

위로의 말도 건네지 못하고 바라만 보고 있는 그녀에게 엘이 말했다.

"네 인생에서 가장 중요한 순간에 나를 만난 건 불행한 일이고, 나와 함께 있는 시간은 낭비일지도 몰라."

"왜 그런 말을 하는 거야?"

"이곳에 먼저 온 사람으로서 해 줄 수 있는 충고는 이것밖에 없어. 구해야 할 사람의 명단이 있다면 그 첫 번째에 네 이름을 적어야 한다는 거."

구해야 할 사람의 명단을 적는 종이가 그녀의 손에 있다면 엘의 이름부터 적어 냈을 것이지만 그런 종이는 없었다. 새벽은 용감하게 그의 손을 잡아 일으켰다.

"별 보러 가자."

두 사람은 커다란 담요 하나를 어깨에 두르고 뒷문으로 빠져나와 낮에 갔던 호수를 향해 걸었다. 그곳은 비가 한 방울도 내리지 않은 것처럼 바닥이 말라 있었다. 호수 안에 별이 쏟아졌다. 전등은 필요 없었다. 각자의 이마에 있는 빛이면 충분했다.

엘과 새벽은 어린아이처럼 매료되어 아름다운 밤 풍경을 바라보았다. 가만히 서서 풍경을 바라보는 일. 그들이 가장 좋아하는 일이라는 걸 오늘에서야 알았다. 밤하늘을 바라보는 동안 돈이니 꿈이니 일상이니 하는 것들은 모두 대수롭지 않게 느껴졌다. 고독은 새벽의 빈곤 속에도 있었고 엘의 부유함 속에도 있었다. 각자의 인생을 바꾸어 살았더라면 우리가 지금 이곳에서 만날 수 있었을까? 서로가 자신에게 물어보았지만 대답은 하지 못했다.

단 하루만이라도 온전히 자연 속에 머물 수 있었더라면 인간은 자연의 일부분이고 우주의 먼지에 불과하다는 것을 알 수 있었을 텐데. 먼지는 먼지일 뿐, 우주에는 영광스러운 먼지도 없고 조금 덜 영광스러운 먼지도 없다. 나름대로 천국의 환영을 맛보고 있는 지금, 그들의 가슴은 더 이상 비어 있지 않았다.

어디선가 별의 흥얼거림이 들려왔다. 너무 멀고 아득해서 그리웠다. 엘은 그들을 사랑해야 한다고 말했지만 새벽은 이미 그들을 사랑하고 있었다. 엘에게 말했던 것처럼 그들에게 느끼는 사랑은 욕망이 아니었다. 그리움이고, 애달픔이고, 헌신이고, 주고받는 행위가 없어도 지속되는 맹목적인 사랑이었다. 새벽은 그들과의 관계를 이해하지 못했고, 정의하지도 못했다. 그러나 사랑하고 있다는 건 안다.

갑작스럽게 나타나는 호흡 곤란 증상이 제법 잦아졌다. 괜찮을 거라 생각했는데, 머리가 핑 돌았다. 병원에서 지어 온 약은 원피스 주머니에 있었다. 새벽은 몸을 웅크리고 자리에 주저앉았다. 이마 옆에서, 안구 뒤에서 맥박이 세차게 울려 혈관이 춤을 추는 것 같았다. 피가 빠져나가는 느낌이 강렬하게 들었다. 태아처럼 웅크린 그녀의 몸을 감싸 준 건 엘이었다. 엘은 그녀가 숨 쉴 수 있도록 능숙하게 이끌었다.

"숨 쉬어. 천천히 들이마시고 참았다가 뱉어 보자."

새벽은 그가 시키는 대로 호흡을 가다듬었다. 그의 옷깃을 잡고 매달렸다. 괴로운 얼굴을 가슴에 묻고 숨을 들이마셨다. 그의 몸에서 부드러운 꽃향기와 시원한 풀 냄새가 났다. 그 냄새는 새벽을 진정시켰고, 이제 그 냄새를 맡지 않으면 살 수 없을 것 같다는 생각마저 들었다.

들이마시고, 내쉬기를 끊임없이 반복했다. 시간이 지나고 고통에 뻣뻣하게 오그라들었던 손과 발이 풀렸다. 아득히 들려오던 별의 노랫소리는 그쳤다.

"괜찮아?"

그가 물었다. 새벽은 고개를 끄덕였다. 그는 땀으로 얼룩져 달라붙은 그녀의 머리카락을 걷어 주었다.

"안타깝게도 이곳에서 고통을 느끼는 사람은 별로 없어. 넌 조금 특별한 경우야. 죽을 만큼 고통스럽긴 해도 죽지는 않을 거야."

새벽은 괴로움 속에서도 희망에 가득 찬 눈으로 그를 바라보며 미소 지었다.

"알아, 넌 모든 걸 다 알고 있으니까. 너와 함께 있는 내내 그런 생각이 들었어. 그래서 안심했어."

"알고 있는 것과는 달라. 널 아프지 않게 고쳐 줄 수도 없고, 고통을 해결해 줄 수도 없어. 그러니까 안심 같은 건 하지 마."

"태양이랑 별은 나에게 '삶의 의지'를 깨워야 한다고 했어. 나를 살게 하는 의지는 사랑인 거 맞지?"

"너뿐만이 아니라 여기 오는 모든 사람에게는 사랑을 해야 한다는 사명이 있어."

여기에 오는 '모든 사람'에게 주어진 사명이 사랑이라면, 그 '모든 사람'에 엘도 포함되어 있어야 한다. 새벽이 물었다.

"그럼, 너도?"

"응.

그렇다고 대답하는 엘의 눈동자가 새벽에게 고정되었다. 새벽도 그에게서 눈을 떼지 못했다. 무언가에 홀린 듯이 한참이나 서로를 보았다. 어제까지 그들은 한 번도 서로를 상상해 본 적 없었고, 사랑을 원한다는 생각도 해 본 적 없었다. 오늘 만났다는 사실이 무색할 정도로 두 사람은 분리될 수 없는 서로의 영역 안에 있었다.

새벽은 자신이 엘을 깨우기 위해 이곳에 왔다는 것을 알았다. 졸업식 날 학교 옥상에 올라가고, 그곳에서 태양과 별을 만나고, 낮선 도시로 이사를 오고, '아이 갓 에브리싱'에서 아르바이트를 하게 된 것도 모두 엘을 만나기 위한 과정이었다는 것을.

그리고 깨달았다. 각자의 앞에 놓인 어두운 세계를 가로질러 상대를 향해 빛을 뿜어내는 것이 얼마나 특별하고 놀라운 일인지. 그 순간 커다란 파도 하나가 다가오는가 싶더니 그녀를 덮치고 반대편으로 넘어갔다. 그 파괴적인 힘은 자비 없이 그녀의 닫힌 마음을 활짝 열었다. 덕분에 버림받았던 과거의 상처와 사랑에 대한 두려움이 말끔히 씻겨 나갔다. 그녀는 오직 순수한 본능만을 갖고 있었다.

"사랑을 원해. 지금, 여기에서."

새벽은 그를 깨울 수 있다는 확신이 들었다.

엘은 그녀가 정확히 무엇을 원하는지 묻지 않았다. 그녀의 눈을 통해 읽었다. 그것은 순수한, 그러나 강렬한 욕망이었다. 그는 세상에서 가장 여린 생명체를 대하듯이 그녀에게 입을 맞췄고, 두 사람은 별이 쏟아지는 하늘 아래 누워서 한 번도 배운 적 없는 사랑을 나누기 시작했다.

엘이 그녀의 몸을 부드럽게 만지는 동안 새벽은 그에게 온전히 자신을 내맡겼다. 손끝의 움직임을 빠짐없이 느끼기 위해 감각에 집중했다. 사랑의 행위는 인간이 할 수 있는 경험의 결정체였고, 두 사람은 일생에서 가장 장엄한 경험을 서로에게 선사했다. 따스한 빛과 대기가 여러 겹으로 그들을 감싸 주었다. 추위도 아픔도 느끼지 못하고 함께 호흡하며 사랑을 전하는 것에 완벽하게 몰입했다. 새벽과 엘은 서두르지 않고 가능한 한 오래도록 완성된 상태에 머물렀다.

마침내 온 세상이 영혼으로 빨려 들어오는 것 같은 아득한 기분을 느꼈다. 격정과 감미로움 사이에서 터지는 희열과 아슬아슬한 전율을 맛보았다. 드넓은 우주까지 뻗어나간 기쁨은 그날의 눈송이처럼 천천히 하강했고, 서로의 몸을 부서질 듯 안은 채 끝없는 평화에 잠겼다. 순수한 영혼이 만나서 하나가 되는 성스러운 장면을 목격한 사람은 아무도 없었다. 주변은 고요했고, 둘을 방해하지 않으려 풀벌레의 움직임마저 정지되었다. 환희의 한가운데에서 새벽은 하늘의 끝을 바라보았다. 자신이 사랑받고, 보호받고 있다는 것을 알았다.

엘은 왼쪽 어깨를 바닥에 대고 누운 채 그녀의 등을 안았다. 새벽이 울음과 웃음을 동시에 터트리는 동안 따뜻한 몸을 소중하게 끌어안고 영원히 잠들 것처럼 눈을 감았다. 두 사람은 서로에게 기대어 아직 아침이 멀었음에 안도하고 감사했다.

삶의 의지는 찾아다니는 것이 아니라 허용하고 받아들이는 것이었다. 새벽은 스스로를 허용했다. 사랑하고 사랑받겠다고 결심했다. 안젤라의 말대로 지금까지 겪은 불행의 보상이 엘과의 사랑이라면 가혹했던 자신의 운명을 용서할 수 있을 것만 같았다.

그 시각, 안젤라는 호수 반대편으로 바람을 쐬러 나갔다. 그녀가 가꾸는 숲의 생명들이 무사한지 살펴보는 건 하루를 마무리하기 전 그녀만의 의식이었다. 엘과 새벽이 아직 잠자리에 들지 않았으며 호수 근처에 있을 거라는 걸 알고 있었다. 두 사람은 오랫동안 갈구해 온 서로의 사랑을 채워 주고 있을 터였다.

찾아오는 사람이 거의 없는 안젤라의 숲은 태초의 모습을 유지하고 있었다. 그래서 숲에 들어선 사람들은 대부분 길을 잃어버린다. 자신이 어디로 가야 하는지 목적지를 올바르게 설정하지 않은 사람에게 숲은 길을 내어 주지 않는다. 그러나 엘은 매번 정확하게 안젤라의 집을 찾아왔다.

신이 그들을 이곳에 보낸 이유는 명확했지만 어떻게 할 작정인지 궁금하기도 했다. 엘과 새벽은 서로를 알아보았고, 깨우게 될 것이다. 이 과정에서 시간을 되돌릴 가능성이 있다면 온몸이 부서지도록 사랑을 나누라고 부추길 테지만 그들이 하는 건 고작 '원래 상태'로 돌아가기 위한 노력일 뿐이었다.

안젤라는 서두르지 않고 밤 산책을 즐겼다. 사랑을 믿지 않았던 어린 영혼들이 마침내 사랑을 발견했을 때 어떤 일이 일어나는지 잘 안다. 이 세계는 곧 그들의 기억 속에서 사라지게 될 것이다. 안젤라는 흐뭇한 미소를 지으며 꽃들에게 마지막 인사를 건넸다. 안젤라의 웃음에 씁쓸함이 배어 있는 건, 우주는 무한하며 각자 깨어날 우주가 반드시 일치하는 건 아니기 때문이다.

☾　☾　○

방으로 돌아온 새벽은 침대에 누웠다. 푹신한 침대에 누워서 자 본 게 언제인지 기억이 나지 않았다. 보송보송한 족감의 이불은 구름을 덮고 있는 것 같았고, 이불에서 나는 잘 마른 햇볕 냄새는 익숙하면서도 편안하게 새벽의 들뜬 마음을 가라앉혀 주었다. 새벽은 말로 표현하지 못할 행복을 느꼈다.

천장을 바라보면서 호숫가에서 나눈 사랑을 떠올렸다. 그 순간 그들은 세상 누구보다 서로를 가깝게 느꼈다. 말을 할 때보다 아무 말도 하지 않을 때 더 잘 이해할 수 있었다. 엘도 그녀와 같았다. 말로는 사랑에 대해 부정했지만 마음속 깊이 사랑을 갈망했고, 그녀로 인해 채울 수 있었다.

그들은 많은 대화를 나누었다. 서로의 기억을 비교해 보니 신기하리만큼 유사점이 많았다. 두 사람은 만나기 전부터 비슷한 꿈을 종종 꾸었다. 같은 책을 읽고, 같은 구절을 기억하고 있었다는 것과 빨간색 하트 모양 쿠션을 갖고 있었다는 것까지 일치했다. 서로에 대해 알아 가는 일은 즐거웠고, 밤을 늘릴 수 있다면 늘리고 또 늘리고만 싶었다.

새벽은 눈을 감고 자신이 창조해 낸 천재 시인 '무한대'를 상상했다. 처음에는 그녀의 겉모습만을 떠올렸는데 두려움이 사라진 지금은 내면과 성격까지 새롭게 설정할 수 있었다. '무한대'는 위대한 꿈을 꾸고, 원하는 것을 명확하게 말한다. 힘차게 숨을 내쉬고, 씩씩하게 걷고, 넘치는 에너지를 패기 있게 발산하고, 자신이 잘하는 것을 잘한다고 떠벌리고, 승부를 겨뤘을 때 이기지 못한 상황에서도 두 팔 번쩍 들고 환호할 수 있는 뻔뻔함을 갖고 있다. 마치 태양처럼.

가끔은 혼자 있는 걸 좋아하고 혼자 있어도 외롭지 않으며 '고독 사용법'을 안다. 유연한 태도로 삶을 바라보고, 사람들과 어울려 살아가는 것에 진심으로 감사하고, 자기 생각과 다른 타인의 생각까지 흔쾌히 받아들일 수 있다. 한겨울에 비키니 입은 사람과도 친구가 될 수 있고, 자신이 미쳤다고 생각하는 사람과 아무 주제 없이 대화하는 걸 즐긴다. 마치 별처럼.

한 남자와 사랑에 빠져서 미친 듯이 사랑을 좇고, 사랑을 쟁취하기 위해 방해가 되는 것들을 거침없이 헤쳐 나간다. 헤어진 뒤에는 이불을 뒤집어쓰고 울기도 한다. 슬픈 이별 노래를 반복해서 들으며 눈물을 펑펑 쏟고, 구차한 자기 자신을 때리고 싶은 충동에 휩싸이기도 하고, 술에 취해 매달려도 보고, 남들이 다 하는 그 모든 걸 빠짐없이 생생하게 경험해 낸다. 그런 뒤에 또 다른 사랑이 눈앞에 나타나면 처음인 것처럼 뜨겁게 설렌다.

'그게 진짜 나일 수도 있어.'

그 순간, 매미의 허물 같은 딱딱한 것이 그녀의 몸에서 툭 떨어져 나갔다. 오랫동안 몸을 감싸고 있던 작고 초라한 껍데기가 바닥에 나뒹굴었다. 새벽은 환상 속에서 그것을 물끄러미 바라보았다. 자신을 지키기 위한 신중함이라고 생각했던 해묵은 신념의 보호막은 바짝 메말라서 한껏 오그라들어 있었다. 열 살 때 입던 수영복을 여전히 입고 있었던 것처럼 그것은 그녀의 팽창하는 영혼을 담기에는 턱없이 작았다.

'엘이 나를 여기로 데려온 것처럼, 사랑은 어딘가로 나를 인도하

는 거야.'

자유롭게 해방된 자신을 느끼자 숨쉬기가 한결 편안해졌다. 새벽은 엘을 만난 지 24시간이 채 되기도 전에 많은 걸 알게 되었다. 진정한 자유는 성인이 되는 순간 찾아오는 게 아니라 낡은 생각을 깨는 순간 찾아온다는 것. 그녀 안에서 꽃망울처럼 터진 깨달음이었다.

그 밤, 새벽은 엘의 가슴에 안겨 생생한 꿈을 꾸었다. 별이 원숭이를 꼭 봐야겠다고 우겨 대는 바람에 태양, 별, 루나, 새벽은 다 함께 지하철을 탔다. 평일 한낮에 동물원은 한산했다. 오후부터 비가 온다는 일기 예보를 듣긴 했지만 우산을 챙겨 오지는 않았다. 동물원 입구에는 헬륨 풍선이 바람에 흔들리고 있었고, 오색찬란한 바람개비가 햇살에 반짝이며 돌아갔다. 단순한 멜로디가 반복되는 버블 건에서 비눗방울이 허공으로 흩뿌려졌다.

날씨가 너무 더워서 쭈쭈바를 하나씩 입에 물고는, 살았는지 죽었는지 모를 곰, 사자, 호랑이를 보았다. 동물들은 더위에 축 늘어진 채 의욕이라고는 하나도 없는 가죽 카펫처럼 시멘트로 만들어진 인공 섬 위에 널브러져 있었다. 엎드려서 눈만 껌벅거리는 불곰을 깨우기 위해 별이 유리 벽 너머에서 괴상한 춤동작을 선보이기도 했지만 소용이 없었다.

루나는 나무 그늘 아래 걸터앉으며 더는 못 걷겠다고 손을 휘휘 내저었다.

"난 원숭이 안 볼래. 너희끼리 보고 와."

가파른 산을 깎아 만든 소규모 동물원은 경사가 심했다. 동물들에게는 자연을 그대로 느낄 수 있는 최적의 서식 환경이었지만 구경하는 사람들에게는 험난한 여정이었다. 투덜거릴 줄 알았던 태양은 올라가는 내내 아무 말도 없었다.

태양과 별, 새벽은 동물원 정상에 있는 원숭이 우리에 도착했다. 으리으리한 회색빛 성 같은 그곳에 수십 마리의 원숭이가 살고 있었다. 둥글고 긴 창살이 외부로부터(혹은 내부로부터) 인간과 원숭이를 각각 보호하고 있었고, 세 사람과 원숭이는 대치된 상태로 서로를 구경했다.

태양은 앞에 붙어 있는 표지판의 글자를 나지막한 목소리로 읽었다.

"알락꼬리여우원숭이. 주로 열매를 먹고 살며, 꽃, 나뭇잎, 풀, 허브, 나무껍질 등도 먹는다. 먹이를 먹은 뒤 햇볕을 쬐기 위해 팔을 벌린다. 적어도 다섯 마리 이상을 함께 사육해야 잘 지내며, 구성원들이 모두 같은 나무에서 잠을 잔다. 이들은 잠을 자기 전에 항상 우는데, 그 소리가 멀리까지 퍼진다. 마다가스카르의 남쪽과 남서쪽에 분포한다."

가만히 듣고 있던 별이 손을 들고 정답을 발표했다.

"봄새벽도 잠을 자기 전에 항상 운다."

"이건 공통점 찾기가 아니야."

태양이 ㄱ의 말을 가볍게 무시했다. 원숭이들을 바라보고 있던 새벽은 한숨을 쉬며 말했다.

"원숭이도 먹고, 자고, 싸고, 때가 되면 짝짓기를 할 텐데, 그럼 나는 원숭이와 다름없는 걸까? 나는 인간인데, 저 우리에 들어가도 아무 문제 없이 살 수 있을 것만 같아. 씁쓸하네."

별이 "흐음." 하는 소리를 내더니 고개를 끄덕였다. 그는 새벽의 어깨에 다정하게 손을 올렸다. 붉은털원숭이는 인간과 94% 동일한 유전자를 가지고 있어서 인간이 느끼는 감정들을 모두 느낀다고 했다. 사랑이라든가 연민이라든가 그런 것들. 그러므로 저 안에 들어가서 살아도 별문제 없이 공감을 얻을 수 있을 거라고 했다.

"난 언제나 네 사랑을 응원해. 잘생긴 원숭이 애인을 사귀게 되면 나에게도 꼭 소개해 줘."

새벽은 원숭이에게 물어보고 싶은 게 있었다. 그들도 인간이 되고 싶은 때가 있는지 궁금했다. 별이 한번 물어봐 주겠다면서 두 손으로 나팔을 만들고 창살 넘어 원숭이 무리에게 "우끼끼끼— 우끼끼끼—." 하고 말을 건넸다. 그러자 저 멀리서 원숭이 한 마리가 끽— 끽—, 하고 대답했다.

"뭐래? 인간이 되고 싶은 때가 있대?"

새벽이 묻자 별이 대답했다.

"아니, 곧 비가 올 것 같대."

"날씨를 물어봤어?"

"홍익인간 정신에 대해 물어봤어. 너희들도 원숭이를 이롭게 하느냐고. 그랬더니 비가 올 것 같다고 대답했어."

"그게 뭐야……."

"이런 게 바로 인간과 원숭이의 공통점이야. 서로가 한 말을 알아듣지는 못하지만 대화를 주고받는 행위를 하면서 고독에서 멀어지는 거지."

두 사람의 대화에 태양이 끼어들었다.

"여러 번 얘기하지만, 너희 둘은 대화라는 걸 하지 마. 한 놈이라도 정신을 차려."

이쪽 나무에서 힘차게 울던 매미 한 마리가 울음을 뚝 그치더니 저쪽 나무로 포르르 날아갔다. 한 무리의 새들이 지나갔고 갑자기 바뀐 미묘한 공기와 습도 차이를 느꼈다. 정말로 비가 쏟아질 것 같았다. 별이 하늘을 올려다보며 외쳤다.

"인간과 원숭이에게 차이를 두지 않겠다고 약속해! 우리는 같은 영장류이니까!"

태양이 지적했다.

"인간은 원숭이랑은 거리가 멀어. 오히려 아메바랑 가깝지."

"어째서?"라는 새벽의 질문에 태양은 친절히 답변했다.

"아메바는 자신의 의지로 어떤 모습으로든 변화할 수 있는 긴장감을 가지고 있어. 인간도 그렇잖아. 겉모습이든 내면이든 변화할 수 있다고. 각자의 생각에 따라서."

툭툭 빗방울이 떨어졌다. 그들은 엉덩이가 빨간 일본원숭이 우리의 처마 밑으로 들어갔다. 원숭이를 등지고 서서 시원하게 쏟아지는 빗줄기를 구경했다.

별이 새벽에게 손을 내밀었다. 새벽은 자신의 구원이 되어 주었던 그 커다란 손을 잡았다. 손을 잡자마자 그는 처마 밖으로 새벽을 끌어당겼다. 빗속에 고스란히 던져진 그녀의 얼굴로, 머리로, 어깨 위로 수정 구슬 같은 빗방울이 사정없이 쏟아져 내렸다. 빗물이 미지근해서 누군가의 눈물 같았다. 눈물을 맞았더니 전신이 따뜻해지고 말라 있던 부분까지 촉촉해졌다.

별은 맛을 보려고 하늘을 향해 입을 벌렸다. 새벽도 따라서 입을 벌렸다. 태양이 처마 밑에서 소리쳤다.

"빗물 받아먹지 마! 멍청이들아!"

그때 벨이 울렸다. 누구의 휴대폰인지 끊임없이 울렸지만 아무도 전화를 받지 않았다. 태양이 말했다.

"우리의 삶은 누구도 받지 않는 전화벨인 거야. 시끄럽게 절규하지만 스스로는 그칠 수가 없는 거지."

신의 주사위

새벽이 잠에서 깨어났을 때, 부드러운 벨 소리가 울리고 있었다. 엘은 알람을 껐다. 시각은 일곱 시 반이었다. 침대에 누워 있던 그가 몸을 일으켜 앉았다. 그는 커튼을 젖히고 창밖을 바라보았다. 하늘은 화창했다. 새벽은 그가 돌아보면 다시 자는 척 눈을 감을 생각으로 그의 뒷모습을 응시했다. 그는 벌써 다 알고 있다는 듯이 말했다.

"늦기 전에 내려가는 게 좋겠어."

그의 목소리는 지난밤과 달리 차가웠다. 그가 뒤를 돌아보지 않아서 어떤 얼굴을 하고 있는지 볼 수가 없었다. 하룻밤 사이에 달라진 그가 낯설게 느껴졌다.

새벽은 조용히 일어나 비단에 발을 디뎠다. 감각이 없었다. 코가 막힌 것처럼 아무런 냄새도 나지 않아서 별사탕 하나를 꺼내 먹었다. 마지막 하나 남은 별사탕을 창가에 서 있는 엘에게 건넸지만 그는 물끄러미 보기만 할 뿐 받지 않았다. 새벽은 그제야 그의 얼굴을 올려다보았다. 그녀를 보는 엘의 표정은 무섭게 심각했다.

그녀가 꿈을 꾸는 동안에도 그는 깨어 있었다. 아침이 밝아 오도록 잠들지 못했다. 사랑이 그녀를 구할 수 있을 거라 생각했는데 그러지 못했다. 그녀가 아직도 이곳에 있다는 것이 그 증거였다. 그녀가 자신과 함께 보낸 시간은 헛된 시간이었는지도 모른다는 생각에 엘은 초조했다. 새벽의 소중한 하루를 허탈하게 날려 버린 거라면 책임을 져야 했다. 당장 신을 만나러 가야 한다.

새벽이 아래층으로 내려갔을 때 안젤라는 주방에서 아침 식사를 준비하는 중이었다. 아침 식사 준비를 돕겠다고 했지만 안젤라는 그녀를 정원으로 내보냈다. 아직 이른 시간의 숲을 가져가라고 했다. 풀잎에 맺힌 이슬도, 꽃잎을 빳빳하게 피워 낸 꽃들도, 날아가는 새들의 역동적인 움직임도 최초 관찰자의 것이니 가져가도 좋다고 했다.

"가서 두 눈으로 직접 봐. 빛이 어떤 방식으로 세상을 풍요롭게 하는지."

안젤라의 숲은 고요하고 아름다웠다. 빛이 닿은 것은 어느 것이나 강렬한 색채를 뿜어냈다. 손을 뻗어 공기를 만지고, 지금껏 들어 본 적 없는 자연의 소리를 들었다. 새벽은 자신이 보고 있는 모든 것을 기억했다. 작은 것 하나 놓치지 않으려고 더 자세히 들여다보았다. 안젤라가 가져가라고 한 것을 확실하게 챙기려고 노력했다. 그런 노력에도 불구하고 싸늘한 엘의 태도가 머릿속에서 떠나질 않았다.

엘과 새벽은 눈부시게 빛나는 초록의 숲을 바라보면서 아침 식사를 했다. 토스트의 굽기라든가 홍차의 맛에 대해 묻는 안젤라에게 충분히 좋다고 고개를 끄덕였지만 새벽은 아무런 맛도 느낄 수가 없었다. 어제의 일은 꿈이 아니었다. 새벽은 엘을 사랑하고 있었다. 그건 엘도 마찬가지였다. 그러나 그것은 안젤라가 기획한 연극의 한 장면처럼 생각되었다. 맡은 역할을 잘 연기해 낸 새벽과 엘은 아침 식사를 마치면 무대에서 내려가야 하는 사람들처럼 한마디 말도 없었다.

그들은 산에서 내려가기 위해 집을 나섰다. 산 아래 안개가 자욱하게 깔려 있었다. 오늘처럼 산에 안개가 짙은 날은 더욱 화창할 거라는 안젤라에게 엘은 새벽이 듣지 못하도록 속삭였다.

"어제와 같은 장난은 치지 마요. 비가 와도 오늘은 내려가야 하니까."

안젤라는 코를 찡긋하며 엘의 어깨를 툭 쳤다.

"네가 배달해 준 음식이 그리울 거야."

"드론으로 배달하는 시대가 오면 한번 들를게요."

엘은 존경과 감사의 의미를 담아 안젤라의 손등에 가볍게 입을 맞췄다. 안젤라의 얼굴에 화사한 미소가 걸렸다.

"얼마든지 기다릴게."

안젤라와 새벽은 눈이 마주치자마자 누가 먼저랄 것도 없이 애틋하게 포옹했다.

"여러모로 감사했습니다."

"도움이 필요할 땐 언제든 놀러 와."

"네, 다음에 꼭 다시 올게요."

"기억해. 삶은 주어지는 게 아니야, 직접 만드는 거야."

새벽은 고개를 끄덕였다. 아쉬움이 가득한 작별 인사를 마치고 산길을 내려왔다. 내려오는 길은 매우 빠르고 편했다. 올라갈 땐 구불구불한 미로 같았다면 내려올 때는 에스컬레이터를 탄 것처럼 눈앞에 평탄하게 길이 뻥 뚫려 있었다. 마치 엘이 길을 만들어 가는 것처럼 아무렇게나 발을 내딛는 그의 앞에 길이 나타났고, 엘은 앞만 보며 거침없이 나아갔다.

두 사람은 말이 없었다. 새벽은 여전히 불안했지만 그가 손을 꽉 잡고 있어서 다른 생각은 할 수가 없었다. 엘은 산에서 내려오는 동안 한 번도 그녀의 손을 놓지 않았다. 차를 타고 오는 동안에도 그는 운전에만 집중했다. 가는 길에 병원에 들러서 약을 더 달라고 할 생각이었는데, 아무리 달려도 병원은 나타나지 않았다. 그녀의 약은 아침에 엘이 거절한 한 알만 남아 있었다. 그것마저 엘이 먹었더라면 새벽의 상태는 더욱 위험할 뻔했다.

엘은 최고 속도로 도로를 질주하면서도 새벽이 괜찮은지 수시로 확인했다. 엘의 예상대로 뿌옇게 습기 찬 유리창처럼 새벽의 기억은 흐릿해져 갔다. 엘의 존재는 분명히 느낄 수 있는데 머리 위에 떠 있던 눈부신 빛은 찾을 수가 없었다. 차가운 손끝에 감각이 무뎌지고 옆구리 쪽에서 느껴지는 통증이 심해졌다. 날카로운 가시에 찔린 것처럼 살과 내장이 찢어지는 고통이었다.

새벽이 식은땀을 닦아 내며 물었다.

"나, 아직은 자서전이라고 하기에 부끄럽지만, 일기를 쓰고 있어. 괜찮다면 내 일기장에 네 얘기를 써도 될까?"

그를 빼고는 스무 살의 페이지에 어떤 것도 쓸 수 없을 것만 같았다. 머릿속에 이미 완성된 그녀의 자서전에는 그가 너무 많은 페이지를 차지하고 있어서 지울 수도, 찢어 낼 수도 없었다. 그래서 허락을 받고 싶었다. 어느 것 하나 빠트리지 않고 그와 함께한 모든 시간, 모든 대화를 생생하게 기록해 놓을 것이다. 일생일대의 첫사랑에 대해서.

엘은 그렇게 하라고 했다.

"언젠가 네 자서전이 완성되면 나에게도 보여 줘."

"응."

새벽은 마지막 남은 별사탕 하나를 꺼내 먹었다. 입안에 번지는 달콤함은 어린 시절의 기억을 떠오르게 했다. 엄마가 집을 떠났을 무렵, 새벽은 한밤중에 배가 자주 아팠다. 그럴 때마다 아빠는 새벽에게 약을 먹이고 아랫목에 눕힌 뒤 두툼한 손바닥으로 배를 살살 쓸어 주었다. 그러면 아프던 배가 금방 나았다. 그때 먹었던 약 맛이 지금 입안에 똑같이 느껴졌다. 달콤함이 사라져 갈 때쯤 희미하게 깨달음이 번졌다.

'아, 그때 내가 먹은 건 약이 아니라 별사탕이었구나.'

약을 먹고 싶어서 배가 아팠던 것인지, 아니면 아빠의 손길을 받고 싶어서 아팠던 것인지는 모른다. 약은 금세 통증을 가라앉혔고, 새벽은 편안하게 잠이 들었다. 엄청난 플라세보 효과에 자신도 모르게 웃어 버렸다.

그 마법 같은 효과는 지금, 이곳에서도 작용했다. 차츰 고통이 사라지고 엘의 얼굴이 또렷하게 보였다. 엘은 웃고 있지 않았다. 그러나 그의 두 눈은 확신으로 빛나고 있었다. 새벽은 그의 내면에 매우 큰 변화가 일어났다는 것을 알았다. 그녀가 태양의 집을 나올 때처럼, 잔잔하던 수면에 거친 파도가 칠 만큼 커다란 변화가 그에게 일어난 것이다. 그가 겪고 있는 내면의 갈등은 사랑을 부정하는 것도 아니었고, 두려워하는 것도 아니었다. 그는 어딘가를 향해 나아가려 하고 있었다.

새벽은 궁금했지만 아무것도 묻지 않았고, 어떤 약속도 하지 않았다. 다만, 사랑을 했다는 것만 기억했다.

☾　☾　○

새벽이 자취방으로 돌아왔을 때, 태양, 별, 루나가 들이닥쳤다. 난생처음 외박하고 아침에 들어온 그녀는 곧바로 아르바이트를 하러 나가야 했다. 그리 먼 여정도 아니었고, 푹신한 침대에서 잠도 잘 잔 덕분에 피곤하지는 않았지만 소란스러움이 썩 반갑지는 않았다. 그들은 쉬고 싶어 하는 그녀의 마음은 아랑곳하지 않고 방 안에 자리를 잡고 앉았다.

태양이 다그쳐 물었다.

"엘이 어디까지 말했어? 끝까지 다 털어놨어?"

새벽은 갈아입을 옷을 들고 욕실로 들어가면서 시큰둥하게 대꾸했다.

"대화에 페이지 수가 기록되어 있다면 몇 페이지 몇째 줄이라고 대답하겠지만 뭐라고 대답해야 할지 모르겠네. 어디까지 말했어야 하는 건데?"

별은 늘 그랬듯이 한쪽 구석에 웅크리고 누웠다. 루나가 말했다.

"어제 네가 간 그곳은 우리가 갈 수 없는 곳이야. 갓 씨는 일부러 너를 엘과 함께 그곳에 보낸 것 같아. 갓 씨가 하는 일에는 의도가 있어. 내 생각엔 널 사랑에 빠트리려는 거야. 그게 널 구원할 수 있는 열쇠가 되는 거고. 내 예감은 틀리지 않아."

욕실에서 새벽의 목소리가 들려왔다.

"그랬다면 갓 씨의 계획이 성공했다고 볼 수 있어."

사랑에 빠지긴 했다. 그러나 구원이니 열쇠니 그런 게 되었는지는 모른다. 엘도 아마 같은 생각을 했을 것이다. 서로를 위해 온 마음 다해 사랑을 주었는데 그가 말한 문도 루나가 말한 열쇠도 뿅 하고 나타나질 않았으니 실패한 마술사처럼, 혹은 실패하는 게 마술이었던 것처럼 히탈한 표정을 지을 수밖에 없었던 것이다. 사랑은 답이 아니었나 싶은 생각도 들고, 심지어 사랑을 한 게 아닐지도 모른다는 의심마저 들었다.

태양이 중얼거렸다.

"뭐야, 엘 그 녀석 정말 아무 말도 안 한 거야?"

명품 드레스 대신 시즌 오프로 반값에 산 바지와 티셔츠를 입은 새벽은 단발머리를 잡히는 만큼만 질끈 묶고, 노트와 연필을 가방에 챙겼다. 아르바이트 가야 할 시간이었다.

태양은 현관으로 나서려는 새벽의 팔을 잡고 물었다.

"엘이 아무 말도 안 했어?"

새벽이 짜증스럽게 대꾸했다.

"무슨 말을 했어야 하는 건데? 사랑한다는 말? 그런 말은 굳이 하지 않아도 느낄 수 있어. 그러니까 안 해도 상관없다고!"

새벽은 엘에게서 받은 상처를 태양에게 고스란히 뱉어 냈다. 내색하지 않고 참았는데 결국 터지고 말았다. 사실은 서운했다. 사랑한다고 말해 주기를 바랐다. 다시 만날 약속이라도 잡게 될 줄 알았다. 그는 어떤 기약도 없이 그녀를 내려놓고 잽싸게 사라져 버렸다. 하룻밤 만에 버림받은 여자가 된 걸 인정하기 싫어서 버텼다. 설탕에 절여지기도 전에 꺼내진 쭈글쭈글한 오이가 된 기분이었다.

태양은 늘 그렇듯 비참할 여유도 주지 않고 몰아붙였다.

"사랑을 했어? 아, 그런데 오늘 또 아르바이트를 가는 거야? 이로써 타인에 대한 사랑은 스스로를 구하지 못한다는 게 증명된 셈이네. 인생을 망치고 허비할 뿐이라는 거. 근데 어떡하냐? 이제 선택의 여지가 없는데. 네가 날 사랑하게 될 거라고는 기대 안 해. 그러니까 우리 다 같이 여기에서 작별 인사나 해야겠다. 아주 대단한 사랑하느라 수고하셨네!"

새벽이 그의 가슴을 두 손으로 힘껏 밀쳤다.

"너 진짜 뭐야? 무슨 말을 하고 싶은 건데? 무엇 때문에 내 앞에 나타나는 거냐고!"

그녀의 외침에 잠들어 있던 별이 눈을 떴다. 태양의 눈동자가 검은 대지를 쩍쩍 가르고 붉어졌다.

"뭣 때문에 네 앞에 나타나는 거냐고 물었어? 그건 내가 묻고 싶은 말이야. 넌 왜 자꾸 나를 부르는 건데? 내가 필요 없으면 이성 따위 팽개쳐 버리면 되잖아. 엘이 너한테 사랑을 해야 한다고 꼬드겼나 본데, 걔가 말하지 않은 게 있어. 사랑으로 깨어나는 방법은 두 가지라는 거. 엘과 사랑을 했다고 했지? 그런데 아직도 눈앞에 내가 알짱거린다는 건 네가 깨어나는 데 실패했다는 뜻이야. 남은 하나는…… 됐다, 관두자. 이제 그것도 끝난 것 같으니까."

새벽은 태양의 눈을 똑바로 보았다.

"엘이 말했어."

"뭐라고?"

"방금 네가 한 말들을 엘이 했다고. 사랑이 나를 깨울 수 있다는 말, 산에서 내려가서 너와 별을 사랑해야 한다는 말, 네가 날 사랑하고 있다는 것까지 전부 디."

태양의 동공이 심하게 흔들렸다.

"그래서 넌? 나를 사랑할 수 있어? 엘만큼? 아니면 엘보다 더?"

"비켜. 알바 늦어."

새벽의 어깨가 그의 가슴을 치고 지나갔다. 일말의 자비도 없는 그녀의 태도에 태양의 눈동자는 까맣게 식어 버렸다. 태양은 힘없이 그녀의 팔을 잡았다.

"아직 시간은 남았어. 다른 방법을 찾아보자. 사랑은 하나의 상징적인 단어일 뿐이야. 신이 없지만 있다고 믿는 것처럼. 허구의 세계에서는 무엇이든 가능하니까."

새벽은 그에게 팔을 잡힌 채 허공을 바라보았다. 두 사람 사이에 먹먹한 침묵이 흘렀다. 이렇게까지 말하고 싶지 않았는데, 끝까지 착실하게 냉정한 그를 흔들 방법은 한 가지밖에 생각나질 않았다. 새벽이 태양을 노려보며 물었다.

"만약 내가 널 사랑한다면?"

태양은 믿을 수 없다는 표정으로 그녀를 보았다. 말로 할 수 없는 것을 눈물이 대신 증명이라도 하듯, 새벽의 눈에 뜨거운 눈물이 차올랐다. 그녀는 말문이 막힌 태양의 옷깃을 양손으로 꽉 잡고 코끝이 닿을 듯 바짝 끌어당겼다. 그리고 어느 때보다 뜨겁게 진실을 말했다.

"열받고 자존심 상하지만, 난 이미 널 사랑하고 있어. 네 목을 끌어안고 키스를 퍼붓고 싶을 만큼. 그러니까, 사랑이 없다는 말은 하지 마. 내가 너에게 느끼는 감정은 사랑이 분명하니까."

〔〔 〔 ○

새벽은 주택가를 벗어나 공원으로 향했다. 온 세상이 과하다 싶을 정도로 나뭇잎이며 꽃이며 곤충이며 살아 있는 무언가로 가득 차 있었다. 햇빛은 강했고, 걷고 있자니 땀이 흘렀다. 기분은 이상할 정도로 착 가라앉았다. 태양은 집을 나가 버렸고, 별과 루나가 어떻게 생각할지 그런 것까지 따질 여유는 없었다.

밤사이 엘의 태도가 변한 이유를 나름대로 추측해 보았지만, 어떤 답도 끌어내지 못했다. 호숫가에서 사랑을 나누고, 안젤라의 집으로 돌아와 침대에 누울 때까지도 행복한 감정이 주체할 수 없이 흘러나왔다. 그날 일어난 모든 일을 한순간도 빠짐없이 떠올려 보았다. 서로의 구원이 되리라는 것을 확신했다. 각자의 과거를 이야기하고 위로하느라 내일에 관한 이야기는 미처 나누지 못했지만 서두르고 싶지 않았다. 미래에 관해서라면 앞으로 얼마든지 얘기할 시간이 있을 거라 생각했다.

'엘은 대체 무엇을 생각하고 있는 걸까? 무엇이 그를 한순간 멀어지게 만들었을까?'

생각에 빠진 채, 무작정 걷던 그녀는 엘을 발견하고 걸음을 멈추었다. 그는 한 여자와 함께 공원을 거슬러 새벽이 있는 쪽을 향해 빠르게 걸어오고 있었다.

새벽은 나무 뒤로 몸을 숨겼다. 두 사람은 속도를 유지하면서 걷기와 말하기를 반복했다. 그들은 다투고 있었다. 여자는 소금 화가 난 것 같았다. 스스로 생각하기에도 어처구니가 없지만 남자 친구가 연락도 없이 외박한 것에 대해 추궁하는 것처럼 보였다. 엘이 뭐라고 말을 하면 여자는 세차게 발을 구르며 악을 쓰고 머리를 흔들었다.

그녀의 얼굴에는 기품과 우아함이 넘쳐흘렀다. 연한 갈색으로 빛나는 머리카락 한 올까지 사랑스러웠다. 화려한 옷과 보석이 아름다움을 더했다. 신비로운 이목구비가 엘을 닮았다. 두 사람은 한 상자에 담겨 나온 초콜릿처럼 완벽하게 어울렸다. 그녀가 빠진 틀 안에 자신을 구겨 넣을 수 없을 거라 생각한 새벽은 한숨을 내쉬었다.

'자존감의 미완성인가? 이래서는 사랑을 고백할 자격도 없어.'

마음속 소란을 진정시키기 위해 나무 기둥에 등을 대고 바닥에 풀썩 앉았다. 목소리가 선명하게 들리지는 않았지만 여자는 설득하고 애원했다. 엘의 손을 잡고 흔들기도 하고 목에 매달려서 입맞춤을 요구하기도 했다. 하지만 엘은 그런 그녀를 본체만체하며 새벽이 숨어 있는 나무 근처까지 다가왔다. 새벽은 나무 기둥에 딱 붙었다. 엿들을 생각은 없지만 들키고 싶지 않았다.

엘의 목소리가 어렴풋이 들렸다.

"그런 얘기는 하고 싶지 않아. 걔가 알아야 할 필요도 없고."

"네가 사랑해야 할 유일한 사람은 바로 나야!"

"알아, 하지만……."

"엘, 제발 한 번만 날 사랑한다고 해 줘. 그럼 이 모든 악몽을 끝낼 수 있어."

"널 사랑한다고 해도, 내가 해야 할 일은 따로 있어."

그의 입에서 '사랑한다'는 말이 나오는 순간 공원 전체가 무너질 듯이 흔들렸다. 두 사람은 새벽을 지나쳤고, 우아한 그녀는 계속해서 그를 다그쳤다.

"네가 할 일은 나를 받아들이는 거야. 말로만 사랑한다고 하지 말고, 진심을 보여 달란 말이야!"

새벽은 당당하게 사랑을 요구하는 그녀의 용기에 놀랐다. 그 솔직함에 엘도 더 이상 그녀를 밀어내지 못했다. 나무 뒤에 숨어 있는 자신의 비겁함에 실망한 새벽은 스스로 초라해지는 걸 느꼈다. 그의 앞에 나설 자신이 없었다.

새벽이 반대 방향으로 몸을 돌리려는 그때, 앞을 향해 걷던 엘은 어떤 직감에 의해 뒤를 돌아보았다. 그는 새벽을 발견하고 걸음을 멈췄다. 엘과 함께 있던 여자도 새벽을 보았다. 그녀는 노골적인 눈빛으로 설명을 요구하고 있었지만 당황한 새벽은 아무 말도 할 수 없었다. 그녀는 핑크빛 보석 같은 눈동자로 새벽을 노려보며 말했다.

"엘은 절대로 너를 사랑하지 않아! 그럴 수도 없고, 그렇게 하도록 내버려두지도 않을 거야. 사랑 따위의 유치한 감정에 낭비할 시간 있으면 너 자신을 돌아봐. 네 삶이 얼마나 얄팍한지 깨달으란 말이야. 삶의 의지도 없이 영혼의 길을 떠돌고 있는 약해 빠진 넌 엘에게 어떤 도움도 줄 수 없어. 그러니까 가까이 오지 마!"

그녀의 목소리는 분노와 원망이 뒤섞여 있었다. 새벽이 그녀에게 모진 말을 듣는 동안 엘은 침묵을 지켰다. 그는 어느 때보다 더 멀게 느껴졌다. 지난밤 그토록 뜨겁게 사랑을 나눈 사람이 맞는지 의심스러웠다.

당신이 왜 그런 말을 하는 거냐고 새벽이 묻자 그녀의 목소리는 더욱 날카로워졌다.

"엘은 이곳에서 수많은 계절을 보냈어. 156번째 겨울이 오고 있다고! 그게 어떤 의미인지, 엘이 지금 어떤 상황인지 넌 관심 없겠지. 너 때문에 주사위를 돌려주게 되면 엘은……."

엘은 손으로 그녀의 입을 틀어막았다. 놓으라며 발버둥 치는 그녀를 번쩍 안고 도망치듯이 멀어졌다. 멀어지며 그녀가 필사적으로 외쳤다.

"너도 이틀 안에 깨어나지 못하면 소멸하게 될 거야! 잘난 너 자신이나 사랑해 버려!"

그들이 사라지고 나서야 새벽은 어딘지 모를 낯선 곳에 와 있다는 사실을 깨달았다. 정체를 알 수 없는 여자의 필사적인 목소리에 마음이 심란했다. 새벽은 가까운 벤치에 앉았다. 그는 무언가를 숨기고 있었다. 그녀를 속였는지 아닌지 몰라도 다른 여자와 함께 있는 걸 들키고서도 묘하게 초연했던 그의 태도는 확실히 이상했다. 엘은 어떤 변명도 없이 공원을 가로질러 가 버렸고, 생각했던 것보다는 덜 괴로웠다는 것이 새벽의 솔직한 심정이었다. 질투나 분노는 일지 않았다. 예상하지 못한 상황에서 적어도 사건을 객관적으로 바라볼 수 있는 여유가 생겼다. 새벽이 궁금한 것은 여자의 정체나 엘의 진심이 아니라 그가 처한 상황이었다. 분명 그 여자가 "엘이 지금 어떤 상황인지 넌 관심 없겠지."라고 했다. 엘이 어디까지 말했느냐고 묻던 태양도 떠올랐다. 그가 말하지 않은 것이 분명히 있었다.

새벽은 자신이 잊은 것이 무엇인지 알아내기 위해 기억을 더듬었다. 기억을 더듬으면 공황 상태에 빠지게 된다는 것을 여러 번 겪어서 알고는 있지만 되짚는 것을 멈출 수가 없었다. 일주일 전 기억을 끄집어내려 애쓸수록 머리가 아프고 속이 울렁거렸다. 얼핏 떠오르는 장면은 어젯밤에 꾼 꿈만큼이나 불분명했다.

옥상에서 별이 한 말이 생각났다.

'의지 과다. 넌 해냈어.'

무엇을 해냈다는 거지?

태양이 한 말도 떠올랐다.

'진짜 두려운 건 눈에 보이지 않는 곳에 있어.'

눈에 보이지 않는 곳이란 어디를 말하는 거야?

현기증이 나서 옆을 돌아보는 순간 루나와 눈이 마주쳤다. 하마터면 놀라서 소리를 지를 뻔했다.

"언제부터 여기 있었어?"

새벽의 질문에 루나는 대답 대신 턱을 쓸었다. 그러면서 혼자 중얼거렸다.

"그녀는 엘의 이성적 자아인가? 태양이랑 붙었더라면 그 싸움

볼만했겠군. 엘은 꽤 괜찮은 녀석인 것 같았는데, 어쩌면 이성을 잃고 살아가는 게 더 정상적일지도……."

알 수 없는 말들의 연속이었다. 루나는 새벽의 어깨에 손을 올렸다. 그리고 표정은 다정하게, 말투는 냉정하게 속삭였다.

"너무 쉽게 포기하지 마. 사랑은 싸워서 쟁취하는 전유물 같은 게 아니야. 넌 지금 잘하고 있어. 본능이 시키는 대로만 행동해."

새벽은 루나에게 정중히 부탁했다.

"미안한데 수수께끼 같은 말들에 난 몹시 지쳤어. 알기 쉽게 설명하든가 아니면 아무 말도 하지 말아 줘."

루나가 웃으며 말했다.

"네가 시 강연회 대신 돈을 택하는 바람에 내가 태양과의 내기에서 졌던 거 기억나? 내기에서 이긴 사람이 먼저 너에게 사랑한다는 말을 하기로 했었는데, 태양은 약속을 지키지 않았어."

루나의 말을 듣고, 새벽은 그날의 기억을 되짚었다. 그땐 자신을 두고 두 사람이 내기했다는 말에 화가 났다. 이긴 사람이 먼저 사랑한다는 말을 하기로 했었다니……. 진수성찬을 앞에 두고 내기에 대해 따져 물었을 때 "그 녀석, 대체 무슨 말을 한 거야?"라며 피식 웃던 태양의 미소가 떠오르자 애틋함에 마음이 울컥했다.

루나가 말을 이었다.

"태양은 약속을 지키지 않은 게 아니라 지킬 수 없었던 거야. 너에게 거절당할까 봐 두려웠던 거지. 이성은 철저하게 경험을 바탕으로 판단하니까. 사랑을 가장 두려워했던 건 너의 감성이나 본능이 아니라 이성이었어."

누구보다 강하고 뻔뻔하다고 생각했던 태양이, 사랑을 하면서도 사랑한다는 말을 끝내 내뱉지 못했다는 사실에 새벽은 숙연해졌다.

'바보는 내가 아니라 태양이었어.'

비현실적인 일은 겪을 만큼 겪었을 테고, 시간은 이틀밖에 남지 않았다. 더는 놀랄 일이 없을 거라 생각한 루나는 새벽에게 '진실'을 털어놓기로 했다.

"그들의 겉모습은 네가 원하던 그대로야. 무의식 속에 저장된 이상형의 모습으로 나타났으니까. 영혼이 육체와 분리될 때 깨어져 나오는 자아들은 본체와 닮았으면서도 최상의 아름다움을 실현하는 데 온 힘을 쏟기 때문이지. 이유는 당연히…… 자기 자신을 사랑하도록 만들기 위해서야."

새벽은 눈을 크게 뜨고 물었다.

"누가? 무엇이?"

"이쯤 되면 너의 이해력에 약간의 문제가 있다고 본다. 어차피 이 벤치에서 일어서는 순간 나와의 대화는 흐릿하게 잊힐 거고 넌 또다시 설명을 요구할 거야."

새벽은 가방에서 노트와 연필을 꺼냈다. 그녀가 어떤 말을 하더라도 받아들일 각오를 했다.

"내 기억에, 내 몸에, 내 인생에 무언가 커다란 문제가 생겼다는 거 나도 알아. 받아 적을 준비 됐으니까 이제 말해."

연필을 꼭 쥔 새벽의 앙상한 손등을 보고, 루나는 결심한 듯 말했다.

"좋아, 넌 그날 옥상에서 떨어져서 의식을 잃은 상태고, 죽음이 가까워져 오고 있어. 이 모든 건 네가 죽기 전에 만들어 낸 환각이야."

첫 문장부터 막혔다. 새벽은 차마 받아 적지 못하고 황당한 얼굴로 루나를 쳐다보았다.

"뭐라고?"

"이곳은 네 안에 있는 무의식이 너의 기억에 의존해 더없이 충실하게 재현해 낸 허구의 세계야. 깨어나는 방법은 삶의 의지를 발현하는 거고. 삶의 의지는 보다시피 위대한 사랑을 통해서 발현될 거라는 결론을 내렸어. 자기 자신에 대한 사랑을 완성하는 게 먼저겠지만, 난 타인에 대한 사랑도 널 구할 수 있을 거라고 믿어."

새벽은 들리는 대로 받아 적으면서도 루나의 말을 끊임없이 부정했다.

"그럴 리가 없어. 난 멀쩡히 여기 있어. 그런 일은 일어날 수 없어. 믿지 않아."

"믿든 안 믿든 그건 너의 자유야. 난 너에게 설명해 줄 뿐이고. 태양은 너의 이성적인 자아고 별은 감성적인 자아야. 난 너의 영성靈性을 담당하고 있어. 네 삶에 영감을 주는 길잡이인 셈이지. 우리는 네 안의 우주가 깨지는 절체절명의 순간, 널 구하기 위해 밖으로 튀어나왔어. 지금 너에겐 빛나는 지성과 본능밖에 없어. 앞으로 이틀 안에 살고자 하는 강력한 의지가 발현되지 않으면 넌 코마 상태에서 깨어나지 못할 거야. 그럼 우리는 영원히 소멸하게 돼."

그녀는 터무니없는 이야기를 늘어놓았다. '코마 상태라니. 내가 지금 이렇게 숨 쉬고, 버젓이 깨어서 돌아다니는데 뭘 어떻게 깨운다는 거야?' 묻고 싶었지만 더는 반박할 수가 없었다. 지극히 비현실적인 대화였지만 새벽은 루나가 진실을 말하고 있다는 느낌을 받았다.

루나는 새벽의 무릎 위에 놓인 노트와 연필을 빼앗아 쓱쓱 그림을 그렸다. 노트 한가운데 사람 하나를 그려 놓고 머리 위에 "봄새벽"이라고 썼다. 봄새벽 주변에 귀여운 캐리커처 세 개를 그린 뒤 "별, 태양, 루나"라고 각각 이름표를 붙였다. 그러고는 새벽이 알아듣기 쉽게 설명을 시작했다. 새벽은 그녀의 그림을 유심히 들여다보았다.

"자 보이지? 가운데가 너야. 그리고 우리 셋은 너의 일부분이야. 그러니까 너는 우리고, 우리는 너라는 뜻이야. 태초에 네가 엄마 뱃속에 생겨났을 때부터 우리는 존재했고, 지금까지 연결된 거지. 우리는 너의 과거, 현재, 미래를 공유해. 나를 믿으라는 얘기는 너 자신을 믿으라는 말이고, 태양과 별을 사랑해야 한다는 말은 너 자신을 사랑하라는 의미였어. 네가 정신을 차리고 깨어나야만 흩어져 나온 우리가 다시 네 안으로 들어가 하나로 합쳐질 수 있어. 부서진 너의 우주를 재창조할 수 있다는 뜻이야."

약간의 충격과 약간의 놀라움. 새벽은 이상하리만치 담담했고, 머릿속에서 조용히 수렴의 과정이 진행되었다. 본인이 정상이 아니라는 걸 부지불식간에 알고 있었던 깃일까? 그리고 보니 태양의 집도, 안젤라의 숲속 오두막도 새벽이 언젠가 책에서 보았던 풍경을 그대로 묘사해 낸 것이고, 갓 씨의 레스토랑 역시 어느 소설 속 인상 깊었던 이미지를 재현해 낸 공간이었다. 의사가 준 별사탕도 새벽의 어린 시절 기억을 끄집어내어 무의식 속 새벽이 느끼는 환각통을 가라앉혀 주었던 것이다.

새벽은 늘 잠재의식 깊은 곳에서 엄마를 떠올리고 그리워했다. 안젤라에게서 엄마의 모습을 찾았고, 따뜻한 애정을 느꼈다. 안젤라는 10년 전 꿈속에서 보았던 엄마의 모습과 비슷했다. 왜 그걸 진작 눈치채지 못했을까?

'넌 길 위에 있어. 너의 페르소나를 찾는 길.'

새벽은 자신이 세상으로부터 분리되었다는 것을 이해했다. 지금까지의 일들이 질서정연하게 제자리를 찾아 척척 퍼즐을 완성하자 운명이 펼쳐 놓은 분명한 의도를 파악할 수 있었다.

'이곳은 어떤 식으로 말하고 행동하든 인생에 아무런 흔적도 남지 않을 공간이라는 말인가?'

깨어난 이후에 '기묘한 꿈을 꾸었다'는 정도로만 해석되고, 반나절이면 기억에서 영원히 지워질 환상이라면 지금이야말로 억압된 욕망을 날뛰도록 풀어놓을 기회였다. 신중할 필요도 없고, 자신을 숨기거나 타인을 속일 이유도 없다. 품고 있는 감정을 고스란히 드러내고 미친 사람처럼 마음껏 다녀도 세상과 공유되거나 과거, 미래로 연결될 염려 없는 그녀만의 꿈속이었다.

"너의 감성은 너를 똑똑하게 만들지는 못해도 행복하게 만들어

줄 수는 있어. 느끼게 하고 생각을 마비시키기도 해. 판단을 흐려 놓지. 대신 널 화나게 하는 일은 없어. 반대로 이성은 모든 일에 의심을 하고 대응하지. 대담하게 논쟁하고, 맞서 싸우고, 유리한 방향으로 이끌어 가기 위해 수단과 방법을 가리지 않아. 그래서 네가 태양과 다툴 수밖에 없었던 거야. 경험이나 지식을 통해 무의식에 저장한 것들을 바탕으로 생각하고 움직이니까. 이성과 감성, 둘이 싸우면 감성이 전적으로 이성을 압도하게 돼. 태양은 별을 이길 수 없어."

새벽은 자신이 왜 그렇게 태양과 다투었는지, 별과 함께 있을 때 느꼈던 편안함과 유대감의 원천이 무엇인지 이해했다. 그리고 그들이 없는 안젤라의 숲에서, 이성과 감성 없이 오직 본능만으로 엘을 대했다는 걸 알았다. 그녀를 사랑으로 이끈 것은 본능이었다. 새벽은 눈을 감았다. 폭풍 같은 순간이 그녀의 가슴을 훑고 지나갔다. 엘에 대한 감정이 홍수처럼 범람했고, 태양과 별에 대한 사랑이 뜨겁게 흘러넘쳤다.

루나가 말했다.

"자, 이제 어떻게 할 건지 선택해. 자아를 찾아 떠날 건지, 아니면 엘 옆에 남을 건지."

"별은? 별은 내가 누구를 사랑하길 원해?"

"걔는 구제 불능일 정도로 감성파야. 감성적 자아에게 사랑이란 생명 그 자체니까 네가 어떤 대상을 사랑하든 별이랑은 상관없어. 사랑에 의해 감성은 확장될 뿐이야. 사랑을 하지 않는 것이야말로 감성의 메마름, 즉 별의 소멸이지."

별을 위해서라도 사랑은 반드시 해야 한다. 그렇지만 누구를 선택해야 할지 판단이 서질 않았다. 엘을 사랑한다. 깨져 버릴 꿈일지라도 이곳에 이대로 남아 그와 함께하고 싶었다. 그녀에게 포기라는 건 편안함과 곧바로 연결되는 것이었지만 엘을 포기하는 건 어려웠다. 그러나 그 전에 자기 자신을 사랑하지 않으면 안 된다. 그건 불완전한 사랑에 불과했다. 새벽은 어떤 결정도 쉽게 내리지 못했다.

"어떻게 해야 할지 모르겠어. 도와줘."

새벽의 간절한 요청에 루나가 대답했다.

"이제 그만 일어나서 걸어. 가려고 했던 곳으로 가. 답은 그곳에서 찾을 수 있을 거야."

새벽은 자신의 영감을 따르기로 했다. 서둘러 레스토랑으로 향했다. 갓 씨가 그녀를 반겼다. 새벽이 지각하는 바람에 그가 손수 테이블을 닦고 의자를 정리했다. 온갖 꽃향기가 통하도록 창문을 활짝 열어 놓았다. 손님은 한 명도 없었다. 그는 부서진 입간판을 오늘에서야 고쳐야겠다며 목장갑을 꼈다. '아이 갓 에브리싱'이라고 한글로 붙어 있는 조각에서 떨어진 글자들을 찾아서 목공 풀로 붙였다. 가게는 '아임 더 갓 오브 에브리싱'이라는 원래 이름을 되찾았다. '나는 모든 것을 가졌다'라는 식당 이름이 한순간 '나는 모든 것의 신이다'로 바뀌었다.

새벽은 간판을 물끄러미 바라보다가 갓 씨에게 당신이 신이냐고 대뜸 물었다. 갓 씨는 그렇게 보이냐면서 허허 웃었다. 돌멩이 하나를 갖다가 앞에 놓고 신이라고 믿는다면 그것이 신인 것이고, 신을 앞에 놓고 아니라고 믿는다면 아닌 것이라고 했다. 그러니까 이 모든 건 공허한 망상이거나 환각이거나 아무것도 아니다.

　새벽은 이 세계가 자신이 만들어 낸 무의식의 환각이라는 것을 어떤 방식으로 느껴야 하는지 감이 잡히지 않았다. 높은 곳에서 또 한 번 뛰어내려 볼 수도 없고, 누군가에게 여기가 어디냐고 물어볼 수도 없었다. 지나가는 사람들은 그녀가 생에 한 번쯤 만났거나 스쳐 간 기억 속의 인물들이겠지만 아는 얼굴은 하나도 없었다.

　'그렇다면 엘은?'

　빛 조각을 머리에 띄운 남자는 사랑이라고 착각하도록 만들어 낸 무의식의 허상이라는 말인가? 그렇게 생각하는 순간, 그와 함께했던 어제가 아득히 먼 과거의 일처럼 느껴졌다. 낮잠을 자면서 꾸고 있는 꿈의 일부분 같기도 했다. 흐려져 가는 기억에 모든 것이 무의미해졌다. 새벽은 절망스러운 얼굴을 손으로 감싼 채 주저앉았다. 울고 싶지만 울음은 나오지 않았다.

　남아 있는 지성과 본능만으로 상황을 헤쳐 나가기엔 너무 버거웠다. 이 모든 게 허상이라면 그녀는 그를 사랑할 이유도 상처받을 이유도 없다. 사랑은 새로운 시작이 아니라 그녀가 겪고 있는 이 기묘한 환상의 끝이었다. 루나의 말이 사실이라면 새벽은 부서진 자아들을 하나로 모으고 자신을 깨워야만 한다. 그렇지만 방법을 알지 못했다.

새벽의 혼란스러움을 눈치챈 갓 씨가 말했다.

"이곳은 방황하는 영혼이 자신의 길을 찾기 위해 잠시 들르는 곳이야. 오래 남아 있는 것은 좋지 않아. 새벽 씨만 떠나야 하는 게 아니라 엘도 자신을 찾아 떠나야만 해. 상대가 길을 찾도록 보내주는 것도 사랑의 한 방식이지."

갓 씨는 가게 안을 정리했다. 장사를 시작하기 위한 정리가 아니라 가게 문을 닫기 위한 정리였다. 그는 테이블 위로 의자를 올리고 물기가 마른 컵 위에 깨끗한 천을 덮고, 식기를 상자에 가지런히 담았다. 새벽은 멍하니 서 있기만 했다.

식당 안을 부지런히 뛰어다니며 일을 했던 시간이 정말로 있었는지 믿기지 않았다. 임종을 앞둔 아흔 살의 노인이 흑백 사진을 들여다보며 과거를 회상하듯이 애수 가득한 눈으로 바로 어제의 일을 회상했다. 팔다리를 힘차게 움직이며 살아 있는 걸 느꼈던 그 시간이 환상일 리 없었다. 아련함에 코끝이 찡해졌다.

옥상에서 태양과 별을 만난 순간을 생각했다. 루나를 만나고, 시 강연을 들은 일을 생각했다. 태양의 집에서 있었던 일들과 엘과의 만남과 안젤라의 호수를 생각했다. 새벽을 여기까지 오게 하고, 그녀에게 진정한 사랑의 기쁨을 알게 해 준 것은 태양과 별과 루나였다. 그녀의 작은 우주가 그녀를 엘에게로 이끌었다.

새벽은 흩어져 나온 자아들이 자신을 위해 얼마나 애쓰고 있는지, 어떤 방식으로 자기 삶에 관여하고 있는지 조금은 알 것 같았다.

그들을 되찾지 못하면 새벽은 육체만 겨우 살아 있는 껍데기일 뿐이었다. 그녀에게는 엘을 사랑하는 것보다 먼저 해야 할 일이 있었다. 자신에게서 떨어져 나온 자아를 한곳으로 모아 온전한 형태로 결합하는 일, 조각조각 나눠진 이성과 감성과 영성을 제자리로 돌려놓는 일, 바로 자기 자신을 찾는 일이었다.

갓 씨는 그녀가 어떤 결정을 내릴지 알고 있던 사람처럼 모든 정리를 마치고 밖으로 나와 가게 문을 닫아걸었다. 청량하게 부는 바람에 노란 나뭇잎이 후드득 바닥으로 떨어져 테라스 위를 굴렀다. 하늘이 푸르고 날씨는 쾌청했다. 청명한 가을이었다.

"오늘은 날씨가 좋아. 천국을 구경하기 딱 좋은 날이군. 같이 가고 싶다면 얼마든지 데려가 주지."

그녀는 한 걸음 물러서서 '아임 더 갓 오브 에브리싱'을 바라보았다. 이곳에서 일한 건 고작 3일이었지만 세 계절은 보낸 것 같다. 갓 씨는 차에 올라 새벽을 기다렸다. 새벽은 마음이 시키는 대로 가게 앞 테라스에 머물렀다. 마음을 따랐을 때 결과적으로 자신에게 유리하다는 걸 경험을 통해 배웠다. 차를 놓치게 되면 그것이 그녀에게 유리한 결과를 가져오는 것이고, 차에 타게 되면 그것 역시 그녀에게 유리한 결과를 가져올 것이다. 엘과 약속을 정하지는 않았지만 이곳에서 만나게 될 것만 같았다.

잠시 후, 엘이 가게로 찾아왔다. 닫힌 문 앞에서 서성이는 그녀를 보고 엘은 모든 것을 짐작했다. 두 사람은 서로를 보았다. 아무런 생각도 하지 않았다. 생각할 시산은 이미 지나갔다. 새벽에게는 그의 아름다운 얼굴을 떠올리며 그리워할 순간만이 남았다. 그들은 손을 맞잡았다. 그리고 오랫동안 서로의 눈을 들여다보았다.

새벽은 차오르는 눈물을 삼키고 애써 웃으며 말했다.

"사랑을 표현하기에는 아직 어색하지만, 이것만큼은 말할 수 있어. 내가 사랑을 배우기 위해 이곳에 왔다는 걸 알아. 내 삶이 불행했던 것도, 학교 옥상에 올라갔던 것도, 그 모든 게 너와 함께 산을 오르기 위해, 네 이야기를 듣기 위해 필연적으로 일어날 수밖에 없었던 일이라는 걸. 그리고 배움은 아직 끝나지 않았어."

떠날 거라는 말은 하지도 않았는데 엘은 그녀에게 작별 인사를 건넸다.

"멀지는 않을 거야. 그곳에서 네가 원하는 걸 찾을 수 있기를 바라."

새벽의 눈앞이 뿌옇게 흐려졌다. 여전히 웃고 있었지만 목소리에 물기가 묻어났다.

"내 눈앞에 있는 네가 무의식의 환상이라고 해도, 실제로 존재하지 않는 사람이라고 해도, 난 널 영원히 기억할 거야. 평생을 바쳐서라도 우리의 이야기를 쓸 거야."

엘은 잡은 두 손에 더욱 힘을 주었다. 무의식의 환상이 아니라는 걸 증명이라도 하려는 듯이 그녀에게 자신을 새겼다.

"내 이름은 김유엘이야. 2004년 10월 24일에 태어났고, 예송 국제 학교를 다녔어. 2023년 11월 23일 오후 3시, 청담 로열 빌리지 근처에 있는 센티메넬강에 뛰어들었어."

옷이 젖지 않은 채 강물 위에 누워서 이틀 정도 떠내려가던 그를 신이 뜰채로 건져 올렸다. 오래도록 잠을 잤고, 아무것도 하지 않은 나날들이 계속되었다. 이곳에서는 시간도 공간도 제약이 없었다. 하루라는 시간의 개념도 명확하지 않았다. 어떨 땐 낮이 길기도 하고, 어떨 땐 밤이 길기도 했으며 어떨 땐 며칠 동안 겨울이 지속되기도 했다. 얼마나 많은 시간이 흘렀는지 계산하는 건 무의미했다.

엘은 이곳이 현실 세계가 아니라는 것을 알고 있었다. 이대로 영원할 수 있다면 이곳이 꿈이든 다른 차원이든 깨고 싶지 않았다. 그렇게 평화롭고 권태롭던 어느 날, 그의 세계에 눈부신 여명과 함께 새벽이 찾아왔다. 그리고 깨달았다. 자신이 지금껏 겪은 일은 그녀로 하여금 잃어버린 길을 되찾게 하기 위함이라는 것을. 더 늦기 전에 그녀를 깨워야 한다. 그가 이곳에 존재하는 이유였다.

엘은 손으로 그녀의 얼굴을 감쌌다.

"난 이제 잠에서 깨어날 거야. 잠은 충분히 잤어. 너도 깨어나서 반드시 나를 찾아."

그를 바라보는 그녀의 눈에 눈물이 가득 고였다. 그가 자신을 얼마나 사랑하는지 느낄 수 있었다. 새벽은 그의 손 위에 자신의 손을 겹쳤다. 그는 이곳에 대해 많은 걸 알고 있었다. 하지만 그가 아무리 많은 것을 안다고 해도 깨어나는 방식은 같을 것이다. 새벽의 사랑이 그에게 전해진다면 그의 앞에 문이 열릴 것이다.

서로의 눈 속에서 그들이 겪어야 했던 과거의 아픔들을 보았고,

사랑에 대한 두려움을 읽었다. 그들은 서로에게 사랑을 이해시키고, 암울했던 과거를 용서하도록 만들었으며, 자신들이 발 딛고 있는 이 세계가 서로의 것임을 증명했다. 진정한 사랑을 깨닫기 위해 모든 장애물을 헤치고 세상 끝에 닿았다. 내내 부정했던 사실을 인정해야만 하는 순간이었다.

평생 잊지 못할 아름다운 그의 미소를 보면서 새벽은 떨리는 목소리로 말했다.

"내 이름은 한봄새벽이야. 2004년 4월 7일에 태어났고, 2024년 2월 8일 오전 11시, 해라 여고 옥상에서…… 뛰어내렸어."

그렇게 말하고는 그에게 다가가 온몸을 기대었다. 엘은 그녀를 힘껏 끌어안았다. 서로의 심장박동 소리에 귀를 기울였다. 현실 세계에서 서로가 살아 있을 거라는 절실한 예감을 믿고 싶었다.

새벽은 그를 통해 자신을 느꼈다. 그가 안고 있을 때만 자기 몸이 존재하는 것 같은 두려움을 느꼈지만, 곧 떨쳐 냈다. 다시 만날 수 있을 거라는 말 같은 건 하지 않았다.

"반드시 깨어나서 너를 찾을 거야. 엘, 사랑해."

이 한마디가 죽어 가는 자신을 살릴 수 있을 것만 같았다. 자신뿐만이 아니라 이 세상을, 온 우주를 구할 수 있을 것만 같았다.

누군가에게 '사랑해'라는 말을 하고, 처음으로 자기 자신을 사랑할 수 있을 거라는 확신이 들었다. 사랑할 자격이 자신에게 있다는 걸 알았다. 사랑을 미루는 일은 생명을 허비하는 일이라는 것을 알았다. 사랑이 비록 슬픔이나 외로움을 의미한다고 해도, 사랑을 위해서라면 무엇이든 할 수 있는 용기가 생겼다. 그녀는 눈을 감았다. 엘은 그녀의 이마에, 뺨에, 입술에 오래도록 입을 맞췄다.

새벽은 앞으로 그와 어떤 방식으로 의사소통을 하게 될지 예상해 보았다. 다른 연인들처럼 전화 통화를 하거나 편지를 주고받을 수는 없을 것이다. 그러나, 별이 말했던 것처럼 바람 한 점 불지 않는 어느 날 어깨에 떨어진 나뭇잎으로도 사랑을 확인할 수 있다. 나뭇잎을 손으로 잡다가 시선을 내린 각도에서 마주친 책이 있다면 어느 페이지를 펼쳐도 사랑에 관한 이야기가 쓰여 있을 것이다. 그걸로 그들은 서로의 영향력 아래에 있다는 걸 알게 될 것이고, 언제나 사랑 속에 있다는 것을 느낄 수 있을 것이다.

《　《　○

새벽은 신이 기다리고 있는 차에 올랐다. 신은 지평선을 향해 차를 몰았다. 노을이 질 시간이었다. 오늘이 지나고 나면 내일은 어떻게 될지 아무도 모른다. 이곳에서 몇 번의 밤과 몇 번의 낮을 보내는 동안 그녀의 내면은 몰라보게 성장했다. 제법 단단해졌고, 자기 자신에 대한 믿음이 강해졌다. 교복을 입은 어린 소녀에서 성숙한 여인으로 변신했다.

엘과 함께 걸었던 산길, 비를 피하던 쉼터, 별이 담긴 호수 그리고 아름다운 엘의 얼굴이 눈을 뜨고 감는 순간마다 아른거렸다. 그가 사랑이라는 걸 알면서도 떠나는 그녀는 참을 수 없이 괴로웠다. 지금이라도 차를 돌려서 그에게 돌아가고 싶은 마음이 간절했다. 그러나 자신을 다독였다.

'잃어버린 나를 찾아야만 엘을 사랑할 수 있어.'

그를 떠나올 수 있었던 건, 자신의 길을 가도록 허락하는 것이 진정한 사랑이라는 신의 말을 믿어서가 아니었다. 비록 떨어져 있게 되더라도 서로가 연결되어 있다는 믿음, 언젠가는 다시 만날 수 있다는 확신이 있었기 때문이다.

'옆에 있는 사람이 정말 신이라면 이런 내 마음을 알고 어떻게든 괴로운 상황을 지나갈 수 있도록 도와줄 텐데. 그는 사랑을 모르는 걸까?'

그녀의 생각을 읽기라도 한 듯이 신은 대답했다.

"인간이 하는 사랑까지 개입할 수 있는 영역인 것은 분명하나 그건 어디까지나 물리적인 부분이야. 두 사람이 만나는 날의 날씨를 바꾼다거나 만나는 장소에 어떤 문제를 일으킬 수는 있지만 마음을 멀어지게 만들거나 억지로 사랑하게 만들 수는 없어."

"그래서 억지로 사랑하게 만들려고 도시락 배달을 시킨 거예요? 첩첩산중으로?"

"그건 안젤라의 부탁이라 나도 어쩔 수 없었어. 여간 미식가가 아니야. 웬만한 음식은 입에 안 맞는다고 하니 가져다드리는 수밖에. 어쨌든 두 사람은 도시락 배달을 가지 않았어도 사랑하게 될 운명이었을 거야. 한눈에 알아봤잖아? 사랑의 표식."

"그것도 신의 장난이에요?"

"그건 영혼이 공명하는 현상이야. 플러스 극과 마이너스 극이 만나서 전구에 불이 켜지는 것처럼 조건이 맞는 영혼끼리 만나면 빛이 뿜어져 나오는 독특한 원리인 거지. 사실 난 불 켜진 경험이 없어서 그 분야에 대해서는 잘 몰라."

"여긴 내 무의식이 만들어 낸 세계라고 했어요. 그게 사실이라면 안젤라도, 당신도 모두 가짜인가요?"

"질문이 끝도 없네. 그렇게 모든 걸 의심하기 시작하면 네 존재 자체도 의심하게 돼. 네가 살아 있는 건지 죽은 건지 헷갈리게 되면 삶의 의지를 잃어버릴 수도 있다는 말이야. 네 자아들이 그걸 걱정했기 때문에 너한테 사실대로 말을 안 해 준 걸 거야. 여기까지 와서 패닉 상태에 빠지는 건 위험하거든."

새벽의 시선은 차창 밖을 향했다. 어제까지 푸르던 것이 하룻밤 자고 난 사이에 붉게 변해 있는 게 너무도 자연스러워서 변화를 알아차리지 못할 정도였다. 계절이 빠르게 바뀌어서 계절이 없는 것처럼 느껴졌다. 그들은 천국이라 불리는 곳을 향해 계속 달렸다. 길은 앞으로만 뻗어 있었고, 길의 끝은 하늘과 맞닿아 있었다. 구름의 색깔이 회색빛으로 바뀌고, 하늘이 금빛으로 물들었다.

끝이 없을 것만 같던 그곳에 달처럼 크고 둥근 문이 나타났다. 멀리에서 볼 땐 뻥 뚫린 허공 같았지만 가까이 다가가자, 하늘 전체가 커다란 뚜껑처럼 열리면서 빛이 새어 나왔다. 열린 하늘은 다른 차원으로 이동하는 우주의 통로처럼 보였다. 신이 운전하는 자동차는 그 안으로 들어갔다. 그들은 빛을 통과했다.

감았던 눈을 뜨자 눈부신 연두색 정원이 제일 먼저 눈에 들어왔다. 하늘과 대지가 보석처럼 영롱하게 반짝거렸다. 하늘에 태양이 없어도 주위는 눈이 부시도록 밝았고, 새벽이 평소에 아름답다고 생각하던 것들이 전부 있었다. 푸른 숲과 거울처럼 맑은 호수, 하얀 꽃이 눈처럼 피어 있는 정원, 환상적인 궁전, 마르지 않는 샘물과 분수. 꿈일 수밖에 없는 황홀한 풍경에 새벽은 당혹스러웠다.

"여긴 네가 원하는 모든 게 다 있어. 황금, 보석, 아름다운 옷, 맛있는 음식, 지지 않는 해, 넌 늙지 않을 거고, 병들지도 않을 거야. 원한다면 영겁의 시간을 줄 테니 한번 살아 봐."

새벽은 뜰을 구경하며 궁전 안으로 들어갔다. 그곳은 일일이 기억할 수조차 없을 만큼 화려하고 아름다운 것들로 가득했다. 벽과 천장, 바닥은 온통 빛으로 반짝였고, 그 빛은 홀로그램처럼 보는 각도에 따라 패턴이 미묘하게 달라졌다. 새벽의 느낌에 따라 커튼이 황금빛 벨벳으로 보이다가도 어느 순간 흰색 시폰으로 바뀌기도 했다.

새벽은 살아 숨 쉬는 예술 작품 속을 걸어갔다. 그것이 정녕 신의 솜씨인지 정교한 상상력의 산물인지 어느 것도 믿지 못했다. 커다란 문을 열자, 방 안에 수천 벌, 수만 벌의 옷이 걸린 행거가 줄지어 나타났다. 끝이 어딘지 보이지 않았다. 말 그대로 무한한 공간 속에 무한한 양의 옷이었다. 신은 새벽에게 마음대로 골라 입으라고 했지만 지금은 옷이 필요 없었다. 수십 개의 사다리가 설치되어 있는 복도를 따라 구두가 진열되어 있었는데, 이런 상황에서 구두를 골라 신는 일도 의미 없는 일이었다.

광택이 나는 마호가니 가구의 서랍은 매끄럽게 열리고 닫혔다. 그 안에 온갖 보석이 가득했다. 화장대 앞에 선 새벽은 자신의 얼굴을 가만히 들여다보았다. 내가 이렇게 생겼었나? 흐릿한 눈, 코, 입이 거울 속에서 희미하게 사라져 갔다. 문득 그녀가 상상 속에서 창조해 낸 '무한대'를 떠올렸다. 그 천재 시인은 언제나 입술에 새빨간 립스틱을 발랐다. 새벽은 자신의 입술에도 새빨간 립스틱을 발라 보았다. 그 순간 거울 속에 비친 그녀는 '봄새벽'이 아니라 '무한대'였다.

새벽은 '무한대'가 되어 그녀의 생각을 읽을 수 있었다. 당당한 눈빛과 자신감 있는 태도는 무한대의 천재적인 재능에서 나오는 것이었고, 무한대는 자신이 신과 연결되어 있다는 확고한 신념을 갖고 있었다. 그녀가 쓴 시를 평가하는 것은 독자가 아니었다. 그녀 자신도 아니었다. 누구도 그녀의 시를 평가할 수 없었다. 왜냐하면 그녀가 쓴 시는 무한대의 손을 빌려 쓴 신의 작품이었기 때문이다.

새벽은 새로운 프로그램을 다운로드한 것처럼 어떤 설명 없이도 그 모든 것을 알게 되었다. 예술을 창조하는 사람은 누구나 신과 연결되어 있으며 그 누구의 평가도 필요하지 않다는 것을. 그리고 그걸 아는 사람만이 신에게 기꺼이 자신의 손을 빌려주고 인류를 감동시킬 아름다운 작품을 탄생시킬 수 있다는 것을.

새벽은 넓은 홀에 들어섰다. 커다란 식탁 위에 먹음직스러운 음식이 차려져 있었다. 신과 새벽은 식탁의 양 끝에 앉아서 저녁 식사를 했다. 새벽은 음식의 맛을 깊이 음미했다. 감각이 무뎌지는 것 같긴 했지만, 신이 만든 음식만큼은 맛이 느껴졌다.

　새벽은 마음의 준비를 충분히 한 뒤, 와인을 한 모금 마시고 냅킨으로 입을 닦았다.

　"자, 이제 가르쳐 주세요. 제가 뭘 어떻게 해야 하는지 그것만 알고 싶어요. 돈을 갖는 것도 엘과 나누었던 사랑도 저를 이 환각에서 깨어나게 하지 못했어요."

　새까맣게 윤기가 흐르는 긴 머리카락을 어깨까지 늘어뜨린 신은 덥수룩한 수염을 깨끗하게 면도했다. 수염이 없어지자 훤칠한 록 가수처럼 보였다. 짙은 회색 정장을 차려입은 그의 흰 셔츠는 지나치게 하얬다.

　"인간은 자신을 사랑해서도 안 되고, 타인을 사랑해서도 안 되고, 둘 다 사랑하지 않아도 안 된다. 너의 가치를 정당하게 인식하는 것만이 이 환각을 끝내는 방법이야."

　"저는 아직 모르는 게 많아요."

　"모른다는 걸 알고 있는 것만으로 문제는 충분히 해결된 것 같군. 이곳에서 살아 보라는 제안은 마음에 안 드나? 네가 이곳을 더 좋아해 줬으면 했는데."

　신은 그녀에게 영생의 행복과 안락함을 선물해 주겠다고 했다. 육체는 썩어서 없어지더라도 그녀의 영혼은 이곳에서 무한한 시간을 살 수 있을 것이다. 그러나 새벽은 이곳에 도착해서 지금까지 한순간도 평화로움을 느끼지 못했다. 원하는 걸 다 갖추고 있는 천국에서 얼른 벗어나고 싶은 마음뿐이었다.

"여긴 제가 있을 곳이 아니에요. 제가 원하는 건 이곳에 없어요."

"사람들은 항상 원하는 것을 찾으러 어딘가로 가려고 하지. 하지만 찾는 것은 언제나 시작점에 있어. 각자의 주머니 속에. 가만히 앉아서 안을 뒤지기만 하면 찾을 수 있는데 인간들은 가만히 있는 걸 좋아하지 않아. 무언가를 열심히 하는 데 익숙해져 버렸거든."

새벽은 신에게 간절히 부탁했다.

"저 자신을 찾고 싶어요. 흩어진 자아들을 모을 수 있게 해 주세요."

"그건 너 스스로 해야 하는 일이야. 내가 어떻게 해 줄 수 없어."

단호한 거절에 새벽의 목소리가 차갑게 바뀌었다.

"신이란 별로 쓸모가 없네요. 신이라면서, 전지전능해야 하는 거 아닌가요? 이것도 못 한다, 저것도 못 한다, 그렇게 무책임한 말을 할 수 있어요? 여기까지 데려왔으면 책임을 져야죠!"

"하찮은 일에 극도로 예민하고, 가장 중요한 일에는 무감각한 것이 인간들의 특징이지. 오해하지 말고 들어. 내가 널 만들 때, 우주의 일부를 사용해서 정말 완벽하게 만들었어. 내 도움 따위는 필요 없도록 말이야. 네가 원하는 답은 이미 네 안에 있어. 이래 봬도 난 책임감이 굉장히 강한 존재라고."

"도움이 필요해요."

"너도 이미 알고 있잖아, 삶의 의지를 깨울 수 있는 유일한 방법이 사랑이라는 것을. 그게 전부야."

새벽은 식탁 양 끝의 거리가 더욱 멀어진 걸 느꼈다. 처음에 8인용 식탁처럼 보였던 것이 지금은 12인용처럼 커졌다. 그에게 말하기 위해 목소리를 높여야 했다.

"그건 저도 아는 것들이에요. 엘을 사랑하지만 깨어나지 못했다고요!"

엘에게 156번째 겨울이 다가오고 있다고 했다. 어떻게 그럴 수 있었던 거지? 신이 하는 일은 인간의 영혼을 구원하는 데 필요한 각자의 방법을 계시하는 것이고, 자신을 구하지 않는 자는 7일 안에 소멸한다고 했다. 그러나 엘은 자신을 구원하지 않았다. 그는 약속된 시간이 지난 이후에도 이곳에서 멀쩡히 지내고 있었다.

"엘은 이곳에 온 지 7일이 넘었잖아요! 저에게도 시간을 더 주세요!"

주어진 시간이 넉넉하다면 엘과 함께 지내면서 충분히 방법을 찾을 수 있을 것이다.

"그건 안 돼."

새벽은 기도하듯 두 손을 모았다. 그리고 눈을 감았다.

"제발, 어떻게 하라고 아무 말이나 해 주세요."

신은 자리에서 일어났다.

"잃어버렸던 주사위를 하나 찾았어. 식사를 마쳤으면 보드게임이나 한판 할까?"

《　《　○

　새벽은 자신에게 벌어지고 있는 일들을 믿고 싶지 않았다. 또한 완전히 믿어서도 안 된다고 생각했다. 거기엔 저 신이라는 존재까지 포함되어 있었다. 마음속으로 그가 신이라는 걸 반쯤은 부정하고 있었다. 그는 자기 능력을 증명하려 애쓰지도 않았고, 자신의 존재를 밝히려는 어떤 노력도 하지 않았다. 이곳에 온 뒤로, 그는 새벽을 도울 생각이 없는 듯했다. 삶과 죽음 따위에 관심도 없이 그럴듯한 말만 늘어놓았다.

　신은 그녀를 넓은 응접실로 안내했다. 그는 장식장 안에서 꺼내 온 상자를 탁자에 내려놓고 뚜껑을 열었다. 그 안에는 4분의 1 크기로 접힌 게임판과 말 두 개, 주사위 두 개가 들어 있었다. 판을 펼치자 독특하면서도 입체감 있는 형태의 조형물이 나타났다. 그것은 나선형 모양의 탑이었는데, 그림이 그려져 있거나 글자가 쓰여 있지는 않았다.

　신이 규칙을 설명했다.

　"주사위를 던져서 나온 숫자만큼 말을 움직이는 게임이야. 행운 구슬 일곱 개를 모으면 소원을 이룰 수 있어."

　"'드래곤 볼' 짝퉁인가……."

　보드게임을 할 기분은 아니었지만 새벽은 신의 맞은편에 앉았다. 출발선에 있는 말들은 작은 모래시계 모양을 하고 있었다. 그 안에서 금빛 모래가 미세하게 떨어져 내렸다. 모래는 생명이라서 모래가 다 떨어지면 게임은 종료된다고 했다.

가위, 바위, 보로 선공을 정하고 신이 먼저 가볍게 주사위를 던졌다. 그리고 주사위에 나온 수만큼 자기 말을 움직였다. 그러자 아무것도 없던 게임판에 글자들이 마법처럼 나타났다. 말이 위치한 곳까지의 모든 칸에 '오늘의 운세'에 나올 법한 문장들이 쓰여 있었다. '운' 따위를 믿지 않는 새벽은 게임판에 나타난 모호한 문장들에는 관심이 없었지만 게임을 하는 동안 걱정이나 불안, 두려움은 조금씩 사라졌다.

모래시계 속 모래가 점차 줄어들고 있다는 것을 제외하면 어떤 긴장감도 느껴지지 않았다. 주사위를 던지는 일은 매우 단순한 일이었고, 주어진 임무를 수행하면서 행운 구슬을 모으는 재미도 쏠쏠했다. 탑을 올라가는 도중 수렁에 빠지게 되면 '정신세계'라는 곳으로 올라가서 카드를 뒤집으면 되는데, 거기에서 나온 '잠재 능력'은 기가 막히게 참신하고 재미있는 것들이 많았다.

〈당신은 공감 능력자입니다. 상대방의 고민을 들어 주고 공감을 하면 행운 구슬을 얻을 수 있습니다.〉

"자, 저에게 고민을 말해 보세요. 신은 어떤 고민을 하면서 사는지 궁금한데요?"

새벽이 묻자 신이 웃으며 대답했다.

"내 고민은 죽고 싶은데 죽지 못한다는 거야. 지루한 영생을 어떻게든 때우려고 이딴 게임이나 하고 있다는 게 가끔은 지겨워."

새벽은 그의 말에 공감할 수 없었지만 공감한다고 말한 뒤 행운 구슬을 얻었다.

'현실 세계'와 '정신 세계'를 넘나들며 게임을 이어 가는 건 그렇게 어려운 일이 아니었다. 주사위를 던지기만 하면 계속 앞으로 나아가는 방식이었으므로 중간에 포기하지 않는다면 끝을 볼 수 있었다. 새벽은 모래시계를 탑 꼭대기에 올려 두고 그를 쳐다보았다. 그리고 가볍게 미소 지었다.

"제가 이겼어요!"

"먼저 도착하는 사람이 이긴다는 말은 한 적이 없는데."

"그럼 승패가 없는 게임이에요?"

"게임을 하면서 즐거웠다면 목적을 달성한 거야."

"어쨌든 행운 구슬을 다 모았어요."

새벽은 손바닥 안에 모여 있는 영롱한 빛의 구슬을 내보였다.

"그럼, 소원을 하나 들어주지."

"정말요? 제가 어떤 소원을 말할 줄 알고요? 진짜 뭐든지 다 들어줄 수 있어요?"

"흠, 나를 굉장히 불신하는 말투로군."

"뭔가 이상하잖아요. 신이라면서, 별거 아닌 놀이에 너무 많은 걸 거는 거 아닌가?"

"원래 그런 거야. 네가 잃는 건 약간의 시간과 체력이고, 반대로 얻을 건 무한하다면 게임을 안 할 이유가 없잖아."

새벽은 게임판을 유심히 들여다보다가 무언가를 발견했다. 각각의 칸에 조그맣게 쓰여 있는 숫자는 연도를 나타내고 있었다. 첫 시작 칸은 2004년이었고 한 칸을 지날 때마다 2, 3년씩 뛰어넘어, 새벽의 말이 서 있는 마지막 칸은 2107년에서 끝이 났다.

"이거 설마…… 제 인생은 아니죠?"

신은 아무 말 없이 웃었다.

새벽은 서둘러 게임판에 적혀 있는 글자를 읽었다. 이것이 만약 신과의 게임이라면, 이 안에 그녀의 인생이 담겨 있는 것이라면, 앞으로 어떻게 되는지 알고 싶었다. 그러나 글자는 순식간에 흐릿한 빛을 내며 공중으로 흩어지고 말았다.

글자들이 사라진 게임판은 원래의 깨끗한 모습을 되찾았다. 새벽은 얼떨떨한 기분이었다. 주사위를 던지고 앞으로 나아가는 데만 급급해서 글자의 의미를 파악할 생각은 못 했다. 신은 친절하게 모든 걸 알려 주었지만 알아보지 못한 것은 그녀였다. 모래시계가 닿지 못한 곳에서 어떤 일이 일어났는지 모른다.

그러나 게임이 끝나고 돌아봤을 때 헤어나지 못할 만큼 깊은 수렁은 없었다. 행운 구슬을 모으며 끝까지 즐겁게 완주했다.

신이 말했다.

"일상日常과 이상理想 사이에 심한 거리를 둘 필요가 없어. 1과 2는 겨우 한 끗 차이니까."

신이 의자에서 일어났다. 오늘은 피곤할 테니 이만 들어가서 쉬라는 말을 남긴 채 방을 나갔다.

〘　〘　○

　새벽은 창문 너머로 밖을 내다보았다. 나뭇잎을 다 떨어뜨리고 서 있는 가지는 앙상했다. 창문이 흔들리는 건지, 창문 밖에 있는 것들이 흔들리는 건지 사물을 보고 있어도 현실감이 없었다. 아니, '현실'이라는 단어가 무엇을 의미하는지도 헷갈렸다.

　루나의 말이 모두 사실이라면 더는 할 수 있는 게 없었다. 이 밤이 지나고 나면 하루밖에 남지 않는다. 가방을 뒤져서 일기장을 꺼냈다. 엘과의 사랑이 기억 속에서 흐릿해지기 전에 얼른 기록해 두어야 한다.

　새벽은 그와의 첫 만남부터, 기억하고 있는 것들을 일기장에 모두 쏟아 냈다. 그를 얼마나 사랑하는지, 사랑의 힘이 얼마나 위대한 것인지, 하나도 빠짐없이 기록했다. 비록 일기장마저 꿈속에서 사라진다고 해도 쓰는 걸 멈출 수가 없었다. 2107. 그 숫자가 새벽의 희망이었다. 내일이 오더라도 새벽은 죽지 않을 것이다. 내일 어떤 일이 일어날지는 예측할 수 없지만 모든 일은 원하는 방향으로 이루어진다. 왜냐하면 이곳은 그녀의 무의식이 만들어 낸 세상이니까.

　생각이 거기까지 미치자 새벽은 눈을 돌려 방 안을 둘러보았다. 자신이 있는 곳을 전지전능하게 통제할 수 있는 단 한 사람이 있다면 그것은 신이 아니라 바로 자기 자신일 것이라는 생각이 번개처럼 스쳤다.

'별을 만나고 싶어.' 그러자 어디선가 벨 소리가 들렸다. 새벽의 가방에서 나는 소리였다. 낯선 벨 소리에 화들짝 놀랐고, 휴대폰이 있었다는 사실에 또 한 번 놀랐다. 새벽은 휴대폰을 꺼내 통화 버튼을 눌렀다. 그리고 조심스럽게 귀에 갖다 댔다. 전화를 건 사람은 별이었다.

"잘 지내?"

반가운 목소리에 울컥 목이 메었다. 긴장한 새벽과 달리 별은 평소와 같은 목소리로 평범하게 안부를 물었다. 날씨가 어떤지, 저녁은 무엇을 먹었는지, 아픈 곳은 없는지, 새벽은 친한 친구와 수다를 떨 듯 그의 물음에 답을 했다.

별과 대화를 할 때면 자신과 대화를 하는 것 같은 착각이 들 때가 있었는데 이제는 그 이유를 알았다. 맑은 우물을 바라보고 이야기하듯, 그가 어떤 표정을 짓고 있는지 예상이 가능하다는 점과 대답은 음성이 아닌 물결이나 파동처럼 다가온다는 점에서 그는 새벽의 일부였다.

별은 허공에 흩어지는 따뜻한 수증기 같은 목소리로 노래를 했다. 새벽은 그의 노래를 들을 때마다 나른한 기분에 휩싸였다. 눈이나 코로 소리가 빠져나가는 것도 아닌데 눈을 감고, 최대한 숨을 참고 들어야 목소리가 더욱 선명하게 들렸다. 그의 목소리는 부드러운 깃털처럼 온몸을 쓰다듬고 어루만져서 그녀의 몸과 영혼을 녹였다.

"너 지금 어디야?"

새벽의 질문에 별이 대답했다.

"난 항상 네 옆에 있어."

금빛 장식이 수놓아진 하늘색 커튼이 펄럭거렸다. 바람 부는 창가에 별이 나타났다. 그는 별빛을 타고 머나먼 우주에서 내려온 왕자님 같았다. 단호한 거리감이 안개처럼 눈을 가렸지만, 앞에 서 있는 별의 아름답고도 슬픈 얼굴은 한눈에 알아볼 수 있었다. 별은 창가에 서서 나지막한 목소리로 노래를 불렀다. 그의 노래를 듣고 있으니 마음이 편안해졌다.

새벽은 연필을 들고는 별이 불러 주는 노래의 가사를 받아 적었다. 언제부턴가 그가 노래를 불러 주면 흥얼대는 노랫말이 귀에 들려왔다. 그 가사는 세상에서 가장 아름답고 독창적인 시였다. 별을 사랑하게 된 그녀는 시를 쓸 수 있게 되었다. 그리고 새벽은 언제든지 원할 때 그를 불러낼 수 있다. 그리고 그녀가 별의 주인이고, 별은 그녀의 우주 안에 영원히 함께 있을 것이기 때문이다.

새벽은 연필을 내려놓고 노트를 덮었다. 지금은 그의 존재를 느끼고만 싶었다. 자기 자신에게 받는 위로가 얼마나 따뜻한지 가슴 깊이 새기고만 싶었다.

노래를 마친 그는 천천히 그녀에게 다가왔다.

"보고 싶었어."

새벽이 말했고, 그가 말했다. 두 사람은 서로를 마주 보고 웃었다. 반가운 마음을 숨기지 못하고 서로의 눈동자 속에 상대방의 웃는 얼굴을 넘치도록 담았다. 새벽은 그의 얼굴이 미묘하게 달라져 있는 것을 알아차렸다. 그녀가 남자로 태어난다면 이런 모습일까, 싶은 생각이 들 정도로 두 사람은 거울을 보듯 닮아 있었다. 자기 자신을 사랑할수록 자아는 점점 본체의 모습을 닮아 갔다. 동화同化가 시작된 것이다. 그녀를 닮은 별은 더없이 아름다웠다.

그들은 창문 아래 나란히 앉았다. 그의 어깨에 기대어 숨을 들이마시자 익숙하면서도 좋은 향기가 났다. 별이 말했다.

"사람은 태어날 때 하나가 아닌 무한대로 태어나. 네 작은 몸 안에 내가 있고 나는 누구든 될 수 있어. 목자, 농부, 어머니, 시인, 배우 등 네가 원하는 누구든 말이야. 지금 너에게 가장 필요한 건 다른 사람이 아닌 너야. 난 너의 무의식이 만들어 낸 존재이면서 너 자신이기도 해. 넌 잘 모르겠지만 내 능력은 네가 상상하는 것 그 이상이거든. 네가 어떤 것을 원하기만 하면 나는 그게 무엇이든 네 앞에 가져다줄 수 있어. 그러니까 나를 이용해."

새벽은 누가 들으면 안 되기라도 하듯이 조용히 속삭였다.

"책들이 나의 연인이었고, 시가 나를 치유하는 약이었어. 가끔은 엄마가 보고 싶기도 하고, 친구가 필요한 날도 있었지. 그런 날에는 울면서 하늘을 향해 기도했어. '나를 완전히 혼자 두지는 말아 주세요. 내 목소리를 누군가는 듣게 해 주세요.' 하고 말이야. 내 기도를 들었던 한 사람이 있어. 그건 바로 너야. 내 안에 있던 너."

새벽은 그의 손을 잡았다. 그의 눈 속에서 자신을 발견했다.

"네가 누구인지 이제는 알 것 같아. 널 위해 무엇을 해야 하는지도."

사랑에서 가장 멀어지게 할 것 같았던 것들이 그녀를 가장 빨리 진정한 사랑으로 인도했다. 오늘 밤 그녀 옆에 필요한 사람은 단 한 사람이었다. 그녀가 사랑하길 원하는 사람 역시 단 한 사람, 그녀 자신이었다. 그녀는 자신의 감성을 있는 그대로 받아들이고 사랑하기로 했다.

'그의 생각이 내 생각이고, 그의 기분이 내 기분이야. 내 모든 걸 바쳐서 나를 사랑하고 싶어.'

"날개가 생기려나 봐, 등이 간지러워. 네가 좀 봐 줄래?"

별은 등을 돌리고 앉아서 셔츠를 벗었다. 처음 본 그의 몸은 부드러운 카스텔라 같았다. 매끈하면서 날씬한 몸에 역동적인 근육은 보이지 않았다. 어쩐지 달콤한 냄새가 날 것 같은 등을 손으로 가만히 쓸었다. 날개는 돋지 않았다. 그러나 피부의 색도, 결도, 어깨에 난 상처까지도 그녀의 몸 그 자체였다. 완벽한 육체를 가진 그가 자신의 자아라는 것이 놀랍고 신기했다.

이성을 관장하는 태양은 이곳에 없었다. 그녀는 오직 감성과 본능에 의존했다. 두 사람은 서로의 존재를 확인하면서 혼자가 아니라는 걸 느꼈다. 서로를 위한 일인지, 아니면 서로를 절망에 빠트리는 일인지는 몰라도 이렇게 하지 않으면 안 되는 마지막 밤이었다.

새벽은 존중하는 마음을 담아 별의 눈꺼풀에, 뺨에, 턱에 입을 맞췄다. 어떤 방식으로 깨어나게 될지는 모른다. 어느 곳에 문이 열리게 될지도 알 수 없었다. 이것이 열쇠인지 아니면 그 무엇인지도 확신할 수 없었다. 다만 경건히 사랑을 행할 뿐이었다.

두 사람은 타인에게 받지 못했던 사랑을 서로에게 주었다. 그들의 입맞춤은 그녀가 살아온 시간과 앞으로 살아갈 시간을 이어 주었다. 그녀는 자신의 안에 지극히 아름답고 매혹적인 감성을 받아들였다.

별의 검푸른 눈동자 속에 은하수가 빼곡하게 들어찼다. 숨이 막힐 듯한 아름다움에 가슴이 뛰고, 감정이 벅차올랐다. 새벽은 '자아의 도취'를 목격하면서 신비로운 황홀경에 휩싸였다. 처음으로 오르가즘을 느꼈다. 그녀 안에 낡은 우주가 멸망하고 새로운 별들이 무수히 탄생하는 순간이었다.

그녀는 맹세했다.

나는 다시 한번 새롭게 태어날 것이다.

나는 나의 감성과 사상과 언어로 아름다움을 창조할 것이다.

그가 불러 주는 노래를 세상 사람들에게 널리 알려 기쁨을 퍼트릴 것이다.

다시는 내 우주의 별을 고독하게 만들지 않을 것이다.

나는 나를 사랑으로 가득 채울 것이다.

나는 나의 감성을 되찾았고, 나는 나를 영원히 사랑할 것이다.

서로의 머리카락 속에 얼굴을 묻었다. 별이 말했다.

"사랑해."

"나도, 널 사랑해."

"그렇다면 나를 위해 시를 써 줘."

"그럴게, 너를 위해서 시를 쓸게."

기쁨과 미래에 대한 열렬한 희망과 기쁨이 새벽의 마음을 가득 채웠다. 금방이라도 사라질 물거품 같은 시간 속에서 그들은 비눗 방울을 타고 바다를 건넜다. 그건 불가능한 일이 아니었다. '이곳' 에서는 모든 것이 가능했다. 무의식의 상상력에는 한계가 없다.

D-Day

새벽을 깨우다

잠에서 깬 새벽은 옆을 돌아보았다. 어젯밤, 같이 잠들었던 별이 보이지 않았다. 그 대신 루나가 책상 앞에 앉아 있었다.

"잘 잤어?"

새벽은 반쯤 일으켰던 몸을 풀썩 침대 위로 돌려놓으며 천장을 보고 중얼거렸다.

"다 쓰러져 가는 집이어도 아빠랑 둘이 살 때가 편하긴 했어. 그건 아마 내 영혼이 궁상맞은 탓일 거야. 이렇게 넓고 호화로운 집에 있으면 왠지 모르게 불안하고 위축되는 기분이 드는 건 타고난 DNA일지도⋯⋯."

별이 누워 있었던 베개를 손으로 쓸어 보았다. 온기는 남아 있지 않았다. 새벽은 루나에게 물었다.

"별은 어디 갔어?"

루나가 대답했다.

"본체에 흡수됐어."

"그게 무슨 소리야?"

"너 자신이 너를 사랑하게 됐으니까, 분열은 의미를 잃었고 너의 감성은 흡수됐다는 뜻이야. 별은 지금 네 안에 있어. 조금 더 많은 걸 느낄 수 있을 거야."

"그럼 태양은?"

새벽의 물음에 루나는 웃음을 터트렸다.

"풉, 태양은 네가 사랑한다고 고백했을 때 완전히 맛이 가 버렸어. 한 방에 자기 이성을 날려 버리다니 너도 대단하다. 지금쯤 네 안에서 정신을 차렸을 거야."

새벽은 손으로 가슴 한가운데를 지그시 매만졌다. 태양과 별이 여기에 있다고 생각하니 상대하기 까다로운 적을 자신의 편으로 만든 것 같은 뿌듯함에 가슴이 벅찼다. 아름다운 감성이 자리를 잡았고, 냉철한 이성이 균형을 맞추었다. 천하무적이 된 기분이었다.

감정에 휩쓸리기 쉬운 그녀를 든든하게 잡아 주고 진심 어린 충고를 해 줄 수 있는 사람은 태양밖에 없었다. 그가 퍼붓던 맹비난이 변화에 많은 도움을 주었다. 그에게 고맙다는 말도 못 했는데 허락 없이 들어와 버리다니 태양답다고 생각했다.

그녀는 이제 마지막 하나 남은 자신의 자아를 응시했다. 루나를 사랑해야만 완전체를 이룰 수 있었다. 새벽은 무작정 그녀에게 달려들었다. 루나의 목을 끌어안고 정열적으로 사랑을 고백했다. 루나는 진정하라면서 새벽의 팔을 풀어냈다.

"침착해, 할 말이 있어. 엘에 관한 얘기야."

"엘에 관한 얘기?"

"응, 엘과 함께 있던 여자는 엘의 부서진 자아였어."

새벽은 침대에 앉아 떨리는 마음으로 루나가 하는 이야기에 귀를 기울였다.

"엘 역시 너처럼 현실 세계에서 도망쳤고, 그에게서 떨어져 나온 유일한 자아인 '스피카'는 그를 깨우기 위해 노력했지. 하지만 엘은 깨어나고 싶은 생각이 없었어. 영원한 잠, 소멸을 바랐어. 그런데 이곳에 온 지 7일째 되던 날 우연히 신의 주사위 하나를 훔치게 된 거야. 아마도 신이 엘과 어떤 내기라든지 게임을 했던 것 같아."

새벽은 알 것 같았다. 어제저녁 그녀도 신과 주사위 던지는 게임을 했다. 잃어버린 주사위를 찾았다고 했던 말이 기억났다. 루나는 말을 이었다.

"엘이 가지고 있던 주사위에 따라 삶과 죽음의 운명이 결정되는 거였는데, 마지막 주사위를 던지지 않았던 거야. 엘은 자신이 그려 놓은 무의식의 세계에 갇혀서 평온하게 지내고 싶어 했어. 7일 안에 깨어나거나 소멸하거나 둘 중 하나라서 7일 이후의 날짜를 세는 건 의미가 없지만 적어도 엘은 이곳에서 천 번의 낮과 밤을 보낸 것 같아."

천 번의 낮과 밤. 엘이 강물에 뛰어들었다는 날짜를 계산해 보면 새벽보다 78일 정도 앞서 있었다. 만약 엘이 현실 세계에서 그렇게 오랜 시간 깨어나지 못하고 있다면 매우 심각하고 위험한 상황인지도 모른다. 새벽은 당장이라도 무언가를 해야겠다는 생각에 다급해졌다.

그러나 루나의 이야기는 끝이 아니었다. 더 중요한 얘기가 남아 있었다.

"그런데 널 만나고 달라졌어. 엘은 너를 살리기 위해 신에게 주사위를 돌려주었고, 신은 지난밤, 엘의 운명을 결정할 주사위를 던졌어."

새벽은 자리에서 벌떡 일어났다.

"뭐? 그래서? 엘은 어떻게 됐어?"

"몰라, 이 세계에서는 더 이상 그를 찾을 수 없어."

팽팽하게 당겨져 있던 긴장이 툭 끊어졌다. 두 사람의 정신이 하나의 무의식 속에서 같은 환상을 만들어 낸 것은 이례적인 일이라고 했다. 새벽의 무의식 속에 그가 있었고, 그의 무의식에 새벽이 나타났다. 태초부터 연결되어 있던 영혼의 동반자일 가능성이 높다는 루나의 말이 귀에 들리지 않았다.

"그럼…… 엘은 죽은 거야?"

"현실 세계에서 깨어났을 수도 있고, 영혼이 완전히 소멸했을 가능성도 있어."

그는 이곳에서 나가는 방법을 알고 있었다. 그러나 이곳에 적응하게 되면 밖으로 되돌아가고 싶은 마음이 생기지 않는다는 점에서 스스로 감옥에 가둔 거나 마찬가지였다. 현실의 괴로움으로부터 도망치는 방법은 간단했다. 꿈을 꾸는 것이었다. 꿈의 세계에 들어가서 나오지 않는 것. 그곳에서 영원히 살아가는 것.

엘에게 주사위는 필요 없었다. 깨어 부수겠다고 마음만 먹으면 현실 세계에 두고 온 자기 육체로 돌아갈 수 있었다. 살고자 하는 의지만 강력하게 생겨난다면 의식을 회복할 수 있을 터였다. 그가 깨어나기만을 하염없이 바라고 있는 부모님의 품으로 돌아가서 자신에게 주어진, 한때 팽개쳤던 모든 축복을 겸허히 받아들이고, 아버지의 뒤를 이어 회사의 오너가 될 수도 있다. 그에게는 눈부시게 찬란한 미래가 약속되어 있었다.

엘은 몇 번이나 주사위를 돌려주기 위해 신을 찾았다. 하지만 현실로 돌아가야 할 이유를 찾지 못했기 때문에 매번 포기했다. 이곳에서는 해야 할 일과 하지 말아야 할 일을 구분할 필요가 없었다. 가야 할 곳과 가지 말아야 하는 곳에 경계도 없다. 처음부터 아무것도 존재하지 않기 때문에 고통도 없다. 낯익은 풍경 아래 편안한 휴식과 평화만이 있었다. 엘에게는 이곳이 낙원이었다. 그는 영원히 이곳에 머무르기로 마음먹었다.

그러나 현실로 돌아가야 할 이유가 생겼다. 평온했던 그의 정신 세계를 허락도 없이 침범한 새벽은 머리 위에 눈부신 빛 조각을 띄우고서, 그의 물잔에 넘치도록 물을 따랐다. 그녀는 자신이 살아 있다는 걸 조금도 의심하지 않은 채 사랑을 증명했다. 시공간을 초월한 그녀의 사랑이, 모든 것으로부터 자신을 가둔 그의 세계에 걸어 들어와 기적을 일으킨 것이다.

　그녀는 '약'을 그에게 나누어 주었다. 감각의 대부분을 잃은 엘에게 그 약은 지독하게 달콤했다. 별사탕의 단맛이, 멈춰 가는 엘의 심장을 뛰게 하고, 식어 가는 피를 돌게 했다. 그것은 그의 낙원을 송두리째 뒤흔들 만큼 강력하고 신비로운 약이었다. 그렇게 그들은 서로가 이곳에 온 이유를 알게 되었다. 엘은 새벽을 깨우기 위해서였고, 새벽은 엘을 깨우기 위해서였다.

　엘은 안젤라의 숲에서 내려오자마자 신을 찾았다. 물론 스피카의 반대도 만만치 않았다. 엘 역시 자기 자신을 사랑할 의무가 있었으므로 스피카를 사랑해야만 했다. 그러나 그 전에 본능을 먼저 따랐다. 현실을 향해 나아가기로, 주사위를 돌려주기로 결심했다. 혹여 영원히 사라진다고 해도 후회는 없었다. 그 대신 조건을 걸었다.

　"주사위를 돌려드릴 테니까, 새벽을 반드시 깨워 주세요."

　신은 덥수룩한 수염 사이로 건치를 내보이며 말했다.

　"미안하지만 그건 이미 이루어졌어."

　엘은 신의 수염을 지적했다.

　"면도나 좀 해요. 하나도 안 멋있어."

　"새벽은 내 수염에 반한 것 같던데……."

　천국에 도착한 신은 그날 밤, 영광으로 빛나는 신의 주사위를 힘껏 던졌다. 그리고 엘은 사라졌다.

　새벽은 침착하게 자신의 이성과 감성을 사용하기 시작했다. 언젠가 카페에서 태양이 했던 말이 떠올랐다. '네 인생에 어떤 문제가 생겼을 때 별의 말보다 내 말에 더 귀 기울여 달라는 뜻이야.' 처음 그 말을 들었을 때 어장 관리하는 거냐고 물었다가 잔소리를 들었다. 이제는 무슨 뜻인지 안다. 엘에 대한 걱정으로 온몸이 떨리고 이성이 마비될 것 같았지만 이럴 땐 별의 이야기를 듣는 것보다 태양의 충고가 훨씬 도움이 될 것이다.

그녀가 마음속으로 물었다.

'태양아, 나 어떻게 해야 해?'

태양의 단호한 목소리가 그녀 안에서 울렸다.

'신을 만나서 멱살을 잡아.'

"신을 만나야겠어."

침대에서 벌떡 일어나 방을 나가려는 새벽을 루나가 막았다. 루나는 서늘한 목소리로 말했다.

"신은 없어."

"없을 리가 없어. 여긴 신의 영역이고, 갓 씨가 신이야. 어제 난 분명히 신과 함께 이곳에 들어왔어."

"신은 원래 없어. 별이 마지막 순간에 정신을 차리면서 대부분의 환각은 거두어들였어."

"그게 무슨 소리야?"

새벽의 목소리가 떨렸다. 루나는 담담하게 대답했다.

"너도 믿지 않았잖아. 신 같은 건 처음부터 없었어."

이성마저 감쪽같이 속였다. 정신의 고양高揚은 끝이 났다. 혼돈이 현실을 흔들며 들이닥쳤다. 새벽은 자신이 무언가 중대한 것을 놓친 것 같다는 생각이 들었다.

"그럼…… 갓 씨도 허구의 인물이었던 거야?"

"신은 잠재의식이 빚어낸 지성의 완전체야. 너의 '최상위 자아'라고 볼 수 있지. 그것이 어떤 모습이든, 그 존재를 뭐라고 부르든 무한한 지성은 언제나 모든 걸 말해 주지만 보통 둘 중 하나의 반응으로 귀결돼. 알아들었거나, 아니면 못 들었다고 잡아떼거나. 그런데 네 경우는 모든 걸 말해 주었어도 못 알아들었을 확률이 커."

곧 무너질 것 같은 상황에 기댈 사람은 루나밖에 없는데, 그녀는 지나치게 도도하고 차가웠다. 자아라면서, 나의 일부분이라면서, 남 일 대하는 것처럼 감정이라고는 느껴지지 않는 그녀의 목소리에 새벽은 상처받았다. 쏟아지려는 눈물을 참으면서 말했다.

"난 아무것도 듣지 못했어."

"넌 들었어."

"무언가 물을 때마다 그는 내가 이미 알고 있다는 얘기만 했어!"

"에고의 어리석음이란 그런 거야. 휴대폰으로 신에게 전화를 걸어서 묻지. 잃어버린 휴대폰을 찾으려면 어떻게 해야 하는지 알려 달라고, 휴대폰이 어디에 있는지 제발 알려 달라고. 그러면 신은 언제나 정확하게 말해. '그건 이미 너에게 있다.' 참 웃기지?"

루나는 그렇게 말하고 후후후 웃었다. 그 순간, 새벽은 머리를 세게 맞은 것처럼 정신이 들었다. 눈앞이 번쩍하더니 루나는 사라지고 새벽의 머릿속에 번뜩이는 영감이 흘러넘쳤다. 그녀는 분명히 들었다. '신'이라고 불리던 그녀의 잠재의식 속 '최상위 자아'는 그녀에게 말해 주었다. 원하는 것은 그녀 안에 있다는 것을. 멀리서 찾을 필요가 없다는 것을.

☾　☾　○

정원은 을씨년스러웠다. '아임 더 갓 오브 에브리싱'을 둘러싸고 있던 나무는 모두 말라비틀어졌다. 봄바람에 꽃향기가 날리던 테라스 위에는 낙엽이 무성했다. 하루가 지났을 뿐인데 계절은 완전히 바뀌어 있었다. 온 세상이 차갑게 얼어붙었다.

가게 앞에 세워져 있던 입간판은 10년 이상의 세월 속에 방치된 것처럼 색이 바랬고, 흙먼지에 뒤덮여 있었다. 테이블과 의자는 나뒹굴었다. 하루 만에 이렇게 될 수 있다니, 보고 있으면서도 믿기지가 않았다.

자물쇠는 낡아서 건드리자마자 툭 떨어졌다. 반짝반짝 닦아 놓았던 식기도, 투명하게 빛나던 와인 잔도 뿌옇게 굳어 있었다. 쓸쓸한 결말의 영화 한 편을 보고 난 것 같은 허무함이 밀려들었다.

엄마, 아빠, 학창 시절 친구들의 얼굴이 떠올랐다. 운명을 비관하고 원망하느라 얼마나 많은 시간을 허비했는지도 떠올랐다. 엘의 모습도 떠올랐다. 그는 아름다웠고, 어두운 숲속에서도 쉽게 알아볼 수 있을 만큼 밝은 빛 조각을 머리 위에 띄우고 있었다. 그리고 그는 안젤라의 집으로 향하는 정확한 길을 알고 있었다. '안젤라의 집.' 새벽의 직감이 그곳을 생각해 냈다.

"내가 살던 세계로 돌아가야겠어. 엘을 찾고 싶어. 살아 있는지 확인해야 해."

새벽은 달렸다. 달리면서 생각했다.

'이 모든 것들이 나의 무의식이 만들어 낸 환각이라면 길은 내가 만들 수 있어. 저기에 안젤라의 숲이 있다고 생각하면 나타날 거야.'

그렇게 생각하고 무작정 달렸다. 그러자 정말로 그녀의 앞에 숲이 모습을 드러냈다. 새벽은 숲속으로 뛰어들었다. 그리고 가파른 산길을 올랐다. 산을 오르는 일은 힘겨웠다. 숨이 차서 죽을 것 같은 고통이 밀려왔다. 폐에 구멍이 난 것처럼 숨을 들이마시고 내쉴 때마다 아팠다. 땅이 솟아올랐다가 가라앉았다. 나뭇가지가 늘어졌다가 튀어 올랐다. 빛도 간헐적으로 비쳤다. 발을 딛는 곳마다 젖은 낙엽이 수북이 쌓여 있었다.

곧장 안젤라의 집이 나타날 거라 생각했지만, 단순히 생각하는 것만으로 상황이 바뀌지 않았다. 집중해야 하는데 집중력이 수시로 흐트러졌다. 탑 꼭대기에 쓰여 있던 숫자를 떠올렸다.

'내 삶에 아무런 의미가 없다면 난 이곳에 쓰러져서 죽게 될 거야. 하지만 절대로 죽지 않을 거라는 걸 알아.'

휘청거리던 그녀는 바닥에 쓰러지면서 돌에 무릎을 찧었다. 무릎에서 피가 새어 나왔다. 그러나 그녀가 할 수 있는 일은 산을 오르는 것뿐이었다. 안젤라의 집이 어느 방향인지 모른다. 산속에서는 어느 길로 가든 위로 올라가기만 한다면 정상에 도착할 수 있다는 엘의 말을 믿었다. 갑자기 눈이 펑펑 내렸다. 그나마 남아 있던 길의 흔적을 눈이 지웠다.

"안젤라!"

크게 불러 보았지만 돌아오는 건 메아리뿐이었다. 그곳에서 느껴지는 생명력이라고는 거칠게 내뱉는 그녀의 숨밖에 없었다. 해가 구름에 가려진 건지 아니면 빼곡한 나뭇가지에 가려진 건지, 숲속은 어둡고 컴컴했다. 그래도 움직임을 멈추지 않았다. 새벽은 오늘 끝을 낼 각오를 했다.

펑펑 내리는 눈 때문에 앞이 보이질 않았고, 어느 쪽이 위인지 아래인지 방향 감각도 사라졌다. 금세 쌓인 눈에 발이 푹푹 빠졌다. 원하는 곳으로 안내하라는 의미로 신의 궁전에서 신고 나온 구두는 산에 올라가는 데 아무런 도움도 되지 않았다.

그녀의 자아들은 고요했다. 그녀가 하는 일에 어떤 반대도 하지 않았다. 산에서 내려가라고 다그치지도 않았고, 어느 길이 맞고 틀린지에 관한 논쟁도 하지 않았다. 그들은 기다렸다. 새벽이 포기하지 않도록 길을 찾는 일에 온 정신을 집중했다. 덕분에 머리는 맑았고, 가슴은 엘을 만나야겠다는 열정으로 가득했다. 방해가 되는 것은 아무것도 없었다.

'태양의 집을 찾아갈 때처럼, 저쪽에 불빛이 있다고 생각해 보는 거야.'

그녀가 바라보는 그곳에 불빛이 나타났다. 그녀의 가슴은 기쁨으로 마구 뛰었다. 발걸음은 더욱 빨라지고 숨은 더욱 가빴다. 안젤라에게 물을 것이다. 엘을 만나기 위해서 무엇을 어떻게 하면 되겠느냐고. 호수에 뛰어들라면 그렇게 할 것이고, 저녁 식사를 가져다 달라고 한다면 산을 몇 번이고 내려갔다가 다시 올라올 것이다. 자신의 의지가 자신을 어디까지 데려갈 수 있는지 시험하는 것만 같았다. 목구멍에서 무언가 뜨거운 것이 울컥 올라왔다. 입에서 비릿한 피 맛이 났다.

마침내 그녀는 안젤라의 집 앞에 도착했다. 펑펑 내린 눈이 지붕을 덮고 있었다. 정원에 피어 있던 꽃들도 자취를 감추었다. 안젤라의 정원에는 아무도 밟지 않은 하얀 눈만 가득히 덮여 있었다. 새벽의 몸은 얼어 있었고, 한 걸음 내디딜 힘도 남아 있지 않았다. 손끝이 덜덜 떨렸다. 악착같이 버티려 애썼지만 남은 기력마저 곧 바닥나게 되면 죽음의 품에 안길 것이다.

새벽은 터덜터덜 발을 끌면서 겨우 문 앞까지 갔다. 문손잡이를 잡으려는데 집 안에 불이 꺼졌다. 그러더니 한순간 안젤라의 집이 사라져 버렸다. 그뿐만이 아니었다. 산도 나무도 밟고 있던 땅도 모두 사라져 버렸다. 신기루처럼 아무것도 없었다. 무한히 넓은 공간에 남은 건 그녀 하나뿐이었다.

"이게 어떻게……."

밀려드는 공포에 비명을 지르고 싶었지만 목이 메어 소리가 나오지 않았다. 극도의 두려움에 사로잡혀 눈을 휘둥그레 떴다. '말도 안 돼.' 믿을 수 없는 일이 벌어졌지만 지나치게 현실적으로 느껴지는 악몽 앞에서 울음도 나오지 않았다. 이 신비한 환각은 깊숙이 숨겨져 있던 그녀의 원초적인 감각들을 모두 일깨웠다. 불안, 초조, 두려움, 의심으로 시작된 여행은 기쁨, 사랑, 환희를 거쳐 절망, 고독, 상실 또다시 불안으로 이어졌다.

이곳에서 낮과 밤을 보낸 건 7일이었지만 그녀는 사계절의 흐름을 보았다. 꽃이 피었고, 한여름의 울창한 숲속에서 소나기를 만났고, 낙엽을 밟았고, 눈을 맞았다. 매일 아침 똑같은 혼란 속에서 똑같이 방황했다. 목적을 잃은 지금, 그녀는 하나의 그림자일 뿐이었고, 갈 곳 없이 쓰러져 가는 육체에 불과했다.

'과연 나의 죽음이 이번 여행의 종착역인가? 죽음으로 향하는 터널을 지나는 중인가?'

새벽은 몸이 찢어지는 끔찍한 고통을 느꼈다. 이것이야말로 진정한 죽음이었다. 그러면서도 엘을 생각했다.

'엘을 만나야 해. 그가 살아 있는지 확인해야 해.'

새벽의 눈에서 뜨거운 눈물이 쏟아졌다. 반드시 깨어나야 한다.

"이렇게 죽을 수는 없어!"

힘찬 절규가 터져 나오는 동시에 앞이 캄캄해졌다. 새벽은 암흑에 휩싸인 채로 정신을 잃어 갔다. 끝없이 아래로 가라앉으면서도 깨어날 수 있을 거라는 믿음은 절대로 버리지 않았다. 스러져 가는 그녀의 무의식 속에 깨어나겠다는 굳은 의지만이 꺼지기 직전의 불꽃처럼 남아 있었다.

태양이 마지막 남은 이성을 다 바쳐 그녀의 머릿속에 영상을 띄웠다. 서고에 갇혔을 때의 기억이 흐릿하게 펼쳐졌다. 의식의 깊은 곳에서 태양의 목소리가 들렸다.

'문을 열어, 멍청아!'

새벽은 어둠 속에 손을 뻗었다. 거짓말처럼 손잡이가 잡혔다. 문은 허망할 정도로 쉽게 열렸다. 그리고 눈부시게 밝은 빛이 쏟아졌다.

☾　☾　○

요란한 사이렌 소리가 그녀를 깨웠다.

"맥박과 호흡 모두 돌아왔습니다! 환자분 의식이 깨어났어요!"

그녀를 깨우는 시끄러운 목소리가 귀를 파고들었다. 누군가가 그녀의 몸을 끊임없이 압박하고 있었고, 덕분에 갈비뼈가 으스러졌는지 숨을 쉴 때마다 고통스러웠다. 목구멍에서 넘어온 피가 메마른 입안을 적셨다.

새벽은 무거운 눈을 뜨지는 못하고 눈꺼풀 아래에서 눈동자를 재빠르게 움직였다. 119 구조대원이 그녀의 눈을 손으로 열어 동공을 확인했다. 새벽의 시야에 땀으로 범벅이 된 구조대원의 얼굴이 흐릿하게 들어왔다.

"정신 차리세요! 환자분!"

그녀는 달려가는 구급차 안에 누워 있었다. 그녀의 머릿속에서 여러 이미지와 장면이 한꺼번에 떠올랐다가 뒤죽박죽이 되었다. 정신을 잃은 상태에서 무의식이 만들어 낸 꿈은 너무나 생생하고 강렬해서 아직도 그 감정이 고스란히 남아 있었다. 엘과 사랑을 나눴을 때의 황홀함, 기쁨, 태양과 별과 루나와의 만남, 그들이 자라는 걸 알았을 때 느꼈던 설명할 수 없는 경이로움과 감격 그리고 가슴이 먹먹했던……

새벽의 시선은 천천히 허공을 향했다. 창밖에 눈발이 날렸다. 차 안에는 음악이 흘러나오고 있었다. 잔잔하게 들려오는 피아노곡은 안젤라의 숲으로 가던 중 벚꽃이 피어 있는 길을 달릴 때 엘과 함께 들었던 그 음악이었다. 의식이 없는 동안에도 음악은 그녀의 안으로 흘러들어 감성을 자극했던 것이다.

"정신이 들어요?"

구급대원의 물음에 새벽은 울음이 터졌다. 대답하고 싶었지만 아직도 정신이 몽롱했다. 수많은 장면이 계속 머리를 맴돌며 그녀의 감정을 몰아붙였다. 얼굴을 덮고 있던 산소 호흡기는 그녀가 내뱉은 숨으로 인해 뿌옇게 습기가 찼다. 친절한 구급대원은 괜찮다며 그녀를 안심시켰다. 옆구리에 굵은 나뭇가지가 박힌 채 피를 쏟으며 힘겹게 울고 있는 작은 소녀를 위해 최선의 위로를 건넸다.

"금방 병원에 도착합니다. 조금만 참으세요. 나뭇가지가 몸을 관통해서 출혈이 많긴 하지만 다행히 급소는 피했어요. 바닥에 떨어졌다면 죽었을 텐데 운이 좋았어요."

2024년 2월 8일 오전 11시. 새벽은 학교 옥상에서 떨어졌다. 바닥이 아닌 화단으로 추락해서 멋지게 조경된 나무를 부러뜨렸다. 3층 높이의 향나무가 그녀의 몸을 받아 충격을 흡수했고, 가장 아랫부분에 있던 단단한 가지 하나가 그녀의 교복을 뚫고 오른쪽 옆구리를 관통했다. 수사슴의 뿔처럼 하늘을 향해 솟아 있던 나뭇가지는 하늘에서 추락한 인간의 몸을 꿰뚫었지만, 기적적으로 급소를 피했다. 그녀는 바닥에서 1미터 떠오른 상태로 나무를 베고 누워서 몽롱한 가사 상태를 경험했다. 하염없이 피를 흘리면서 매우 행복한 꿈을 꾸었다.

구급차가 도착하기까지 12분. 전기톱으로 가지를 잘라서 그녀의 몸을 나무와 분리했다. 그녀의 육체가 기능을 상실해 가는 동안 정신은 그녀를 깨우기 위해 안간힘을 썼다. 날아가 버렸던 영혼은 거대한 심연을 가로질러 끝없이 교란하는 환각의 바다를 건넌 뒤 무사히 자기 육체로 되돌아왔다.

자아분열은 그녀를 살리기 위해 그녀의 영혼이 택한 방식이었다. 엄청난 위기의 순간에 그녀의 이성과 감성은 깃발이 쓰러지지 않도록 받치고 있는 모래 무덤처럼 그녀의 내면을 철저하게 보듬어 주었다. 새벽은 믿기지 않는 환상적인 존재들로 인해 자신의 의식 깊은 곳에 아름다운 풍경이 있고, 정원이 있고, 신의 궁전이 있고, 사랑이 있다는 것을 알았다.

그들은 억지로 감추려 했던 그녀의 초라한 본성을 눈부시게 일깨워 주었다. 가장 비참한 위기의 순간에 그녀를 지켜 주었다. 그녀는 혼자가 아니었다. 대담하고 섬세하고 냉철한 자아들이 각자의 개성을 간직한 채 그녀의 안에 살아 숨 쉬고 있었다. 나를 도울 존재가 내 안에도, 밖에도 존재한다는 것을 깨달았다.

그녀를 포기하지 않은 것은 결국 그녀 자신이었다. 하나의 신체에서 떨어져 나온 영혼의 조각들이 서로 다르다는 사실을 강조해도 결국은 모두 그녀 자신이었다. 각각의 결점을 덮어 주고 특성을 살려 주면서 푸른 우주 안에 단단한 사슬로 연결되어 빙글빙글 도는 그들은 분리될 수 없는 하나의 덩어리였다.

무의식이 창조한 힘차고 경이로운 세계에서 새벽은 기적 같은 사랑의 환희를 맛보았으며 자기 안에 새로운 우주를 창조해 냈다. 아무런 목적 없이 떠돌고 있는 것 같은 순간에도, 그녀는 작은 우주의 인도를 받으며 더 나은 방향으로 나아가고 있었다.

새벽은 자기 자신에게 말했다.

'소중한 너의 목소리를 들려줘서 고마워.'

그녀는 죽음 가까이 갔었다. 하지만 분명한 것은 지나갔다는 사실이다. 두려움은 사라졌고, 그저 존재하는 것만으로도 아무런 조건 없이 사랑하고 사랑받을 자격이 있다는 것을 알게 되었다. 그녀가 찾아 헤매던 신과 행복과 사랑은 바로 여기, 그녀 안에 있었다.

그녀를 깨운 것은 다른 무엇도 아닌 사랑이었기에 엘을 찾는 일은 더욱 절실했다.

'그가 나를 알아볼 수 있을까?'

새벽과 엘이 마지막 순간에 하나의 정신으로 묶여 있었다면 그건 기적이다. 혹여 그가 그녀를 알아보지 못한다고 해도, 현실 세계에서 다시 만날 수만 있다면 그것 역시 기적이다. 서로가 다른 차원에 존재해서 영영 만날 수 없다고 해도, 서로에 대한 기억을 가졌으니 그것도 기적이다. 세상에 기적이 아닌 것은 없다.

새벽은 소원을 들어주겠다고 했던 신의 약속을 떠올렸다. 자신이 어디에 있든 신과 연결되어 있음을 믿어 보고 싶었다. 눈을 감고, 원하는 것을 간절히 기도했다.

"엘이…… 살아 있게 해 주세요."

어디선가 신의 대답이 들리는 것 같았다.

'그것은 이미 이루어졌다.'

새벽을 깨우다

초판 1쇄 인쇄	2024년 9월 30일
초판 1쇄 발행	2024년 10월 10일
지은이	클로에 윤
총괄	김명래
책임편집	김명래
디자인	301페이지 이정현
책임마케팅	김서연, 김예진, 김소희, 김찬빈, 박상은, 이서윤, 최혜연, 노진현, 최지현, 최정연, 조형한, 김가현, 황정아
마케팅	유인철
경영지원	백선희, 권영환, 이기경
제작	제이오
교정·교열	이민영
펴낸이	서현동
펴낸곳	㈜오팬하우스
출판등록	2024년 5월 16일 제2024-000141호
주소	서울특별시 강남구 테헤란로 419, 11층 (삼성동, 강남파이낸스플라자)
이메일	info@ofh.co.kr

ⓒ클로에 윤 2024
ISBN 979-11-94293-21-7 (03810)

한끼는 ㈜오팬하우스의 출판브랜드입니다.